MARCEL VAN BROUWERSHAVEN

KOUDE UITSLUITING

Andreia|Den Haag

Eerste druk januari 2010

ISBN 978-90-815011-1-8
© 2010 Marcel van Brouwershaven
Ontwerp omslagen André Snoei, Anet van de Vorst en Linda
van Bruggen
Opmaak Marcel van Brouwershaven
Redactie Luc de Rooy/Manuscriptbeoordeling.nl
Drukwerk Raamwerken Printing & Design B.V. te Enkhuizen

Voor Astrid

2008

1. Ludwigslust

Donderdagavond 3 mei 1945
Onze klus is geklaard! De vluchtelingen zullen vandaag of morgen Ludwigslust passeren. Volgens de latrinegeruchten zou de straat rond deze stad als demarcatielijn tussen de Amerikanen en Russen gelden. Als dat daadwerkelijk zo blijkt te zijn, dan zijn die arme sloebers Godzijdank veilig. Ik hoop het vurig voor hen.

Zo het zich thans laat aanzien, hebben wij hier in Parchim vandaag ons laatste gevecht geleverd. En wat voor een! T-34's die de stad vanaf de heuvel wilden binnendringen, wisten we in de val te lokken om ze daarna stuk voor stuk met onze Panzerfausten en PAK's op te blazen. Hou Zee!

Volgens Hscharf. Loidl zouden Amerikaanse tanks dit tafereel van een veilig afstandje hebben gevolgd, echter zonder een poot uit te steken naar hun rode bondgenoten. Waanzinnig! Dat belooft wat voor later.

Toen de kust veilig was, hebben we als gekken de tanks en lijken geplunderd. We stierven van de honger. Godzijdank stopten de vluchtende burgers ons zo nu en dan wat toe, anders hadden we Parchim überhaupt niet gehaald.

Het parool is helder. Vannacht loopt II/49 onder dekking van het duister naar Ludwigslust om zich over te geven aan de Amerikanen.

Een wandeling van 26 kilometer, en niet zonder gevaar. De Russen zijn erop gebrand om ons te pakken te nemen. Meer dan een kogel door de kop hoeven we van hen niet te verwachten, zeker na vandaag niet. En als ze mijn telescoopvizier vinden, dan heb ik meer te vrezen dan een nekschot.

Rehders mannen zullen over de weg naar Ludwigslust gaan, wij gaan echter door het moeras. Die Greisen schaffen dat zware terrein einfach niet meer.

In een kelder onder een huis aan de zuidrand van Parchim hebben we kwartier gemaakt. Groenink speelde voor kok en wist het buitgemaakte voedsel om te toveren in een heuse feestmaaltijd. Vissers had irgendwo bestek en serviesgoed gevonden, zodat wij ons galgenmaal in stijl naar binnen konden werken. Also sprach uns Orakel.

We hebben geproost op onze gevallen kameraden. Martens, Van Deursen, Bruggeman, Voske, Oostenhof, Van der Wiel, neefje Kuipers, Jul, Schoenmaker, Kijlstra, lijstaanvoerder Geurts, de drie Roemenen en natuurlijk Lobbestaal. 15 slokken! Vissers hief vervolgens het glas op Huize Weltevree(ten) en Russische vrouwen met kloten. In koor fluisterden we amen. Daarna was het een paar minuten muisstil in ons souterrain. Indrukwekkend.

Toen Jut na de zoveelste wodka luidkeels een Roemeens lied wilde inzetten, hebben we hem hardhandig tegen de grond gewerkt. We moesten de Russische moerasgoden vooral niet verzoeken.

Na de maaltijd vielen de jongens als een blok in slaap, maar mij lukte dat niet. Er spoken teveel gedachten door mijn hoofd.

Ik heb gemengde gevoelens over onze aanstaande kapitulatie. Enerzijds weet ik dat dit het beste is wat ons thans kan overkomen. Tevens verlang ik naar hereniging met Antoinette en Greetje. Anderzijds eindigt dan een soldatenbestaan dat ik met volle overtuiging heb geleefd. Een overtuiging, die haar stevige fundament kent in het nationaalsocialistische gedachtegoed, die gruwelt van sociale onge-

9

lijkheid en die het bolsjewisme immer noch als het grootste gevaar voor onze Europese beschaving ziet.

Deze strijd is niet gestreden, maar zal anders aangepakt moeten worden. Mogelijk ligt er een toekomst voor mij in het verschiet als 'politieke' soldaat. Wie zal het zeggen?

Ik maak mij geen illusies over onze behandeling bij terugkomst in Nederland. Wij zijn in de ogen van de 'brave burgers' landverraders die voor de vijand hebben gevochten. En als ik er zelf niet over begin, dan zullen ze het wel ontdekken bij medisch onderzoek.

De kans dat ik mijn verleden zal verzwijgen is evenwel nihil. Een mens kan rustig uitkomen voor zijn overtuiging, die hem voortgedreven heeft en hem in staat stelt zijn handelen achteraf aan anderen te verklaren.

Als ik terugdenk aan de afgelopen drie jaar en zes maanden, dan overheerst één gevoel en dat is trots. Op het Legioen, mijn kameraden en op mijzelf. Spijt heb ik niet, ik zou het zo weer doen.

Ik heb Groenink gevraagd mijn dagboek en Soldbuch bij Antoinette te bezorgen in het geval ik het niet zou redden. Dan weet ze van de hoed en de rand. Natuurlijk wilde hij dat. Fijne kerel.

Genoeg voor vandaag. Ik ga maf, maar niet nadat ik onze provisorische latrine met een bezoek heb vereerd. Weer eens aan de schijterij.

Scharführer Hendrik de Jongh
8. Kompagnie/II. Bataillon/Regiment 49 'De Ruyter'/
23. SS Freiwillige Panzergrenadierdivision 'Nederland'

2. Sleutel

Zo lang Bartjan zich kon herinneren was de werkkamer van oom Hendrik verboden terrein geweest voor de kleinkinderen. De deur was altijd op slot en oom en tante bewaarden de sleutel op een geheime plek. Als hij of een van de andere kinderen over de kamer begon, maanden de ouders hen met een boze blik tot stilte. Het was een onderwerp waarover in de familie niet gesproken werd.

Bartjan liep in gedachten verzonken door het huis van tante Antoinette. De familie had besloten het te verkopen. Hem was gevraagd om de nalatenschap van zijn tante – eigenlijk een oudtante – te regelen. Volgens zijn familie had hij verstand van financiële zaken. Bartjan had getwijfeld, het was razend druk op het werk. Jeannette had de komende maanden veel avondafspraken – gedoe in de partij over de kinderopvangregeling. En Eva vroeg ook meer aandacht. Peuterpuberteit, had haar leidster gezegd. Eigenlijk had hij moeten weigeren, maar dat kon hij niet. Antoinette was zijn lievelingstante geweest. Hij dacht aan de vele logeerpartijtjes in het statige huis aan het Emmapark. Met lichte tegenzin had hij zijn benoeming tot executeur-testamentair aanvaard.

Over een halfuur zou de makelaar langskomen.

11

Bartjan liep de trap op, naar de eerste verdieping. De deuren op de overloop waren kersenrood gelakt, een aandenken uit tantes Japanse periode. Hij drukte de deurkruk omlaag.

'Natuurlijk… op slot… dan maar zo…,' mompelde Bartjan.

Met een welgemikte trap klapte de deur open. De gedachte dat hij het meer dan dertig jaar oude geheim zou onthullen, wond hem op.

Bartjan stapte de kamer in en keek om zich heen. Veel zag hij niet want het zonlicht kwam nauwelijks door de grauwe vitrage heen. Wel rook hij van alles: vooral stof, vermengd met de geuren van linoleum en teakhout.

Bartjan schoof de vitrage aan de kant, opende het raam en snoof de frisse buitenlucht gretig op. Opgewaaid stof danste in stralen zonlicht.

De inrichting van de kamer was sober: een bureau met stoel langs de rechtermuur, een kledingkast tegen de linker, allemaal uitgevoerd in donkerbruin teakhout. Vlakbij het raam stond een rotan schommelstoel, met dito bijzettafeltje. Japan was niet verder gekomen dan de deur, constateerde Bartjan. Hij grinnikte.

Meestal had oom tante haar gang laten gaan als zij een plotselinge passie voor een cultuur, een kunststroming of een kunstenaar 'in huis' wilde nemen. Hij begreep dat de kunsthandel voor haar meer was dan werk. De tijdelijke ongemakken van de herinrichting of kleine verbouwing − overal mannen in witte en bruine overalls, nergens een rustige plek − nam hij voor lief. Op verjaardagen beklaagde hij zich, met een brede grijns op zijn gezicht, over het zoveelste project van tante. Hij woonde in een huis en toch niet in een galerie met wisselende tentoonstellingen?

Soms was tante zelfs voor oom te ver gegaan. Dan moest van de een op de andere dag alles Mondriaan zijn en wilde ze de deuren in rood, geel en blauw laten uitvoeren. Of viel ze zomaar voor Appel met zijn woeste halen en vegen, en dan konden die arme jongens weer opnieuw beginnen; schuren, plamuren, gronden, voorlakken en aflakken. En overal, echt overal, liet ze replica's van de kunstenaar in kwestie ophangen. De kunst drong zich op, liet geen ruimte meer voor eigen gedachten, vond oom. Dan was het hem teveel geworden, had hij zijn veto uitgesproken en was het bij plannenmakerij gebleven.

Blijkbaar had oom Japanse kunst en cultuur minder erg gevonden dan het abstracte werk van Piet en Karel. Het was een compromis geworden: zij tot aan de deur, hij erachter.

De muren van de werkkamer waren leeg, hoewel de lichtere plekken in het vergeelde behang hem vertelden dat het eens een drukte van belang moest zijn geweest, daar boven het bureau van oom Hendrik. Bartjan telde zeker twintig vierkanten en rechthoeken. Gezien het formaat dacht hij eerder aan foto's dan aan schilderijen.

Bartjan deed de kledingkast open: niets, alleen een paar kledinghangertjes. Ook in de laden van het bureau vond hij niets bijzonders.

Was dit het jarenlange stilzwijgen waard geweest? Een kale werkkamer?

Bartjan was alweer op weg naar de deur toen hij in zijn rechterooghoek iets zag glinsteren. Hij ging op zijn knieën zitten en keek onder het ladenblok van het bureau. Deels verscholen achter een pluk stof vond hij een sleutel. Op de baard van de sleutel zag hij het hakenkruis, met daaronder in minuscule letters de initialen *H.G.* gegraveerd. Een koude rilling liep over zijn rug.

13

Wat deed die nazisleutel daar? En wie of wat was *H.G.*?

3. Walter

Zaterdag 6 september 1941
De brief van Walter is drie weken onderweg geweest. En zo te zien, hebben velen de inhoud al gelezen.

Walter berichtte dat zijn regiment, SS-Freiwilligen Standarte Westland, de vuurdoop heeft ondergaan, ergens in Polen (plaatsnaam is onleesbaar gemaakt). De Russen boden felle tegenstand. Als ze de kans kregen, dan schoten hun gewonden nog op onze hospitaalsoldaten. Walter benijdde hen niet. De partijcommissarissen zouden hen met het pistool op het hoofd de loopgraaf uitjagen. De dood was de enige keuze voor deze sloebers: arbeiders zonder vaderland. Die commissarissen konden bij zijn regiment niet op genade rekenen, alleen op een kopschot. Schoften vond hij het.

Na de gevechten had Walter rust gekregen. In zijn korte broek genoot hij van de zon. Zijn regiment had joden, die verdacht werden van Partisanenkrieg, doodgeschoten. Walter vond dat de beste oplossing.

De opmars daarna verliep moeizaam, de wegen waren slecht begaanbaar. Stof happen en zweten. De sfeer bleef echter goed, maar het eten liet te wensen over. Elke dag zuurkool, het kwam hem de keel uit. Ik moest mij vooral geen zorgen maken. Het ging hem goed, nog geen schrammetje opgelopen. Hij drukte mij op het hart om de

15

rechtenstudie af te maken. Na de oorlog zou binnen het Groot Germaanse Rijk grote behoefte zijn aan juristen van raszuivere afkomst.

Ik zal hem een brief schrijven, nu ik zijn veldpostnummer weet. Ik vraag hem ook wat foto's toe te sturen. Ik ben zo benieuwd hoe Walter er nu uitziet in zijn gevechtsuniform. Hij zal het goed doen bij de Waffen-SS, daar twijfel ik niet aan. Vroeger wilde hij ook in alles uitblinken. Hij is in ieder geval door de besten opgeleid.

De afgelopen weken waren saai; er zijn nog steeds geen colleges. Alleen de universiteitsbibliotheek is Godzijdank nog open. Als ik terugdenk aan de sluiting van de universiteit, dan word ik weer kwaad. Waarom moesten die studenten zo nodig staken, daags na de rede van de decaan? Zij wisten dat de Duitsers dat niet over hun kant konden laten gaan, zeker niet na Delft. Nog erger is dat die studenten de woorden van de decaan niet begrepen hebben. Als zij goed hadden geluisterd en de rede in de juiste context hadden geplaatst, dan was het niet gebeurd en dan hadden we allemaal onze studie kunnen voortzetten. De decaan wilde geen wilde studentenacties, onthield zich daarom van enig politiek commentaar. Zijn rede was een uiting van bewondering voor zijn 'meester', een van de (slechts) twee ontslagen joodse hoogleraren van de juridische faculteit. Een dergelijk lofuiting verdient respect, geen wilde staking. En met het ondertekenen van de Ariërverklaring besefte de faculteitsleiding ook wel dat de positie van hun joodse collega's op termijn onhoudbaar zou worden. Men had zich erop kunnen voorbereiden. En in hun afweging zouden zij dan zeker het belang van velen ten opzichte van dat van enkelen hebben laten voorgaan. Ik ben ervan overtuigd dat de decaan een passende oplossing zou hebben bedacht voor de ontslagen joodse hoogleraar en ander joods personeel. Neen, het waren de heethoofden en nietsnutten die ons allen de das om hebben gedaan. Door hun stommiteit is Leiden nog steeds gesloten.

Gelukkig geeft een van de hoogleraren van de faculteit privécollege voor alle gezindten, bij hem thuis. Het is mij een paar keer gelukt om deze colleges bij te wonen. Vaak was de woonkamer vol. Hoe graag zou ik niet al zijn colleges hebben gevolgd! Zelfs in de beperkte ruimte kwam de universitaire sfeer weer terug: luisteren naar wijze woorden, onder gelijken zijn, de honger naar kennis, de serene rust, afgesloten van de buitenwereld. Ik heb tot mijn vreugde de hand kunnen leggen op het curriculum van de rechtenstudie. Nu weet ik welke literatuur ik moet bestuderen en kan ik voort met mijn studie. Mijn broer heeft op dat punt wel gelijk. Over het jodenvraagstuk blijven we van mening verschillen.

Het mooie weer was een te grote verleiding. Met vrienden van het Studentenfront heb ik wat gedronken in de binnenstad. Fijne kerels. Op het terras hebben we ter vermaak kleinburgerlijke socialisten geteld. Wel praten over sociale ongelijkheid, maar er zelf niets aan doen. Slappelingen zijn het.

Volgende week zaterdag ga ik met Antoinette naar Utrecht, naar een bijeenkomst van de Leider. Ik verheug mij erop om hem weer te zien en te horen.

De Leider heeft gelijk. We moeten weer een sterk land worden, waar we trots op kunnen zijn, waar geen sociale wantoestanden zijn. Ik sta klaar voor Hem, klaar om ons land en de Bond der Germaanse Volkeren te verdedigen tegen het bolsjewistische gevaar. Een bond die volgens Hem alleen onder leiding van het krachtige Duitse volk opgewassen is tegen het communisme en het Britse liberalisme. Maar we kunnen niet op alle fronten tegelijk het nationaalsocialistische gedachtegoed verspreiden en verdedigen, zegt Hij. Eerst de Russen, dan de rest. Hou Zee!

Hoog tijd dat ik mijn neus weer in de studieboeken steek. Nu maar hopen op slechter weer, want met deze temperatuur is het niet doenlijk.

4. Rumboon

De sluiting van de veiligheidsgordel protesteerde met een harde 'kloeink'. Bartjan zuchtte, deed de gordel goed en sloot het portier, deze keer wat zachter. Hij zag dat zijn auto scheef in het parkeervak stond, maar liet dat zo. Andere zaken waren nu belangrijker. Bartjan beende de straat over naar zijn moeder, die met Eva in de deuropening stond.

'Hallo, Bartjan, hoe is het gegaan?'

Ze keek hem indringend aan.

'Goed, alleen de makelaar was te laat. Is Eva lief geweest?'

In de gang gaf hij zijn moeder een kus en Eva een aai over haar bol.

'Eva is heel lief geweest, nietwaar, lieverd?'

Ma drukte Eva tegen zich aan en kneep zachtjes in haar buikje. Eva giechelde.

'Goed zo, Eva. Papa is trots op je.'

Hij boog naar Eva en gaf haar een kus op haar wang.

'Zullen we gaan zitten? De thee staat al klaar. En ik heb rumbonen gekocht, die lust je zo graag.'

Moeder wachtte niet op zijn antwoord en ging hem voor naar de woonkamer. Daar aangekomen, zette ze Eva neer bij het speelgoed achter de bank.

'Eva, ga maar fijn spelen. Kijk, hier is je popje.'

Bartjan kreeg thee met een scheutje gekookte melk erin.

'Ma, ik ben in de werkkamer van oom Hendrik geweest.' Hij zag dat zijn moeder schrok.

'Was die kamer niet afgesloten?'

'Klopt, maar ik heb het slot van de deur geforceerd. De makelaar kan bij zijn rondleidingen die kamer toch niet overslaan? Dat zou argwaan wekken bij de kopers.'

'Je hebt gelijk, dat zou vreemd zijn. En... hoe zag zijn werkkamer eruit?' Moeder roerde in haar thee.

'Op wat oude meubels was de kamer helemaal leeg. Vindt u dat niet raar? Voor een verboden kamer?'

'Drink je thee op, Bartjan. Koude thee met melk is niet lekker. Rumboon?'

Ze hield het zilveren schaaltje rumbonen uitnodigend voor zijn gezicht. Als kind was Bartjan dol op ze geweest. Eerst de chocola, dan de krakende suiker en ten slotte de alcohol. Stiekem had hij gehoopt dat hij dronken zou worden van de rum.

'Neen, dank u wel. Hoe zit het nu?'

'Ja, natuurlijk, de werkkamer. Tante Antoinette zal die na de dood van oom Hendrik vast hebben opgeruimd. Het was immers zijn werkkamer, daar dacht hij na, schreef hij brieven, deed hij zijn administratie.'

Zijn moeder lachte afwezig.

'Maar waarom deden jullie daar dan zo geheimzinnig over?'

Iets achter de bank trok haar aandacht. 'Eva, niet in je mond steken. Bah, niet doen hoor! Dat is gevaarlijk, bah!' Ze liep naar Eva toe en pakte iets van haar af.

Eva brabbelde iets terug.

'Zo. Had ik je al een rumboon aangeboden? Ze lachte uitnodigend naar hem. Hij maakte een afwerend gebaar.

'Boven het bureau van oom Hendrik moeten veel foto's hebben gehangen. Weet u wat daarop te zien was?'

Zijn moeder ging verzitten en knikte naar hem.

'Wat stond er op die foto's, ma?'

'Ik weet niet of ik je dat moet vertellen.'

'Kom op, ik ben geen klein kind meer.'

'Dat is waar, Bartjan, je bent geen klein kind meer. Maar sommige zaken moeten met rust gelaten worden – het verleden van oom Hendrik bijvoorbeeld – ook door grote kinderen.

'Wat bedoelt u daarmee, ma?'

Zijn moeder nam een slokje thee en zette kop en schotel daarna met een beheerst gebaar – het resultaat van een strenge opvoeding door oma Greetje en jarenlang oefenen – op de salontafel. Ze draaide het oortje van de kop naar rechts en legde de theelepel eronder, met de steel naar beneden. Zo hoorde dat. Daarna keek ze hem zwijgend aan. In de stilte tikte de staartklok de seconden weg.

'Ma?'

'De Duitsers hebben oom Hendrik in het voorjaar van 1942 tewerkgesteld in een wapenfabriek, ergens in Duitsland. En... '

Het ging zijn moeder niet gemakkelijk af.

'En... verder?' drong hij aan.

'Het is al zo lang geleden. Wat heb je eraan?'

Hij hoorde haar diep ademhalen. Ze keek even opzij, naar waar Eva zat te spelen.

'Goed dan...,' sprak zijn moeder, meer tegen zichzelf dan tegen hem. 'Na de capitulatie van de nazi's, in mei 1945, werden oom Hendrik en zijn kameraden door de Russen gevangen genomen – de fabriek lag helaas in de Russische sector. Ze werden veroordeeld voor collaboratie met de vijand en naar een werkkamp in Siberië gestuurd... '

Ze zuchtte diep. Bartjan vond dat zij er bleker uitzag dan normaal.

'... in 1952 lieten de Russen hem eindelijk vrij, door bemiddeling van het Internationale Rode Kruis. Als zijn fabriek in de sector van de geallieerden had gelegen, dan was hij direct vrijgelaten en naar huis gestuurd. Hendrik heeft het altijd moeilijk gehad met die onrechtvaardigheid. Een wrede speling van het lot noemde hij het. Antoinette heeft zwaar geleden onder het gemis. Ze waren verloofd, hadden trouwplannen, wilden kinderen...'

Ze huilde zachtjes, met de rug naar Eva gedraaid. Bartjan zag zijn moeder niet graag zo. Hij stond op en haalde een papieren zakdoekje voor haar. Zij glimlachte naar hem en depte haar tranen met een puntje van het doekje om het daarna – keurig in vieren opgevouwen – in de mouw van haar witte blouse op te bergen.

'Neemt u een slokje thee, daar kalmeert u van.'

Hij legde zijn hand op haar schouders, heel kort maar. Het gelijkmatige, zachte getik van het lepeltje in de thee kalmeerde haar.

'Hendrik heeft daar verschrikkelijke dingen meegemaakt, dingen waarover hij niet wilde praten. Kinderen krijgen zat er voor Hendrik in ieder geval niet meer in. Daar hadden de Russen wel voor gezorgd...'

Het zakdoekje moest weer aan het werk, zo ook de thee.

'Ma, oom Hendrik...'

'Natuurlijk... Hendrik... hij wilde jullie niet belasten met zijn verleden. Jullie waren voor hem zijn nooit gekregen kinderen. In zijn werkkamer bewaarde hij dat verleden, veilig achter slot en grendel. Vandaar het verbod, Bartjan. Nu weet je het.'

Ma kreeg weer wat kleur op haar wangen, maar echt opgelucht leek ze niet.

'En tante Antoinette heeft daarom de werkkamer van oom Hendrik leeggehaald... zodat wij zijn verleden nooit zouden kennen... ook niet na haar overlijden. Is dat het, ma?'

'Inderdaad. Zij hield zielsveel van hem, en van jullie. Vandaar.'

'Dat kan ik begrijpen. Maar hoe verklaart u dit?' Hij haalde de sleutel uit zijn broekzak en legde hem op de salontafel, naast haar theekopje, met de inscripties naar boven gekeerd. Eva keek even op uit haar hurkzit, lachte naar hem en verzonk weer in het spel met haar popje. Zijn moeder pakte de sleutel niet.

'Deze sleutel vond ik onder het bureau. Weet u waar die voor is?'

Ze keek even naar de sleutel, haast achteloos.

'Nee, nooit gezien.'

'Kijk nog eens goed, alstublieft. Er staat verdomme een hakenkruis op!'

'Let op je woorden, Bartjan. Ik weet beter dan jij waar het hakenkruis voor staat. In mijn jeugd was de oorlog nog overal. Iedereen had wel iemand verloren. Soms waren er vervelende incidenten in de buurt. Nooit kwam je er los van als kind, ook al had je er zelf niets mee te maken gehad. Vreselijk vond ik dat, vreselijk...'

Bartjan kon zijn moeder niet meer volgen. Van haar jeugd wist hij niets. Over welke incidenten had zij het?

'Ma, de sleutel.'

'Natuurlijk, de sleutel. Waar die voor is, vroeg je? Misschien heeft oom Hendrik die sleutel meegenomen van de fabriek in Duitsland. Dat zou het hakenkruis verklaren. Maar dat is gissen. Ik weet het in ieder geval niet.'

'Jullie hebben het al die jaren nooit vragen gesteld over die nazisleutel? Dat kan ik moeilijk geloven!'

'Bartjan, je gelooft je moeder toch wel? Waarom zou ik liegen? En kalmeer een beetje. Kleine potjes hebben grote oren.'

'Wie zegt,' zo ging zijn moeder op felle toon verder, 'dat wij die sleutel ooit hebben gezien? Voor hetzelfde geld is dat ding bij het leegruimen van de kamer uit een bureaulade gevallen. Wie zal het zeggen.'

'Sorry, ma, natuurlijk wil ik u geloven. Maar wie kan mij dan wel vertellen waar die sleutel voor was en wat de initialen *H.G.* betekenen?' Hij probeerde een beginnende hoofdpijn weg te wrijven.

'Ik niet. Maar als de sleutel van oom Hendrik zou zijn geweest, dan had er *H.d.J.* in gegraveerd moeten zijn. Hij heette Hendrik de Jongh. Ik denk dat die sleutel van iemand anders is geweest.'

Op straat werd een witte auto voor zijn Audi geparkeerd. Achter het stuur zag hij een bejaarde man zitten. Bartjan stond op, ging pontificaal voor het raam staan en keek de bestuurder strak aan. Die was echter te druk met inparkeren. Het ging gelukkig goed – de oude baas remde op tijd en stond op vijf centimeter van de voorbumper van de A4 stil. Bartjan ging weer zitten.

'Zal ik een tweede kopje thee inschenken. Dat kunnen we allebei wel gebruiken, nietwaar?'

'Dat is goed,' zei hij, zonder haar aan te kijken.

Ze schonk de thee in.

'Als die sleutel zo belangrijk voor je is, zal ik dan eens bij oma informeren of zij meer weet? Ik ga volgende week maandag bij haar op bezoek, na mijn dienst.'

Oma? De zus van oom Hendrik?

'Heel graag, maar oma is toch…'

'Oma is wat vergeetachtig, maar ze heeft haar heldere momenten. Je moet eens bij haar langs gaan. Anders zit ze daar maar, in haar stoel voor het raam.'

Bartjan voelde de steek onder water. Zijn moeder had gelijk, hij bezocht oma te weinig. Het verzorgingshuis lag bij wijze van spreken om de hoek.

'U hebt gelijk. Ik zal met Jeannette bespreken wanneer we een keer bij oma langs kunnen gaan. Ze heeft Eva alleen als baby gezien.'

'Moet je doen. Dat is goed voor oma en voor jezelf.

Zijn moeder keek op de staartklok en stond op. Het was tien voor vier.

'Is het al zo laat? Eva, zullen we een plasje gaan doen op het potje? Dan ga je met een droge luier met papa mee naar huis. Goed?'

Zijn moeder voegde de daad bij het woord en verdween met Eva naar boven.

Met een grote slok dronk Bartjan zijn kopje leeg. Een straaltje thee ontsnapte uit zijn mond en gleed over zijn kin naar beneden. Met een snelle beweging van zijn hand probeerde hij erger te voorkomen, maar een paar druppels waren hem te snel af. Op zijn overhemd – net boven het borstzakje, dus in het zicht – vloeide lichtbruin water tot een vlek.

Bartjan vloekte binnensmonds; het was een nieuw overhemd en theevlekken waren hardnekkig.

Hij liep naar de keuken om de vlek met een nat puntje van de theedoek te deppen met water en weinig zeep. Vooral niet wrijven, had zijn moeder hem geleerd, want dan werd het van kwaad tot erger. Na het deppen duwde hij met het droge deel van de theedoek voorzichtig het overtollige vocht uit het vlek. Bijna niet meer te zien.

Boven hoorde hij ma praten met Eva. Tussen haar gedempte tonen door, hoorde hij gegiechel. Eva had het naar haar zin.

Terug op de bank dacht Bartjan na over het gesprek. De puzzelstukjes vielen langzaam maar zeker in elkaar. De kleinkinderen moesten beschermd worden tegen de verschrikkingen, die oom Hendrik had ondergaan in Russische gevangenschap. Maar waarom wilde zijn oom in zijn werkkamer zelf wel herinnerd blijven worden aan die ellende? Dat was niet logisch. Dat zou hij een andere keer aan zijn moeder vragen. Vandaag was het genoeg geweest.

Bartjan hoopte dat oma zich iets kon herinneren van de sleutel. Eén ding wist hij zeker: hij zou ook deze puzzel oplossen.

5. Dubbele dienst

Bartjan blies in zijn koffie en nam voorzichtig een slok. Net iets te sterk voor hem. Uit de trommel op zijn bureau nam hij een verpakt koekje. Hypotheekmannetje™ lachte hem vanaf het cellofaan toe.

Hij had even tijd om na te denken want de volgende afspraak was pas om half elf. Zijn ogen gleden over de gegevens op het beeldscherm.

Het zou geen eenvoudig advies worden. Er was sprake van huwelijkse voorwaarden met koude uitsluiting. Een strikte scheiding van vermogen en inkomen zonder verrekening achteraf, had een bevriende notaris hem uitgelegd. De vrouw wilde het huis alleen kopen. Haar inkomen was hoog genoeg om de maandlasten te dragen. De man wilde niet aansprakelijk zijn voor haar schulden. Of hij de hypotheek onder die voorwaarden voor hen kon regelen? Bij andere adviseurs en banken waren ze op onbegrip en onkunde gestuit. De man had hen angsthazen genoemd. Natuurlijk, had hij gezegd, dat gaan wij voor u in orde maken. Na een belrondje wist hij dat het moeilijk, maar niet onmogelijk zou zijn.

Iedereen had recht op een eigen huis en hij, Bartjan Jelgersma, maakte dat mogelijk. Dat viel niet altijd mee, maar hij was goed en vindingrijk. Altijd op zoek naar de grenzen van het mogelijke, maar er nooit overheen, was zijn lijfspreuk. Cliënten konden op hem vertrouwen.

In gedachten verzonken scheurde Bartjan het cellofaan open. Zonder te proeven ging een half spritsje naar binnen, gevolgd voor een slok koffie. Bitter won het van zoet. Hij stopte het tweede deel van het koekje in zijn mond en dacht na.

Hypotheekadviseur was een mooi vak, vond hij. Vooral het gepuzzel om de ingewikkeldere hypotheken geregeld te krijgen boeide hem.

Het mooiste moment was als hij de oplossing aan zijn cliënten uitlegde. Rustig voerde Bartjan hen langs de hindernissen die hij overwonnen had. Hij liet ruimte voor verzuchtingen en beantwoordde rustig al hun vragen, hoe voor de hand liggend sommige antwoorden ook waren. Daarna sprak hij de verlossende woorden dat de financiering in principe rond was. Hij genoot van de opluchting en het geluk op de gezichten tegenover hem. De meeste cliënten wilden gelijk akkoord gaan met zijn financieringsvoorstel, maar hij adviseerde hen bedenktijd. De aankoop van een huis was toch niet zomaar een uitgave.

Een paar dagen later kreeg hij bijna altijd de opdracht om de acceptatie aan te vragen bij de financier. Als alles geregeld was, werden de vereiste documenten ondertekend. Namens Hypotheekmannetje™ overhandigde hij de mensen een vrolijke bos bloemen en een fles sprankelende witte wijn met bedrijfslogo. Het dossier kon worden gesloten en de provisie geïncasseerd.

Bartjan ging verzitten en keek naar het beeldscherm. De beste oplossing voor het echtpaar schoot hem nog niet te binnen.

Maar dat verontrustte niet. Kwam tijd, kwam raad. Dat hadden de afgelopen tien jaar hem wel geleerd. Maar koude uitsluiting bleef hij een vreemde bepaling vinden, waar weinig liefde en vertrouwen uit sprak.

Het beeldscherm van zijn mobiele telefoon lichtte even op: een sms van Jeannette.

>Gedoe in TK. Jij Eva ophalen? Kusje<

Bartjan twijfelde. Jeannette haalde het de laatste tijd vaak niet. En hun afspraak was duidelijk: hij brengen, zij halen. Hij klikte zijn agenda aan en zag dat de laatste afspraak om half zes was. De kinderopvang sloot om zes uur, dat haalde hij wel. Maar toch...

>Weer niet<

>Bellen?<

>Kan niet, want zo afspraak<

>Wanneer wel?<

>Hele dag moeilijk<

>Maar ik haal zes uur echt niet, lief<

>Ok, maar jij morgen dubbele dienst?<

Bartjan wist wat hij voorstelde. Dubbele dienst was zwaar, na een dag werken: inkopen, koken en Eva naar bed brengen. Het bleef even stil op de mobiele telefoon. Bartjan keek op zijn horloge: vijf voor half elf. Het schermpje verlichtte zijn handpalm met een blauwe gloed.

>Dubbele dienst?<

>Ja<

>Goed<

Het schermpje lichtte niet meer op. Geen kusje?

Door de ruit van zijn kamer zag hij het bezoek van half elf aankomen. Nog snel zond hij een sms naar Jeannette.

>Ik hou van jou. Dikke kus<

Bartjan zette zijn mobiele telefoon uit en gooide het cellofaantje in de prullenbak. Het beeldscherm draaide hij helemaal naar zich toe. In twee klikken van zijn muis was het dossier koude uitsluiting verdwenen en dat van de freelancer tevoorschijn gekomen. Kon het huis gefinancierd worden bij een onzeker en wisselend inkomen van de man? De vrouw had geen inkomen.

Uit de kast achter hem pakte Bartjan hun dossier en legde dat voor zich op het bureau. Hij deed zijn das recht en stond op. Klaar voor het beste hypotheekadvies.

6. Spoeddebat

Jeannette keek naar buiten. De zon was verdwenen achter de gebouwen van het Binnenhof. Ze zag mensen die vrolijk met elkaar spraken op de bankjes bij de fontein. Kinderen speelden verstoppertje bij de trappen naar de Ridderzaal, terwijl fietsers hen met een trage gang voorbij reden.

Haar Blackberry lichtte op.

>Hervatting om 21.00 uur<

Nog een kwartier en dan begon de vergadering weer. Ze nam een laatste hap van haar broodje kaas en klokte een beker lauwe melk naar binnen.

Jeannette keek op haar mobiel: geen sms'je van Bartjan. Ze hoopte dat het goed zou gaan met die twee. Vast wel. Ook hij had een volle agenda. De gaten dichtlopen die zijn baas liet vallen. Een zware promotieprocedure, die hem onzeker maakte. De nalatenschap van zijn tante regelen. Zij vond hem er pips uitzien.

De Blackberry toonde tien ongelezen berichten. Jeannette nam ze door – allemaal over het spoeddebat – en beantwoordde staccato de vragen van de fractieleden en de politieke adviseurs van de staatssecretaris. De PvdA-fractie zat in haar maag met het kabinetsstandpunt. Bij de verkiezingen was gratis kin-

30

deropvang beloofd. En dan nu al moeten bezuinigen. De kranten kopten dat tienduizenden vrouwen kinderopvang niet meer zouden kunnen betalen.

Op het toilet werkte Jeannette snel haar lippen en ogen bij. Het spiegelbeeld beviel haar, al ontgingen de eerste tekenen van vermoeidheid haar niet. Maar dat had ze graag over voor de goede zaak. Ze had als fractieassistente nota bene zelf meegewerkt aan de regeling, haar eerste grote dossier, haar visitekaartje voor de partij. Vrouwen hadden ook recht op een carrière en daarvoor was goede en betaalbare kinderopvang nodig. Punt uit.

Jeannette liep naar de publieke tribune en ging op een strategisch plaats zitten: goed uitzicht op de fractie en de adviseurs van de staatssecretaris. Ze zwaaide naar haar Kamerleden en wees op haar Blackberry. De adviseurs wat verderop knikten haar vriendelijk toe. Fractievoorzitters en woordvoerders overlegden in de bankjes, briefjes werden uitgewisseld.

Jeannette vroeg zich af hoe de staatsecretaris zich hieruit zou redden. Ook een stoere jonge moeder, die een bliksemcarrière in de partij had gemaakt. Zij bewonderde haar, ook al was ze het op dit dossier niet met haar eens.

De voorzitter opende de vergadering. Jeannette hoorde haar het gewenste tempo van het spoeddebat uitleggen. Ze zag de gezichten in de bankjes: strijdlust en opportunisme. Dat werd middernacht. Ze ging er eens goed voor zitten, mobieltje en Blackberry bij de hand. Ze wenste Eva mooie dromen toe en Bartjan een rustige avond. Dat had hij wel verdiend. En over de dubbele dienst moesten ze nog maar eens praten.

7. Moeder

De klok in de personeelskamer stond op tien voor zes. Adriana maakte zich klaar om haar dienst over te dragen aan Janny.

Het was een rustige maandag geweest – alle kinderen hadden hun avondeten gehad. De allerkleinsten sliepen al, terwijl de oudere kinderen nog in de recreatieruimte met hun ouders speelden.

Na het algemene bezoekuur zouden ook deze kinderen gaan slapen. Zo rond negen uur werd het stil op de kinderafdeling. Adriana genoot ervan om haar ronde te doen, liefst na middernacht, alleen met haar kinderen. Ze luisterde naar hun snelle ademhaling, streek over hun haar. Hier raapte zij een knuffel op; daar stopte zij losgewoelde dekens in.

Te midden van haar kinderen voelde Adriana zich veilig, op haar plaats. De buitenwereld had geen vat op de afdeling: hier geen zinloos geweld, geen vernederende pesterijen, geen botte onverschilligheid. Alleen zuivere liefde voor kinderen en goede zorg om ze zo gezond mogelijk in hun leven terug te zetten. Dat was het enige dat telde voor haar.

Vandaag had Adriana de dag gedraaid. Volgende week was ze weer aan de beurt voor de nacht.

Op de gang heerste een opgewonden drukte. Verpleegkundigen van de dag namen afscheid, die van de avond begroetten hen. Jeugdig geschetter. Op het planbord schoof Adriana de namen van de vertrekkers op 'uit'; Janny zou die van de nieuwe dienst op 'in' zetten.

Ze hoopte dat haar collega op tijd zou zijn. Het bezoekuur van moeder liep tot acht uur en ze wilde niet te laat komen – dat vond moeder vervelend.

En dan die sleutel. Adriana had het Bartjan weliswaar beloofd, maar toch zat die sleutel haar niet lekker. Hoe zou moeder reageren op haar vraag? Moeder was de gemakkelijkste niet, nooit geweest trouwens. Zou moeder iets weten over de sleutel? En wat dan wel? Zou ze het antwoord wel willen weten? Sommige dingen moest je laten rusten – zeker in hun familie.

Adriana zag op tegen het bezoek, tegen een onvoorspelbare moeder. Haar verwarde momenten namen de laatste maanden toe. Dan zat moeder niet meer voor haar, maar een scheldende en spugende vreemde. Dat vond ze vreselijk. Ze zuchtte diep en haalde haar tas uit het kluisje.

Op de gang hoorde ze de opgewekte stem van Janny. 'Adriana, meid, alles goed met de kinderen? Je mag lekker naar huis. Laat die gastjes maar aan tante Janny over.' Een Rotterdamse wervelwind trok door de personeelskamer. Adriana glimlachte – Janny was een goede meid – en trok haar jas aan.

'Geen bijzonderheden, Janny, het was een rustige dag. Let je goed op ze, op onze kinderen?'

Ze legde het dagrapport op tafel, haar vingers lieten het met een zacht gebaar langzaam los. Een afscheid van een kostbaar bezit, voor even. Morgen mocht ze weer.

'Natuurlijk, meid. Fijne avond, hoor.'

De verpleegkundigen druppelden de kamer binnen, dreven Adriana naar buiten. Tijd om te gaan.

'Goede dienst, allemaal.'

Haar zachte groet ging verloren in de kakofonie van de jeugd. Janny stak kort haar hand op.

Adriana haalde diep adem en klopte op de deur. Ze wachtte een paar tellen om daarna de kamer van moeder binnen te stappen. Linoleum en teakhout drongen in haar neus. Moeder zat in de stoel bij het raam, met de rug naar de deur. Ze keek niet om.

'Hallo, moeder, hoe gaat het met u?'

'Zo, ben je daar eindelijk. Het bezoekuur is haast voorbij.'

De woorden werden met kracht uitgespuugd, ketsten af tegen het raam om met hoge snelheid Adriana te raken − een pijnlijk ricochetschot.

Buiten speelden kinderen op straat, in de warme avondzon. Hun aanstekelijke gelach bereikte moeder niet. Adriana huiverde.

'Moeder, het is nog geen zeven uur.'

'Allemaal smoesjes. Voortaan kom je op tijd. Op tijd is op tijd. Kinderen moeten hun ouders gehoorzamen. Gehoorzamen, gehoorzamen. Hoor je mij, Tommie, hoor je mij!'

Moeder sloeg met haar wandelstok op de vensterbank. Een bloempot wiebelde, maar bleef staan.

'Moeder, ik ben het, Adriana, uw dochter. Tom komt altijd op zondag langs.'

Adriana legde haar handen op de schouders van moeder en kuste haar grijze haar. Haar ogen werden vochtig. Moeder zweeg.

'Moeder, zullen we een kopje thee drinken? Ik heb roomboter gesorteerd meegenomen; daar houdt u zo van.'

Het zakdoekje uit haar mouw nam de tranen op. Adriana slikte de brok in haar keel weg, haalde diep adem.

'O, Adriana, ben jij het? Fijn dat je kon komen. Zullen we thee drinken? Ik heb bij de bakker koekjes besteld. Gemaakt van echte roomboter, niet van die vieze margarine. Je weet wel hoe vader dat noemde: wagensmeer. Ga zitten, Adriana. Vertel moeder wat je vandaag hebt meegemaakt.'

Moeder klopte op de denkbeeldige stoel naast haar, terwijl ze naar buiten bleef kijken met ogen die niets zagen.

'Natuurlijk, moeder. Zal ik de thee zetten?'

Adriana draaide de stoel van moeder weg van het raam, in de richting van de salontafel. Vanuit de kleine keuken kon zij haar dan zien.

'O ja, natuurlijk, de thee zetten. Dat was ik helemaal vergeten.'

Het gezicht van moeder onthardde. Adriana begreep dat zij het nu moest vragen want de verwarring kon elk moment weer toeslaan. De Friese staartklok sloeg het hele uur.

'Moeder, u weet dat Bartjan de nalatenschap van Antoinette regelt?'

De waterkoker klikte: klaar!

'Zeker. Bartjan is een goede jongen. Een zoon om trots op te zijn.'

'Inderdaad. Maar daar gaat het niet om, moeder. Bartjan vond in de werkkamer van Hendrik een sleutel met een opschrift. Hij stelt daar vragen over die ik niet kan beantwoorden, maar u mogelijk wel.'

35

De theepot tikte van het kokende water. Adriana zette de nette kopjes van Engels porselein op het dienblad en legde de roomboterkoekjes op een zilveren presenteerschaal.

'Wat deed Bartjan daar? Die jongen weet toch dat de kamer van Hendrik verboden terrein is. Adriana, waar blijft de thee?'

Moeder schoof onrustig heen en weer op haar stoel. De verwarring sloop naderbij, klaar om toe te slaan.

'De thee komt er zo aan, moeder. Bartjan moest het huis inspecteren voordat de makelaar kwam. Het huis van Antoinette wordt verkocht, dat heb ik u verteld. De werkkamer hoort bij het huis, moeder. Die was trouwens helemaal leeg, op die sleutel na.'

Adriana zette het dienblad op de salontafel en schonk de thee in de kopjes. De geur van verse thee kalmeerde haar. Ze liet moeder een roomboterkoekje uitzoeken. Zoals altijd nam moeder het koekje met het gekonfijte rode vruchtje in het midden. Daar hield zij van. Zelf nam zij het liefst de hernhutter – ieder zijn voorkeuren.

'Mmm, wat een ver-ruk-ke-lijk koekje. Die Antoinette toch.'

Moeder blies in haar kopje en nam voorzichtig een slok. Adriana meende te zien dat zij lachte. Of vergiste zij zich?

'Wat is er met Antoinette, moeder?'

'Ik had haar nog zo op het hart gedrukt de kamer goed leeg te ruimen.'

'Waarom, moeder, is dat zo belangrijk voor u? Het is allemaal al zo lang geleden...'

'Er moet een dikke streep doorheen, Adriana. Een dikke streep.'

Moeder zwaaide met haar hand en zette de streep in de lucht. Het vergeten kopje thee in haar andere hand maakte slagzij. Thee gutste over de rand, vulde eerst het schoteltje en liep daarna over in het Perzische tapijt. Zelf merkte ze niets van deze onhandigheid. Adriana liep naar de keuken voor een lapje.

'Waardoorheen, moeder?'

'Ons verleden, dat van Hendrik, Antoinette en mij. Dat is voorbij; doet er niet meer toe. Wij hebben de strijd verloren. Onze tijd komt niet weer.'

Adriana bukte om de theevlek weg te deppen. Van dichtbij zag ze oude koffievlekken en platgetrapte etensresten. Het Perzische tapijt moest nodig gereinigd worden: punt van aandacht voor de huishoudelijke dienst. Gelukkig rookte moeder niet, anders zou ze zichzelf nog in brand zetten.

'Maar wij zijn er ook nog. Tom en ik hebben toch...' Adriana slikte de rest van de zin in. Moeder had altijd alleen oog voor haar eigen onrecht gehad. Haar kinderen moesten vooral niet zeuren, en praten over het verleden had er nooit ingezeten. Als Tom of zij hadden doorgezet en toch vragen aan moeder hadden gesteld, dan was het huis te klein geweest.

Adriana haalde de sleutel uit haar tas en legde deze op de salontafel, naast moeders theekopje. Ze wees haar op de sleutel.

'Waar past die sleutel in, moeder?'

Moeder zette haar leesbril op en bekeek de sleutel aandachtig. Haar duim streek over het hakenkruis, haast teder. Ze glimlachte.

'Adriana, oom Hendrik had ooit een metalen kistje waarin hij belangrijke documenten bewaarde. Daar zou deze sleutel wel eens op kunnen passen.'

'Weet u waar dat kistje is, moeder?'

'Neen, Adriana, dat weet alleen Antoinette. Zullen we nog een koekje nemen, Adriana? Wil je ook nog een kopje thee?'

Moeder reikte naar de theepot. Adriana onderschepte haar hand, pakte die stevig vast en keek moeder aan. Ze schrok van haar actie, maar zette door.

'Moeder, denk goed na. Waar is het kistje? Wat betekent *H.G.*?'

Te laat: moeder was vertrokken, haar ogen stonden op oneindig.

'Kamp… die vuile schoft… poten thuis… Tommie…!'

'Moeder, doe nu niet, alstublieft.'

De verwarring was weer heer en meester.

'Vuile schoft… gore hond… Tommie… lieve jongen, mama kan er niets aan doen… echt niet.'

Het schuim stond op moeders mond. Ze hapte naar adem en haar lichaam schokte — geen controle meer.

'Rustig aan, moeder. Dit is niet goed voor uw hart.'

Moeder reageerde niet en bleef vloeken. Adriana kon het niet meer verdragen en belde de verpleging om moeder van haar over te nemen.

'Het is bijna acht uur, moeder. Ik moet gaan. De zuster komt zo.'

Adriana kuste haar moeder op haar hoofd en drukte haar tegen zich aan. Tranen vonden hun weg, vloeken smoorden in kleding. Ze voelde moeders wilde schokken in het lichaam.

Waarom was moeder zo boos? Wie was die schoft? Of kwam het door de ziekte? En wat had Tom daarmee te maken?

Het schokken werd minder. Moeder prevelde onverstaanbare woorden. Ze zag er oud en moe uit, verslagen door het leven.

'Rustig maar, de zuster komt eraan,' fluisterde zij in moeders oor. Oude ogen keken langs haar heen.

Adriana fatsoeneerde haar moeder: schuim van de mond, tranen gedept en haren gladgestreken. Met moeite had ze de sleutel uit moeders hand gekregen. Daarna begon ze aan de afwas.

Het was iets over achten – Adriana was net bezig het schone theeservies op te ruimen – toen er op de deur geklopt werd.

Bij de bushalte sms'te ze met Bob dat ze om half negen thuis zou zijn.

Haar man was op de hoogte van het verleden van oom Hendrik. Adriana had hem verteld over het gesprek met Bartjan over de sleutel. Bob had haar aangeraden bij haar verhaal te blijven. Dieper graven in het verleden had geen zin meer. Dat zou zaken oprakelen waar niemand beter van werd, ook hun zoon niet. Het was goed zo en dat moest vooral zo blijven, had hij gezegd. Bob had natuurlijk gelijk gehad.

8. Mius

Vrijdag 24 oktober 1941

Vorige week kregen we het verschrikkelijke bericht dat Walter voor Volk en Vaderland is gesneuveld aan het Mius-front. Van Mius had ik nog niet eerder gehoord. Het blijkt een rivier in het zuiden van de Oekraïne te zijn, bij Rostow.

De commandant van Walters kompagnie sprak in zijn brief aan mijn ouders lovende woorden over hem. Hij was een moedige soldaat geweest, een voorbeeld voor zijn kameraden. Een promotie tot onderofficier had in het verschiet gelegen want hij was een geboren leider, zo schreef zijn commandant. Veel wijzer werden we niet van de brief.

Zijn moed mocht Walter niet baten want een sluipschutter was hem noodlottig geworden, bij de aflossing van zijn wacht om zeven uur in de ochtend. Dat schreef zijn beste kameraad Bert Schoenmaker in een persoonlijke brief aan vader en moeder. Het is een wonder dat die brief door de censuur is gekomen. Voor ons is het een Godsgeschenk. Eindelijk weten we meer.

Hun eenheid had al vier dagen geen warm eten meer gehad — ze leefden op hun noodrantsoenen en het voedsel dat zij vonden op gevangengenomen Russen. Bij gevechten hadden ze flinke verliezen moeten incasseren. Versterkingen waren onderweg geweest, maar door de slechte wegen zouden die nog wel even op zich laten wachten. De manschappen moesten daarom vaker en langer wachtlopen. Na zijn wacht was Walter bovenlangs teruggelopen naar de bunker. Zijn ouders moesten weten dat het onderin de loopgraven veel te drassig was. Bevroren voeten had je zo met die vreselijke kou. En dan was je verder van huis, beweerde Bert.

Twee dagen ervoor had zijn eenheid met een actie het voorterrein gezuiverd van sluipschutters. Walter had er zelf één uitgeschakeld. Sindsdien waren in de stelling geen ongelukken meer voorgevallen. Hij moest gedacht hebben dat het wel verantwoord was om bovenlangs te gaan. Bert benadrukte dat Walter nooit over één nacht ijs ging en zijn acties goed voorbereidde. Domme pech, dat was het, volgens Bert. En mogelijk ook vermoeidheid door dat vele wachtlopen.

Ze hadden Walter begraven op de oorlogsbegraafplaats achter het front, bij Amwrosijewka.

Vader en moeder zijn verslagen, Walter. Rouwen zonder afscheid is vreselijk. Ze putten kracht uit de steunbetuigingen van de partij. Die laat hen niet in de steek. Fijne lui. De Leider is, samen met andere vooraanstaande partijleden, bij ze langs geweest om zijn deelneming te betuigen. Hij bedankte hen voor het offer dat zij hebben gebracht voor Volk en Vaderland, voor de strijd van het nationaalsocialisme tegen het bolsjewisme. Het grootste offer dat er bestaat, het leven van een zoon, een soldaat. De woorden van de Leider deden hen goed, zag ik, en brachten weer wat kleur op hun gezichten. De rouwadvertentie in 'Volk en Vaderland' sprak mooie woorden. Ook het regelmatige bezoek van leden van de kring Den Haag stellen ze op prijs. Ze zijn trots op je. Ik ook. Dat moet je weten, Walter.

Walter, ik ben nu de oudste zoon van het gezin en dat schept verplichtingen. De lust om te studeren is verdwenen. De privécolleges bezoek ik met tegenzin. Hoe kan ik hier nu leven tussen al die salonsocialisten? Hoe kan ik nog onbekommerd een biertje drinken op een terras? Wat doe ik nog in dit land van slapjanussen en klagers? Waarom zal ik mijn studie nog afmaken? Het recht, de rechtvaardigheid, dat werkt toch alleen in een land dat sterk is, waar de trots regeert? Dat is voor mij — en dat was het ook voor jou — een land waar het nationaalsocialisme breed gedragen wordt, waar de Leider het land met ferme hand bestuurt. Een dergelijk land is niet mogelijk zolang het Rode Gevaar onze waarden en normen bedreigt. De echte strijd is in het Oosten, daar waar jij gevallen bent. Ik moet jouw strijd voortzetten en onze eindzege binnenhalen. Ik voel het als een Heilig Moeten, als een drang die niet meer te stuiten is. Ik moet daar zijn, Walter, om Russen te doden en jouw dood te wreken.

Mijn besluit staat vast, ik kom naar je toe. Vader en Antoinette zullen er niet blij mee zijn, maar ik weet zeker dat ze mij uiteindelijk zullen steunen. Vele zielen, maar één gedachte, nietwaar?

Greetje mist je heel erg. Jij was haar grote voorbeeld. Ik hoop dat ik dat voor haar kan worden, op mijn eigen wijze natuurlijk. Jij bent en blijft Walter, haar grote broer. En de mijne. Ik mis je, Walter.

Rust zacht in vrede,

Je liefhebbende broer Hendrik

9. Navelstreng

Het was warm in de kleine waskamer op zolder, om niet te zeggen heet. Een schril contrast met het weer buiten: harde wind en veel regen. Het dakraampje moest daarom dicht blijven.

Adriana veegde zweetdruppels van haar voorhoofd, terwijl ze voorover bukte om de witte was in de wasmachine te stoppen. Onderin haar rug voelde ze pijn, een beroepskwaal. Ze kreunde zacht, omdat ze niemand met haar klachten lastig wilde vallen, ook Bob niet.

Niet klagen, maar dragen, dat was haar motto geworden. Niet omdat ze graag droeg, maar omdat ze wel moest, omdat ze aan de anderen wilde laten zien dat zij wél deugde. Ertegen vechten had geen zin gehad. Onbegonnen werk. Stug doorgaan en de pijn —hoe onterecht ook — verbijten. Dat had ze wel geleerd, toen, in die verloren jaren van haar jeugd.

Nu had Adriana het beter. En veel was vergeten. Juist daarom was zij zo van streek geweest over die sleutel. Gelukkig voor haar had moeder Bartjan niet verder kunnen helpen. Over het metalen kistje had Adriana tegen hem gezwegen. Bartjan was teleurgesteld geweest, maar leek het doodlopende spoor te accepteren.

43

Adriana kwam overeind en strekte haar rug – de pijn golfde langzaam weg. Ze rook aan het dopje met wasverzachter en rook frisse lentegeuren. Daar hield ze van. Nadat ze de waterkraan en het filter had gecontroleerd – veiligheid voor alles –, zette ze de wasmachine aan. Even later voegde het geluid van een draaiende trommel zich bij dat van de wasdroger.

Tussen deze machines, in deze kamer voelde Adriana zich op haar gemak. Het zich alsmaar herhalende ritueel van wassen, drogen, ophangen, vouwen en strijken maakte haar rustig. Niet alleen omdat zij trots wilde zijn op haar man en kinderen, als zij in schone en gestreken kleren het huis verlieten, maar ook omdat de anderen dan konden zien dat ze haar taken in het huishouden serieus nam, dat ze een goede echtgenote en moeder was.

Vroeger – toen Bartjan en Liesbeth nog thuis woonden – had de wasmachine elke dag gedraaid, terwijl ze nu moest sparen voor een volle trommel. Vaak tevergeefs. Dan lagen er drie zielige hoopjes was op de grond. De verleiding was groot om van die halfjes een heel te maken, om bont, wit en kookwas bij elkaar te doen, om zodoende geen water en stroom te verspillen. Dan hoorde ze de stem van moeder in haar hoofd: zuinigheid met vlijt, Adriana, zuinigheid met vlijt! Ze wilde moeder niet teleurstellen.

Maar diezelfde moeder had haar vroeger streng op de wasvoorschriften gewezen: soort bij soort, kleur bij kleur. Als ze dat niet deed, dan zwaaide er wat. Mannen hielden niet van witte overhemden met een roze zweem en onderbroeken met dubieuze vlekken. Als ze kennis wilde krijgen aan een nette man, dan moest Adriana zich aan de voorschriften houden, had moeder haar ingeprent.

Bob was een goede partij gebleken. Moeder was in haar nopjes geweest met deze jongeman in politie-uniform: knap, sterk, vast inkomen en goede vooruitzichten. Het gezag in Nederland mocht blij zijn met deze handhaver, had moeder hem bij de kennismaking toevertrouwd. Moeder had iets te amicaal een pluisje van Bobs schouders geveegd – ze hield van uniformen. Adriana had zich voor moeder geschaamd omdat ze wist wat er zou volgen: de bekende tirade over slappe bestuurders, salonsocialisten, een sterke natie, enzovoorts. Bob had het allemaal netjes omzeild en moeder gecomplimenteerd met haar knappe dochter. En daarmee was het gevaar van de baan geweest, voor even dan, want moeder gaf niet snel op.

Onvermoeid was ze blijven doorgaan met het winnen van zieltjes voor de beweging, ook al hadden ze de eerste slag verloren en moesten ze nu ondergronds verder. Hun tijd zou nog wel komen, zei ze dan. Adriana had vurig gehoopt dat die voorspelling nooit zou uitkomen.

Uiteindelijk won zuiverheid het van verspilling. Moeder trok hoe dan ook aan het kortste eind. Dus draaide Adriana om de dag halve wasjes. Bob verdiende kraakheldere overhemden en dito ondergoed.

De laatste tijd dacht ze vaker aan vroeger. Adriana miste die tijd van vrolijke kinderstemmen, van tekeningen op de schoorsteenmantel, van gesprekken aan de eettafel, van rond-slingerende rommel, van gestommel op de trappen, van mu-ziek uit de slaapkamers, van geruzie over de douche, van pleis-ters op kapotte knieën, van troostende woorden, van een lekke-re knuffel voor het slapengaan, van de onvoorwaardelijke lief-de, van die heerlijke afhankelijkheid.

Adriana had de kamers van Bartjan en Liesbeth gelaten zoals deze waren toen zij het huis verlieten. Niet zozeer als gebaar van gastvrijheid – haar deur stond altijd open, ze konden zo thuis komen wonen als dat nodig was – maar vooral als herinnering, van hoe het was en nooit meer zou worden. Twee kleine musea van het voorbije moederschap, had zij Bob eens uitgelegd, toen hij haar vroeg waarom zij de kinderkamers niet wilde leegruimen. Hij begreep haar behoefte wel en roerde het onderwerp niet meer aan. Zo was hij, een lieve man. Zij wist dat hij er anders over dacht.

Zo nu en dan ging Adriana in een van kamers op het bed zitten. De ene keer in de kamer van Liesbeth, de andere keer in die van Bartjan. Ze wilde geen onderscheid maken, ook als de kinderen daar niets meer van merkten. Het ging om het idee, ze hield van allebei evenveel. Daar zat ze dan, in haar eentje, te denken en te staren. De kinderen hadden veel van hun spullen thuis gelaten. Ze hielden de boot af als Bob ze vroeg wanneer ze eindelijk hun spullen kwamen ophalen. Adriana drong dan niet verder aan, legde een hand op Bobs arm. Zij begreep hen wel. Voor de kinderen waren het dingen uit een andere tijd, een tijd die ze hadden afgesloten. Ze waren nu volwassen en woonden op zichzelf, hadden een relatie, een baan en vrienden. En veel ruimte hadden ze beiden niet gehad in hun eerste woning. Adriana vond het wel best zo en hoopte stiekem dat de kinderen hun spullen zouden vergeten.

Als zij daar zat, dan voelde Adriana de onbedwingbare behoefte om hen te ruiken. Zij stopte haar neus in hun kussens en snoof de geur op, heel langzaam, om maar niets te missen. Ze hoopte op sporen van hun vertrouwde lijflucht, die haar naar dierbare herinneringen zou leiden. Soms meende ze door de wasverzachter heen een flinter van hen te ruiken. Daarna streek zij hun lakens glad, klopte de kussens op en stopte de dekens strak in. Alsof de kinderen elk moment weer thuis konden komen.

Met hun spulletjes in het zicht kwamen de herinneringen op volle kracht binnen, gevolgd door de tranen. Ze kon zich er niet tegen verzetten en onderging de golven van vreugde en verdriet. Na de huilbui kwam de opluchting – de tijdelijke verzoening met haar lot. Totdat de emmer weer overliep.

Het was op die momenten in de kinderkamers dat de incompleetheid haar vol raakte. Met het verlangen van het moederschap kwam ook de pijn van haar jeugd, de moeilijke verhouding met moeder, de pesterijen op straat. Natuurlijk, ze had haar kinderen in het ziekenhuis, maar dat was toch anders. De overgang van de drukte van de kinderafdeling naar de stilte van hun huis was soms te groot voor haar.

Gelukkig voor haar was Eva er nog.

De piep van de wasdroger bracht Adriana terug in de vochtige warmte van de waskamer. Ze leegde het reservoir van de droger in het fonteintje en maakte de stoffilter schoon met haar vingers. Daarna stopte ze de kastdroge was in de wasmand.

Vanmiddag zou Adriana gaan vouwen en strijken. Zij verheugde zich op de nette stapeltjes was, allemaal even breed en zonder plooien en kreukels.

Maar nu was het tijd voor koffie, samen met Bob.

Voordat Adriana de waskamer verliet, keek zij door het raampje naar buiten. De regen was opgehouden en de wind had de wolken uit elkaar gejaagd. Een bleek zonnetje scheen in de kamer. De verleiding om te luchten was groot, maar toch hield ze het raampje gesloten. De wind was niet te vertrouwen – een woeste ruk zou voldoende zijn. Ze draaide zich om en liep de overloop op. Beneden hoorde zij een deur opengaan.

'Adriana, telefoon voor jou, ene Groenink!'

'Wie?'

'Groenink! Neem je hem boven aan?'

'Neen, ik kom wel naar beneden!'

'Oké!'

Terwijl ze de trap af liep, probeerde ze een gezicht bij die naam te krijgen. Dat lukte echter niet.

10. Aap met zeven lullen

Jan-Kees stak zijn hoofd om de deur, met een brede grijns in een te bruin hoofd.

'Zeg, Bartjan, loop je om tien uur even bij mij binnen! Volgens Nathalie is jouw volgende afspraak pas om half elf.'

Het gemak waarmee zijn baas dingen aannam, stoorde hem.

'Natuurlijk, Jan-Kees, maar waarom niet nu? Ik wil mij nog voorbereiden op die afspraak van half elf. Het is een complexe financieringsaanvraag. Huwelijkse voorwaarden met koude uitsluiting, je kent dat wel. Heel interessant. Zit volgens mij goede handel in.'

Om zijn woorden kracht bij te zetten, wees hij met zijn vinger naar het scherm van zijn desktop. Het elektronische dossier als bewijs van zijn gelijk.

'Maar jij houdt toch van puzzelen?' kaatste zijn baas terug.

Raak.

Bartjan pakte het setje documenten voor de afspraak op en tikte alle papieren netjes achter elkaar in het gelid. Dat had hij afgekeken van de nieuwslezers van het achtuurjournaal. Het uitgelijnde setje legde hij in het gezichtsveld van zijn baas. Bewijsstuk nummer twee in de zaak Bartjan tegen Jan-Kees.

'Dat is waar, Jan-Kees, maar ik wil de voorwaarden van de bank voor de zekerheid nog doornemen. We kunnen ons geen—.'

'Ja, ja, dat lukt je vast wel. Maar ik kan nu niet. Druk, druk, je kent dat wel. En het is iets wat wij *onder vier ogen* moeten bespreken.'

Bartjan wist dat alle andere adviseurs nu meeluisterden met het gesprek. Hij verdacht Jan-Kees ervan vertrouwelijke gesprekken met opzet luidkeels aan te kondigen. Blijkbaar was dat zijn manier om de concurrentie op kantoor levend te houden.

'Ja, maar—.'

'Koude uitsluiting, zei je, Bartjan? Met marktpotentie, nietwaar? Hmm…'

Als Jan-Kees ging hmm'en dan moest je oppassen, wist iedereen op kantoor. Haastklussen, overwerk, corvee, dat soort dingen. En altijd op het laatste moment. Bartjan zette zich schrap.

'Zeg, Bartjan, wil je deze week een productvoorstel voor die koude uitsluiting op mijn bureau leggen, dan pak ik het verder op. Uiterlijk vrijdag graag. De concurrentie zit niet stil. Goed werk, Bartjan, verdomd goed werk. Nou, tot tien uur dan.'

Jan-Kees gaf hem een samenzweerderige knipoog en voordat Bartjan iets kon zeggen was zijn baas weer verdwenen. Bartjan hoorde hem hier en daar nog een luide aansporing uitdelen – een publiekelijke sneer verpakt in een bulderende lach. Een deur viel hard in het slot en de rust keerde terug in het kantoor.

Bartjan vroeg zich af wat zijn cliënten zouden denken als zij Jan-Kees in het kantoor tegen het lijf zouden lopen. Gelukkig was de kans daarop nihil, want zijn baas bracht het merendeel van zijn tijd door op het hoofdkantoor in Amsterdam. Het was een publiek geheim dat hij in de raad van bestuur wilde. En als hij daar niet was, dan tuurde hij in zijn werkkamer achter een gesloten deur naar spreadsheets over de ontwikkeling van de omzet en de brutomarge van de vestiging.

Om kwart voor tien stond Bartjan voor het bureau van Nathalie. Als persoonlijke assistente van Jan-Kees zou zij hem vast meer weten te vertellen over de plotselinge afspraak.

Iets belangrijks, antwoordde zij. Maar wat dat was, dat kon zij hem helaas niet zeggen. Zij lachte vriendelijk en ging verder met haar werk.

Haar omtrekkende beweging zat hem niet lekker.

Terug op zijn kamer benutte hij de laatste minuten om het dossier van het echtpaar met de koude uitsluiting diagonaal door te nemen. Zo op het eerste gezicht pasten het aanbod en de voorwaarden van de bank op de wensen van zijn cliënten. Ze zouden vast tevreden over hem zijn. Die wetenschap gaf vertrouwen en rust.

Kalm liep hij naar de kamer van Jan-Kees.

'Fijn dat je er bent, Bartjan. Ga zitten, pak een stoel. Koffie, thee, water?' viel het als een spraakwaterval uit de mond van zijn baas.

Bartjan zag een smoezelig bureaublad: overal koffiekringen, propjes papier, verbogen paperclips, nietjes. In de buurt van zijn telefoon groeide een bos veelkleurige zelfklevers met kreten en uitroeptekens erop. Het waren pogingen van Nathalie om haar baas in het gareel te houden. En verder zag hij overal spettertjes speeksel, in diverse stadia van verdamping, als stille getuigen van de onstuitbare woordenstroom van zijn baas.

'Nee, dankjewel. Ik heb net koffie gehad.'

Bartjan ging in de ongemakkelijke vergaderstoel zitten, zo een waarin je vanzelf onderuit gleed, ook als je dat niet wilde. Jan-Kees hield niet van vergaderen. Vandaar. De Arbo-wet vond hij werkverschaffing voor ambtenaren.

Bartjan schoof de lage stoel niet aan want dan zou het hoogteverschil met zijn baas te gênant voor hem worden. Voor de zekerheid wrikte hij zich met stoel en al naar achteren, buiten schootsafstand van de spettertjes. Jeannette vond hem een zeur als het om persoonlijke hygiëne ging, maar dit zou zij zeker ook smerig vinden.

'Ook goed. Zeg, waar ik het met je over wil hebben, is het volgende. Morgen bespreekt de raad van bestuur de corporate strategy 2009-2011 met ons.'

'Ons?'

'Met de vestigingsmanagers, bedoel ik. Dat doen we elk jaar om deze tijd, maar dit keer is het een extra belangrijke strategy summit. De raad van bestuur wil met ons klankborden over de gevolgen van de kredietcrisis in Amerika voor de strategie van Hypotheekmannetje™. Als de crisis in Europa aan wal komt dan moeten onze scenario's klaarliggen. Vind je niet?'

'Ja... natuurlijk… maar het gaat toch goed met ons bedrijf? Mijn agenda zit tjokvol met afspraken.'

'Strategie gaat over de volle agenda in 2011, niet over die van vandaag, Bartjan. En niet alle vestigingen zijn zo solide als Den Haag. Het gaat om de toekomst van de groep, om onderlinge solidariteit. En het is tijd dat jij daarover gaat meedenken, nietwaar?'

'Ik?'

'Ja, jij. Als je vestigingsmanager wilt worden, moet je strategisch leren denken, de grote lijnen kunnen zien en die vertalen naar jouw vestiging. Je moet verantwoordelijkheid nemen voor de groep, het wel en wee van je eigen cliëntenportefeuille ontstijgen. Volg je mij?'

'Ja, hoor, strategisch denken, vertalen naar de markt, solidariteit met de groep... uhh... dankjewel voor de uitnodiging.'

'Graag gedaan, maar zie het vooral als een kans om je te profileren bij de raad van bestuur. Laat hen zien dat jij de toekomstige vestigingsmanager bent. Grijp die kans; een gelegenheid als deze komt niet vaak voor. Heb je nog vragen?'

'Uh... nee... het is inderdaad een mooie kans.'

'Mooi zo, dan zie ik je morgen om negen uur op het hoofdkantoor in Amsterdam. Nathalie zal je wel vertellen waar de bijeenkomst precies is. Ze heeft ook een informatiesetje voor je gemaakt. Dan weet je net zoveel als wij. Maar mondje dicht, hè! Het is allemaal strikt vertrouwelijk. Tot morgen, Bartjan. En sluit de deur achter je, wil je. Ik verwacht zo een *vertrouwelijk* telefoontje.'

Weer die knipoog.

Hij knikte terug en stapte naar buiten, recht in het lachende gezicht van Nathalie.

'Is dat geen leuke verrassing, Bartjan? Met de top meepraten over de toekomst van het bedrijf. Proficiat, hoor!'

Ze kuste hem op zijn wangen. Hij vond dat ze lekker rook.

'Dankjewel, Nathalie, het is... inderdaad een hele eer. Spannend hoor! '

In zijn hoofd draaide een andere film. Had hij nog voldoende tijd om zich voorbereiden op de bijeenkomst? Gelukkig hoefde hij vanavond Eva niet op bed te leggen. Wat zou hij aantrekken: krijtstreep, bretels, das, stemmig of juist niet? Hij wilde succes uitstralen, maar ook degelijkheid. En hij had morgen drie afspraken met cliënten staan, die moesten worden verzet. Wat ging hij hen zeggen? Hij moest zelf bellen en het goed uitleggen.

'Je bent weer aan het malen, Bartjan. Geniet ervan, ik regel wel dat jouw afspraken worden verzet of – als de cliënten dat op prijs stellen – worden overgenomen door een van de andere adviseurs. Hier heb je de informatieset. Alles zit erin: routebeschrijving, parkeergelegenheid, badge, uitrijkaart, afdrukken van de presentaties, indeling van de workshops, de lijst van genodigden, de hele santenkraam. Alsjeblieft, veel plezier ermee.'

Ze drukte hem een luxe vergadermap in zijn handen, met ingedrukt bedrijfslogo. Hij rook leer.

'Dank je. Staat er ook iets in over kledingvoorschriften?'

'Nee, dat dan weer niet. Maar ik zou zeggen: een mooi pak, tweedelig, geen dikke krijtstreep, cognacbruine schoenen en absoluut geen bretels. Dat is voor snelle handelaren op de beursvloer. Kies voor een rustig overhemd en zoek het contrast in de kleur van de das. Effen of met een subtiel werkje erin. Geen figuurtjes of drukke motieven. Dat is helemaal fout. Helpt dat?'

Ze plaagde hem, dat voelde Bartjan wel. Zij wist dat hij zenuwachtig was voor de bijeenkomst, want er stond veel op het spel voor hem. Een pestkop, dat was ze, maar wel een met het hart op de juiste plaats.

'Zeker. Maar als je het niet erg vindt, dan bel ik zo zelf met mijn cliënten. Ik wil ze uitleggen waarom de afspraak morgen niet kan doorgaan.'

'Wat jij wilt.'

'Nou, dan ga ik maar eens aan de slag. Nog bedankt voor de felicitatie.'

Op weg naar zijn kamer merkte Bartjan dat zijn collega's naar hem keken. Nathalie kuste immers niet zomaar met iemand. Hij genoot van hun aandacht en glimlachte vriendelijk terug.

Bartjan moest aan zijn overleden opa van moederskant denken, de arts Robert van Leeuwen. De kleinkinderen noemden hem opa Leeuw. Zo trots als een aap met zeven lullen, dat zou opa vast gezegd hebben, had hij Bartjan nu gezien. Hij grinnikte om opa en zijn uitspraken, die oma Greetje veel te grof vond, maar waar opa zich op zijn beurt niets van aantrok.

Bartjan zag die aap voor zich, met al zijn lullen. Zelf had hij aan één lul genoeg. Apen mochten blij zijn dat de strakke spijkerbroek aan hen voorbijgegaan was.

Het was vijf voor half elf. Snel pakte Bartjan het setje, tikte het voor de zekerheid nog strakker in het gelid en plaatste het recht voor zich op de vergadertafel. Zijn vulpen – een verjaardagscadeau van Jeannette – legde hij er evenwijdig naast, met de dop naar boven. Hij moest niet vergeten haar het goede nieuws te vertellen. Tijdens de lunch zou hij haar een sms'je sturen.

11. Marbella

Hoewel Bartjan op tijd van huis vertrokken was, had de lengte van de ochtendspits hem toch verrast. Met nog tien minuten speling was hij de parkeergarage onder het hoofdkantoor binnen gereden.

Op niveau min twee vond hij, na twee rondjes, in een donkere hoek onder een afzuiginstallatie, het enige vrije parkeervak.

In het licht van zijn koplampen zag Bartjan rechts van het vak een muur en links een oude Seat Marbella: vaalroze lak, roest, geknikte antenne en deuken, heel veel deuken. Het koekblik stond tot overmaat van ramp ook nog scheef, met de achterkant over de streep van zijn vak. Bartjan huiverde, maar had geen keus. Over zeven minuten zou de bijeenkomst beginnen. Hij parkeerde de Audi, met ingeklapte spiegels, zo dicht als hij durfde langs de muur.

In een sprint voltooide Bartjan het laatste deel van zijn reis. Geen tijd meer voor het toilet. In het applaus voor de voorzitter schuifelde hij omzichtig langs achterhoofden en over benen op weg naar een vrije stoel op de vierde rij van achteren. Zijn oksels voelden vochtig van inspanning en opwinding. Hij hoopte dat niemand hem zou ruiken.

Overal waar Bartjan keek, zag hij het logo van Hypotheek-mannetje™. Het was een olijk kereltje – felrode kuif, grote grijns, vette knipoog en duim omhoog – dat op je toe kwam lopen, in een modern zwart pak met wit overhemd, op felrode hardloopschoenen met gele fluorescerende veters. Het mannetje deed Bartjan aan die cabaretier annex radiopresentator annex marathonloper denken, Dolf-nogwat.

De rode draad van de presentatie was Bartjan wel duidelijk. Agressieve marketing en sales, meer producten verkopen aan dezelfde cliënt (one stop shop), hoogwaardige advisering op maat aan de vermogende cliënten en standaardisatie van de producten voor de modale cliënt. Vestigingen zouden nadrukkelijker met elkaar vergeleken worden. Gevonden 'best practices' zouden meer gedeeld worden, had de voorzitter de zaal uitgelegd.

Bartjan vond dat voor de hand liggend. Wie wilde niet van een ander leren? Zwakkere vestigingen konden zich aan sterkere optrekken, zodat de prestatie van de hele groep verbeterde. Daar werd iedereen beter van. Prima toch?

Moest hij daarvoor helemaal, in de spits, naar Amsterdam rijden? Als Jan-Kees die boodschap verteld had, dan had hij het ook wel gesnapt. Bij wijze van spreken zou hij nu al in de Haagse markt zijn bijdrage aan de nieuwe strategie kunnen leveren.

Of miste hij iets in de presentatie? Zat er een diepere strategische bedoeling in, die hem ontging? Een bedoeling die je alleen kon doorzien als je een ervaren vestigingsmanager was. Dat moest wel, want zo simpel kon strategie niet zijn. Hij zou dit met Jan-Kees bespreken.

Later.

Bartjan ging verzitten en keek om zich heen. Twee rijen naar voren, aan de andere zijde van het gangpad, draaide iemand zich naar hem om. Een hand ging omhoog, witte tanden flikkerden in de schemer. Bartjan keek nog eens goed. Toen herkende hij het hoofd met de brede glimlach. Het was Ronald van de vestiging Zwolle, zijn maatje in het hipoklasje.

Ronald wees op zijn horloge en maakte een gaapgebaar. Die had vast ook weinig opzienbarends gehoord. Bartjan trok zijn knieën op, wees naar zijn oren en trok een overdreven pijnlijk gezicht. Ronald was immers ook lang. Een duim ging omhoog.

In het programmaboekje stond dat de eerste *coffee break* om half elf zou zijn. Dat was over tien minuten – veel te lang voor Bartjan. Zijn benen zochten tevergeefs naar rek-en-strekruimte. Zijn knieën waren in de krappe ruimte op slot gegaan en schreeuwden om een verlossende knik.

Tevergeefs. Alles werd stijf. In zijn onderrug zeurde een pijn. Bartjan wilde het daglicht zien, even verlost worden van de monoloog van de voorzitter, van alle vooruitziende, met kracht uitgesproken woorden. Even geen visie, missie, doelen, kansen, bedreigingen, sterke en zwakke punten. Even geen logo. Hij snakte naar lichaamsbeweging, sterke koffie en... het toilet.

De druk in zijn blaas was nauwelijks meer te weerstaan. Bartjan klapte bijna. Met moeite lukte het hem zijn rechterbeen over het linkerbeen te slaan – hij wilde zijn drie buren niet raken – om daarna met beide benen de blaas in een houtgreep te nemen. Tegenkracht, daar ging het om.

En tussen blaas en baas zat maar een letter verschil. Bartjan grinnikte zacht.

De blaas drukte harder terug. Bartjans hand kwam de benen te hulp en duwde mee. De lederen map met bedrijfslogo zorg-de voor rugdekking van de hand en dekte het gedoe in zijn

58

kruis af tegen ongewenste meekijkers. Het was een zaak van hem alleen. Anderen hadden hier niets mee te maken.

Bartjan keek op zijn horloge, nog drie minuten, honderdtachtig tellen.

De voorzitter rondde af, maakte melding van de coffee break en lichtte het programma tot aan de lunch kort toe. Bartjan hoorde de voorzitter aandacht vragen voor de verdeling van de aanwezigen over de verschillende workshops.

De druk in zijn blaas werd onhoudbaar. Nog even en hij moest het laten lopen. Bartjan voelde al een druppeltje sijpelen.

Schiet op, afronden, ik hou het niet meer, riep Bartjan de voorzitter toe, in gedachten.

Die op zijn beurt iedereen maande stipt – dat was om elf uur – bij de zaal van zijn of haar workshop te zijn.

Zijn oren begonnen te suizen. Bartjan trad uit zichzelf en zweefde naar het plafond. Vanaf die plaats zag hij een man van zijn leeftijd, in een fijne krijtstreep met cognacbruine schoenen, in het gangpad liggen, zo te zien bewusteloos. De hand van de man wees naar het noordoosten, in de richting van de zijdeur naar de toiletten. Een noodkreet lag bestorven op zijn lippen. Het tapijt rond de man kleurde donker. Uit de zaal steeg een vreemd melange op, kringelde in zijn neus, werd ontcijferd en doorgegeven aan de hersenen: leer en urine.

Bartjan viel terug in een rumoerige zaal, in zijn krappe stoel. Alle zintuigen, behalve zijn mond, stonden in overdrive. Het geluid in de zaal klonk schel, de lucht rook bedompt. Hevige spierpijn vertroebelde zijn denken. Nog even en het ingehouden sijpelen zou overgaan in een bevrijdend spuiten, tegen het achterhoofd van zijn overbuurman.

59

Maar de rits en de lederen map zouden onverbiddelijk zijn en de straal gevangen houden. Kracht zou geknecht worden tot een laffe lauwwarme straal die eerst zijn onderbroek onder water zou zetten, dan zijn pantalon en ten slotte de stoel. En als hij uiteindelijk moest gaan rennen naar het toilet, dan zouden druppels urine een tergend spoor – steeds kouder door zijn luchtverplaatsing – langs zijn benen trekken, op weg naar zijn sokken, naar de onvermijdelijke verbroedering met zijn lederen schoenen.

Iedereen zou hem uitlachen. Wat een zeikerd! Is dit de vestigingsmanager van de toekomst, een die zijn plas niet kan ophouden? zouden zij misprijzend denken.

Jan-Kees zou hem naar huis sturen. Als een schooljongen moest hij afdruipen.

De andere dag zou zijn baas hem uitleggen dat hij er verstandig aan zou doen om een andere baan te zoeken. Dat hij er beter aan deed de eer aan zichzelf te houden. Bij Hypotheekmannetje™ was geen plaats meer voor hem. En of hij wel wist hoe hij hem, zijn baas, voor schut had gezet. Hij die zich persoonlijk had ingezet om hem onder de aandacht van de raad van bestuur te brengen, die Bartjan had voorgedragen voor het management development traject. De raad van bestuur had hem zijn inschattingsfout kwalijk genomen. Hij had de zwakte van de kandidaat Jelgersma eerder moeten doorzien. Neen, dit was goed fout. Hij kon bij Nathalie zijn salaris ophalen. Of hij de lederen vergadermap bij haar wilde inleveren. Of had hij die soms ook onder gezeken?

Bartjan, je bent een bange zeikerd, hoor je wat ik zeg! Een bange zeikerd! En nou wegwezen!

Bartjan concentreerde zich weer op de houtgreep. Vasthouden, tegendrukken en niet meer loslaten. Dat was zijn mantra tegen urineverlies, tegen schaamte.

De secondewijzer begon aan de laatste minuut. Hij telde mee.

Wisselen was niet toegestaan, merkte de voorzitter op. Er zat namelijk een gedachte achter de indeling in de workshops, hoorde Bartjan hem nog lachend zeggen.

Vijfenveertig, vierenveertig.

In zijn pantalon werd het te spannend, het druppelen zette door.

Veertig, negenendertig.

Toen, toch nog onverwacht voor hem, vroeg de voorzitter iedereen naar de naastgelegen ruimte te gaan voor de coffee break.

Hij sprong op, als een sprinter in het startschot, en snelde naar de zijdeur van de zaal, waarvan hij wist dat deze het dichtst bij de toiletten lag.

Hij was als eerste bij de urinoirs. De ontlading was overweldigend. De vlieg onderin de pot hield met moeite stand. Heerlijk.

Na het uitdruppelen inspecteerde Bartjan snel zijn onderbroek. Naast hem stond nog niemand. De schade viel mee: een enkel druppeltje. Dat zouden de anderen niet ruiken, stelde hij zichzelf gerust.

In een vrij toilethokje keek hij zijn onderbroek voor de zekerheid nog eens na. Hij vouwde drie velletjes toiletpapier tot een stevig alternatief voor het, door zijn moeder zo geprezen vochtige en licht ingezeepte puntje van de theedoek, doopte dat in het heldere spoelwater onderin de pot en depte op de natte plek in zijn onderbroek. De capillaire werking deed de rest, wist hij. Hij herhaalde de behandeling drie maal en rook daarna aan zijn onderbroek: water en lijflucht, nauwelijks urine. Dat was goed.

Buiten zijn hokje was het een komen en gaan van mannen. Naast hem hoorde Bartjan iemand met een tevreden zucht een grote boodschap in de pot droppen. De val werd begeleid door een flinke wind. Hij was niet de enige die last had van overdruk.

Opgelucht depte hij met een vierde provisorische theedoek zijn onderbroek droog en kleedde zich weer aan.

Voor de spiegel boven een vrije wasbak trok Bartjan zijn das – een rustige lichtblauwe, zonder werkje – naar boven, tot aan het boordje. In omgekeerde richting trok hij aan de boorden van zijn overhemd, zodat ze net onder de mouwen van zijn jasje uit kwamen.

Zo was hij weer het mannetje.

In de rij voor de koffie had hij gespeurd naar bekenden. Naar Jan-Kees of iemand van het hipoklasje.

Bartjan ontdekte Ronald aan een statafel, vlakbij de tafel met vers fruit. Hij zwaaide naar zijn *brother in arms* in het klasje. Hij wees op de rij voor hem, daarna op zijn horloge en maakte hun gaapgebaar.

Dat was hun lopende grap geworden: dat zij de jeugdige toekomst van Hypotheekmannetje™ waren en door de leemlaag van de zittende, saaie macht moesten breken. Zij wisten dat zij de belofte van de raad van bestuur waren, dat zij voor de broodnodige vernieuwing en verandering moesten zorgen.

Het merendeel van de huidige vestigingsmanagers zou dat niet kunnen, hadden de docenten van het hipoklasje – werkzaam bij een grote consultancyfirma, gespecialiseerd in leiderschapsvraagstukken voor de top van de zakenwereld – hen toevertrouwd. Ze benadrukten daarbij uit naam van de raad van bestuur te spreken.

Ronald had hen niet direct geloofd. Hoe kon diezelfde raad van bestuur, die al acht jaar aan het roer staat, die deze vestigingsmanagers bijna allemaal zelf benoemd had, hen nu zo laten vallen? Dan schortte er toch ook iets aan hun beoordelingsvermogen? had zijn vriend de docent in de module thought leadership gevraagd.

Bartjan bewonderde de moed van Ronald. Hij was het wel met hem eens, maar voelde het niet zo sterk. Zijn baas behoorde niet tot het groepje afgeschreven vestigingsmanagers. Immers Den Haag draaide goed – na Amsterdam scoorden zij als beste.

De docent was niet inhoudelijk op Ronalds vraag ingegaan, maar had erop gewezen dat een goede leider de bewegingen in de markt kon voorzien en zijn organisatie daarop aanpaste. De strategische doelen waren daarbij belangrijker dan posities van mensen in de organisatie. En in deze tijden van globalisering, internationalisering, individualisering en digitalisering veranderde de omgeving snel. Wat gisteren goed was, kon vandaag obsoleet zijn, en morgen weer anders moeten, werd hen gedoceerd. Visie, moed, flexibiliteit en veerkracht waren de kenmerken van een goede leider. En zij hadden het, volgens de raad van bestuur, in zich om de toekomstige leiders van Hypotheekmannetje™ te worden, had de docent afgerond.

Dan konden zij overmorgen ook oh-bsoleet worden, had Ronald in zijn oor gefluisterd. Hij sprak met een langgerekte o, kenmerkend voor mensen uit het oosten van het land.

Bartjan had gegrinnikt.

Gelukkig had Ronald deze voor de hand liggende vraag niet aan de docent gesteld. Dat zou te pijnlijk zijn geweest.

De tafel van Ronald had hij niet meer bereikt. Jan-Kees had hem onderschept en meegetroond naar de statafel van de raad van bestuur, midden in de ruimte. Om hem voor te stellen, had hij gezegd. Zij moeten je kennen; onbekend maakt onbemind, dan tel je niet mee. Weer die lach, weer die knipoog.

Drie heren met grijs haar keken hem geamuseerd aan terwijl zij rustig in hun kopje koffie roerden.

Bartjan wilde de voorzitter complimenteren met de heldere presentatie, wilde zijn vier punten noemen, wilde hen vertellen hoe hij dat zou gaan aanpakken in Den Haag. Hij wilde zoveel zeggen, maar zijn baas drong voor.

Jan-Kees had hem kort voorgesteld aan de raad van bestuur – dit is Bartjan Jelgersma, senior-adviseur en aanstormend managementtalent – om daarna het woord te nemen en niet meer los te laten.

Op de statafel verschenen spettertjes. Bartjan zweeg beleefd. Hij voelde anderen dringen in zijn rug. Ook zij wilden natuurlijk spreektijd.

Zijn baas zag de concurrentie en gooide zijn tempo omhoog, naar *warp two*. Hoe goed de vestiging Den Haag wel niet draaide; dat zij – als het zo crescendo bleef gaan – vast Amsterdam nog eens zouden verslaan; dat hij volgende week zijn rapportage voor de raad van bestuur gereed zou hebben over dat strategische project – knipoog naar de voorzitter; dat hij ook nog tijd kon vinden om aan productontwikkeling te doen; dat hij deze week een veelbelovend nieuwe product had bedacht voor vermogende cliënten, iets met huwelijkse voorwaarden, meer kon hij er niet over vertellen.

Bartjan hoorde de diefstal aan, maar hield zijn kaken stijf op elkaar. Dus dit was wat men bedoelde met profileren? Mooie boel!

De heren knikten zijn baas vriendelijk toe en schenen zijn betoog te waarderen. De voorzitter boog voorover, fluisterde iets in het oor van Jan-Kees – die begrijpend meeknikte – en maakte daarna een uitnodigend gebaar naar iemand anders. Hun tijd was op. De volgende op het bestuurlijke spreekuur wrong zich tussen hen door naar de statafel.

Bartjan trok zijn uitgestoken hand terug en knikte zo vriendelijk als hij kon naar de raad van bestuur. Als zij maar wisten dat hij een goede opvoeding genoten had. Hij hoopte dat hij met zijn zwijgen indruk op hen had gemaakt. De heren konden op hem rekenen als het om concrete acties en tastbare resultaten ging. Hij was de man achter Jan-Kees. Zonder tweede man geen eerste man.

Het was zes uur toen Bartjan het parkeervak voor zijn huis binnenreed. Hij deed een tweede ronde om de Audi, maar kon geen schade vinden. Gelukkig maar voor die Marbella.

Bartjan vertelde Jeannette over de belangrijke bijeenkomst, over de voor de hand liggende keuzes van de raad van bestuur, over zijn baas, over Ronald en over zijn bijdrage in de workshop. Hypotheekmannetje™ zou wat hem betreft bij het volgende onderzoek van de Autoriteit Financiële Markten, ergens eind 2009, zeker beter uit de bus komen dan bij de nulmeting het geval was geweest. Aan de vestiging Den Haag zou het niet liggen.

Jeannette vond het vooral fijn dat hij een leuke dag had gehad.

In bed gloeide Bartjan nog na van de strategy summit. Beelden van de bijeenkomst gleden steeds trager voorbij.

Ineens, uit het niets, kwam de sleutel met hoge snelheid op hem af. Bartjan probeerde de botsing te vermijden en sprong opzij. Vanuit zijn linkerooghoek zag hij iets door de lucht vliegen. Door de klap was hij klaarwakker.

Bartjan keek om zich heen en zag dat hij in zijn slaapkamer was. Op twee meter van zijn bed draaide zijn mobiele telefoon rondjes op het parket. Had hij dat gedaan?

Hij draaide zich om naar het nachtkastje en pakte de sleutel uit de lade. Het staal glinsterde in het licht van het nachtlampje. Terwijl hij over de inscripties wreef, herinnerde hij zich het telefoongesprek met zijn moeder. Zoals hij al verwacht had, had oma Greetje hem niet verder kunnen helpen. Wat hem nog het meest van het gesprek bijgebleven was, was dat zijn moeder vreemd had geklonken. Zo kortaf was ze normaal niet tegen hem. En haar stem had getrild.

Jeannette had dat wel begrepen. Zijn moeder raakte in de war van zijn vragen. Hij zou er goed aan doen de sleutel met rust te laten.

Misschien had zij wel gelijk.

Bartjan stapte uit bed en raapte zijn mobieltje op. Op het eerste gezicht leek er niets beschadigd. De sleutel borg hij weer op in de lade.

Daarna ging hij liggen en viel in slaap.

12. Wassenaarseweg

Bartjan keek naar buiten en zag dat het regende. Hij had een hekel aan regen, meer nog dan aan kou. Wat hem betreft mocht de zomer direct overgaan in de lente, want de Nederlandse winter stelde toch niets voor.

Op het beeldscherm van zijn laptop zag Bartjan dat de zoekmachine drie woningen had gevonden die voldeden aan hun criteria. Eén woning vond hij veelbelovend. Het klokje rechtsonder in het scherm vertelde hem dat het bijna kwart over negen was.

Waar bleef Jeannette? Ze was zeker al anderhalf uur boven, bij Eva. Was ze soms naast Eva in slaap gevallen?

Jeannette was de laatste tijd vaak moe. Ze viel dan als een blok naast hem in slaap, terwijl hij nog wel wat wilde. Misschien zou ze dit weekend in de stemming zijn want ze hadden geen afspraken in de agenda staan. Bartjan nam zich voor haar uit de wind houden. Ze zou zaterdagmiddag met haar vriendinnen de stad in kunnen gaan. Hij zou dan voor Eva zorgen.

Bartjan dacht aan haar prachtige borsten – niet te groot, wel lekker stevig – met harde tepels, die uitdagend naar voren stonden, klaar om gelikt en gebeten te worden. Hij voorvoelde haar vochtige lippen, die tergend langzaam hun weg naar be-

67

neden vonden, totdat ze gretig zijn lid strak omsloten en hem – dan weer hard, dan weer zacht – te pijpen. Hij dacht aan haar sappen die over zijn ballen op het laken druppelden. Hij zag haar strakke billen voor zich, terwijl hij in haar stootte, steeds harder en dieper. Hij hoorde haar opzwepende gehijg, terwijl zij met haar vrije hand haar clitoris masseerde. Hij wist zich in te houden totdat zij gillend klaarkwam. Daarna spoot hij zijn zaad diep in haar snaarstrakke vagina. Hij hoorde zichzelf grommen.

In zijn spijkerbroek werd het krapper. Zijn pik klopte om verlossing. Zijn hand was al bij zijn gulp. Hij wilde Jeannette neuken. Nu. De rits ging open. Hij rook zijn voorvocht. Jeannette in zwart leer. Zijn pik veerde ophoog. Ze boog voorover. Leren slipje om blanke billen. Hand klem om pik. In haar kut. Hard erin en eruit. Hand op en neer. Steeds sneller. Keihard neuken. Zaad kwam omhoog. Van achteren, in haar reet. Sneller, dieper, sneller, dieper.

Op beeldscherm kwam Eva lachend op hem toegelopen, vanuit de Noordzee. Een koude dag, zo te zien. Haar lippen waren blauw.

Verdomme!

Bartjan deed zijn verschrompelde piemel terug in zijn broek. Nadat hij in de keuken zijn handen had gewassen, ging hij weer aan de eettafel zitten. Voor hem schoven familiekiekjes voorbij.

Hij tikte op het toetsenbord. Tot ziens Eva, welkom huis.

De waterkoker klikte en een keukendeurtje ging open en dicht. Jeannette kwam binnen met theepot en koektrommel. Zij kauwde op iets.

'Wat ben je aan het doen, Bartjan?'

Ze sprak zoals alleen vrouwen kunnen spreken als zij genieten van iets lekkers in hun mond. Vast pure chocola met nootjes, daar werd ze gelukkig van.

'Ik heb ons huis gevonden, Jeannette. Echt een tophuis!'

Bartjan wees naar het scherm.

'Je klinkt enthousiast. Mag ik eens kijken?'

Bartjan schoof de laptop naar haar toe. Hij had de foto van de woonkamer voor haar aangeklikt.

'Weet je zeker dat je geen kopje thee wilt?'

Ze hield de theepot boven zijn glas zweven, terwijl zij hem uitnodigend toelachte. Voor die betoverende lach was hij ooit gevallen.

'Vooruit dan. Maar dan wil ik ook een koekje. Wat zit er in de trommel?'

Zijn hand masseerde nu zachtjes haar nek.

'Uh… krakelingen… mmm… dat voelt goed.'

Bartjan pakte een krakeling en maalde die weg.

'Wat vind je van het huis?' vroeg hij. Zijn hand ging van nek naar schouders. Bartjan voelde een forse knoop in haar spieren. Hij drukte er zachtjes op.

'Au, dat doet zeer. Een knoop?'

'Ja, en een flinke ook. Ik ga proberen hem eruit te wrijven.'

Hij liet zijn duim in een rustig ritme over de knoop rollen. Eerst omhoog naar de nek, dan weer omlaag naar de schouders. Hij wilde haar geen pijn doen − zeker nu niet − maar een knoop ging er niet vanzelf uit. Omhoog en omlaag, omhoog en omlaag…

'Niet te hard, hoor, Bartjan.'

Bartjan verlaagde de druk van zijn duim op de verkrampte spier wat.

'Ja, veel beter. Dat helpt.' Zij kreunde zachtjes.

'Wat vind je ervan, Jeannette? Van die woning?'

'Uh… leuke woonkamer. Maar waar staat dat huis?'

'In Benoordenhout, aan de Wassenaarseweg.'

Bartjan voelde de knoop zachter worden. Nog even en dan was die helemaal weg. Hij vertraagde wat.

'Toe maar, op stand.'

'Kijk eens naar de andere foto's. Het is een negenkamertussenherenhuis, met een tuin voor en achter. Precies wat we zoeken.'

'Negen kamers? Dat is toch veel te veel voor ons. Wat moeten we met al die ruimte?'

Jeannette klikte de andere foto's aan. Hij merkte dat de beelden haar bevielen. Zijn duim zette weer wat aan.

'Mmm… Bartjan… jij hebt gouden handen. Heerlijk.'

Masseren was voor haar pure chocola met nootjes, voor hem de weg naar de verlossing. Haar reactie gaf hem hoop.

'Kijk, voor ons allebei een eigen werkkamer op de tweede verdieping. Eindelijk genoeg ruimte om thuis te kunnen werken. En voldoende kastruimte voor al onze spullen. Lijk je dat dan niet fijn?'

'Kijk, Bartjan, op alle verdiepingen een balkon, op de eerste zelfs voor én achter.'

'En het zijn allemaal echte balkons, niet van die Franse neppers. Zie het voor je: na het werk met een glas rosé op het balkon, zon op je gezicht. Heerlijk toch?'

Op haar gezicht verscheen een zachte glimlach. Bartjan keek met haar mee naar het beeldscherm. De balkons plaatsten een loepzuivere voorzet; de zonnige achtertuin maakte die af. Daar was geen makelaar voor nodig.

Jeannette warmde haar handen aan het theeglas. Ze hield van de zomer.

'Mmm... dat zou fijn zijn. Maar ik zie mij nog niet thuis werken. Ik heb een goede werkplek bij de fractie.'

'Wie weet waar je over een paar jaar werkt. Dan heb je die werkkamer maar alvast. Thuiswerken heeft de toekomst, Jeannette. Geen tijdverlies door haperende treinen, bevroren wissels en potdichte rijkswegen. En vertelde je mij laatst niet dat je soms niet aan werken toe kwam? Dat de fractieleden om de haverklap hun hoofd om de deur staken, iets van je wilden weten, iets dat altijd belangrijk was, altijd acuut?'

'Ja?'

Hij zag haar hand in de koektrommel verdwijnen. Ze was een zoetekauw.

'Nou, dan kan je even naar huis fietsen om daar ongestoord te kunnen werken. En je bent ook zo weer terug als de dames en heren echt in nood zijn. Dan leren ze ook zonder ondersteuning hun eigen boontjes te doppen.'

Jeannette nam een klein hapje van de krakeling. Bartjan moest zijn best doen om het krakende suiker te horen.

'Mmm... ik weet niet of dat zal werken, Bartjan. Hoe lang denk je dat het fietsen is van dit huis naar het Binnenhof?'

'Als de stoplichten meezitten, iets minder dan tien minuten, schat ik.'

Hij had op deze vraag gerekend, de routeplanner zei acht minuten. In haar mond verdween een stukje koek. Op haar onderlip bleef een flintertje achter.

'Mmm... per dag een halfuur minder reistijd, dat is fijn.'

De knoop was weg. Haar tong likte eerst de onderlip schoon, daarna was de bovenlip aan de beurt. Dieprood glinsterde Bartjan tegemoet. Hij wilde haar krakeling zijn.

'En wat dacht je van de vaste inbouwkasten? Opbergruimte te over, geen rondslingerende spullen meer. Geen dozen meer op losse kasten en onder bedden. Fantastisch, nietwaar?'

'Ja, dat lijkt mij ook heerlijk voor jou.'

71

'Uhh... heb je al gezien dat elke verdieping een aparte badkamer heeft? En dat we ruimte hebben voor een strijkkamer én een waskamer? En dan blijft er nog een kamer over voor gasten. Goed hè?'

Hij stond op en ging achter haar staan. Zijn handen kneedden haar nek en schouders om de doorbloeding op gang te brengen. Zijn krapte priemde in haar onderrug.

'Of voor een broertje of zusje voor Eva?'

Zij gaf hem een knipoog.

'Hé, het is opgehouden met regenen. Dat werd tijd. Zal ik morgen de makelaar bellen voor een bezichtiging? Voordat het huis weg is?'

'Dat zou ik zeker doen, maar zijn we het eens over onze argumenten om dit huis te kopen?'

'Volgens mij wel, Jeannette. Zal ik ze noteren?'

Bartjan somde ze op, terwijl hij de score op zijn vingers bijhield: 1. Goede buurt. Jeannette was het met hem eens. 2. Negen kamers. Zij vond zeven ook wel genoeg. 3.Werkkamer voor jezelf. Geen duidelijke reactie. 4. Vier balkons. Helemaal mee eens. 5. Zonnige achtertuin. Vond ze heerlijk. 6. Een halfuur minder reistijd. Dat was een prettige bijkomstigheid voor haar. Vijf vóór en één tegen.

Jeannette was het eens met zijn conclusie dat ze het huis konden gaan kopen. Wel vroeg zij zich af of zij de prijs – iets meer dan zeven ton inclusief kosten koper – konden betalen. Gemakkelijk, had Bartjan gezegd. De financiering kon ze wel aan hem overlaten. Zij noemde hem haar lekkere financiële mannetje.

Op zijn aanbod om boven, in bed, haar benen en rug te masseren, was ze gretig ingegaan.

Bartjan draaide zich om naar hun laptop. Van het beeldscherm keek tante Antoinette hem vriendelijk aan. De foto was genomen op haar laatste verjaardag, vorig jaar. Het geheim van de sleutel had zij met zich meegenomen in haar graf. Jammer.

Hij schakelde de computer uit en ging naar boven. Zijn lul was vol van hoop en verlangen.

2009

13. Arys

Zondag 4 januari 1942
Al weer zes weken in kamp Arys.

Als de jongens hadden geweten wat zij tijdens de opleiding zouden meemaken, dan was zeker de helft subiet in de trein gestapt en naar huis teruggekeerd. Maar goed dat een mens van tevoren niet al alles weet. Het soldatenleven is niet te vergelijken met dat van een burger, en zeker niet met dat van een rechtenstudent. Mijn jaargenoten zouden eens een weekje moeten meedraaien. De schellen zouden hen van de ogen vallen. Hun gezeur over een vrekkige hospita, de berg literatuur, de prijs van een biertje op het terras, over van alles en nog wat, zou verstommen. Ze zouden beseffen hoe goed zij het hadden. Uitslapen, op tijd een natje en een droogje, een dak boven hun hoofd, fatsoenlijke kleren en zo nu en dan wat studeren. Verwende kwasten.

Het soldatenleven is, als ik erover nadenk, het omgekeerde van het studentenleven. En toch verlang ik niet terug naar mijn oude leventje. Het is vreemd om te merken hoe snel je verandert als soldaat. Je hebt slechts belangstelling voor een warm bed, voldoende eten en drinken, hele kleding en goed schoeisel. En omdat die zaken niet vanzelfsprekend zijn in het kamp, ben ik de hele dag bezig met het organiseren. Zo noemen we dat hier. In Nederland zouden we

75

een ander woord gebruiken. Dat geregel en geritsel kost mij veel tijd en daarom moet ik mij regelmatig drukken van het opleidingsprogramma. Ik moet wel, want als je hier niet voor jezelf en je kameraden zorgt, dan overleef je het niet. Van alles is er te weinig en niets is op tijd. En altijd maar wachten, wachten en wachten.

Maandag 5 januari 1942

Het is hier bitter koud, zeker twintig graden onder nul. De oostenwind gaat dwars door je uniform heen. Als er geen oefeningen op het programma staan, dan blijven we op de kamer. Met de paardendekens om ons heen geslagen praten we dan over de oorlog tegen de bolsjewisten, over de Germaanse superioriteit, over het Groot-Germaanse Rijk na de oorlog. Dat onze boeren zullen zaaien en oogsten tot in de Oekraïne, dat er volop te eten is voor iedereen, dat iedereen kan wonen waar hij wil, dat er geen sociale ongelijkheid meer is, dat mensen zich echt om elkaar bekommeren. We zijn het erover eens dat Nederland na de overwinning op de Russen een krachtig bestuur nodig heeft dat gezag onder de mensen heeft en dat optreedt als dat gewenst is.

De latrines en de wasgelegenheid zijn in de buitenlucht. Daar kom ik alleen als het echt niet anders kan. Ik heb geen zin in bevriezing van mijn edele delen. Onze barak is slecht, overal zitten kieren en gaten. Zo goed en kwaad als dat ging, hebben we de gaten gestopt met alles wat we maar konden vinden: lompen, papier, hout. Een sterk staaltje Hollandse vindingrijkheid, want de warmte van de potkachels blijft thans binnen. Rest ons voldoende kolen om te stoken. Van de Duitsers krijgen we die te weinig en veel om te ruilen heb ik niet meer. De bodem van mijn koffer is bijna in zicht. En de soldij is eveneens geen vetpot. Maar er zijn meer wegen die naar Rome leiden...

Natuurlijk heeft niet iedereen meegewerkt aan de reparatie. In elke groep zijn er lieden die zich weten te drukken, zo ook in de onze. Van sommigen vraag ik mij af hoe zij door de strenge keuring zijn gekomen. Deze figuren houden zich afzijdig van onze gesprekken over de nieuwe wereldorde. Ik heb mij voorgenomen mij niet teveel aan hen te storen, waarschijnlijk vallen zij toch af tijdens de opleiding. Ik let erop dat mijn uitrusting en persoonlijke eigendommen veilig achter slot en grendel liggen. Het zou mij niets verbazen als sommigen 'mijn en dijn' niet uit elkaar weten te houden.

Dinsdag 6 januari 1942

De opleiding vind ik zwaar. Lange marsen in de kou met volle bepakking, tijgeren door de sneeuw, en veel 'aufstehen und hinlegen'. De technische onderdelen kunnen mij meer bekoren. Het valt niet mee om in het veld de omgeving goed te beschrijven of om afstanden juist te schatten, maar het gaat mij steeds beter af. Niet gek voor een studentje. Ook de theorie van de wapens begin ik onder de knie te krijgen. Alleen de Duitse termen zitten mij zo nu en dan in de weg. Het mooiste onderdeel vind ik het schieten met de karabijn en het machinegeweer. Bij man tegen man verlies ik nog wel van de forsere knapen in onze kompagnie. Met de bajonet ben ik redelijk handig geworden. Ik moet er niet aan denken er zelf een in de buik te krijgen. Altijd fataal, zeker bij vorst, aldus onze grijnzende instructeur.

Het nut van het eindeloze exerceren en groeten ontgaat mij. Maar wat mij daadwerkelijk tegenstaat, is het eeuwige geschreeuw en gevloek van de Duitse onderofficieren. Wij Nederlanders kunnen niets, zijn nergens goed voor, hebben geen militaire traditie, en ga zo maar door. De instructeurs vinden ons een 'faules Volk'.

Nederlanders houden daar niet van, van dat gebrul. Dat is niet onze stijl. Als wij daar iets van zeggen of klagen bij onze officieren, binden sommige instructeurs wat in. Maar de meesten trekken zich echter niets aan van ons geklaag.

In ieder geval kunnen wij in hun geval moeilijk spreken van Germaanse broeders, van gelijken in de kruistocht tegen de bolsjewisten. Deze Duitsers voelen zich boven ons verheven en waarom is ons een raadsel. In hun gedrag blinken ze evenwel niet uit. Openbare dronkenschap en gebrek aan persoonlijke hygiëne —het verhaal gaat dat de Duitser geen onderbroek draagt onder zijn uniform — zijn bepaald geen kenmerken van een superieur volk. Ook hebben zij nog nooit gehoord van fatsoenlijke schoonmaakmiddelen zoals emmer, zeep en dweil. We hebben alleen een bezem gekregen om onze barak schoon te houden. Moeder moest eens weten.

Maar van oorlogvoeren hebben zij daarentegen wel verstand en daarvoor zijn we hier. We halen derhalve onze schouders op na de zoveelste scheldkanonnade. Indien zij het te bont maken dan vloeken we even hard terug. Niet fraai, maar het helpt wel. Het is opmerkelijk hoe snel je het Duits op deze manier onder de knie krijgt. Maar liever spreek ik Nederlands, laat daar geen misverstand over bestaan.

Het zou overigens helpen als er wat meer Hollandse officieren en onderofficieren in het legioen waren. Nu zijn het er maar enkelen en de meesten hebben zich aan de Duitsers aangepast. Angsthazen. En die belofte die in Nederland aan ons gedaan is, klopt niet. Het legioen is geen gesloten Nederlandse eenheid, zoals de Leider het voor zich zag. De leiding, uniformen en taal zouden Nederlands moeten zijn. Welnee, de Duitsers hebben Hem en ons op een slimme wijze om de tuin geleid. Zij hebben manschappen voor de SS nodig, dat is hun echte en enige belang. Echter als de Duitsers daar eerlijk over waren geweest tegen ons, dan had ik mij toch aangemeld voor de strijd. Goede redenen te over.

Woensdag 7 januari 1942

Over een paar weken komt de Leider ons bezoeken. Vast om ons moed in te praten voordat wij naar het Oostfront gaan. Ik kijk er naar uit Hem weer eens te zien. We hebben opdracht gekregen voor die gelegenheid de SS-spiegels van ons uniform te verwijderen.

Daarvoor in de plaats moest de wolfsangel komen. Alsof de Leider ook niet weet dat het Legioen verduitst is/wordt. Wat een poppen-kast!

Gisteren heb ik de eed afgelegd. Liever had ik op de Führer aller Germanen gezworen, maar dat was niet mogelijk. Ik vertrouw maar op de woorden van de Leider dat Hitler in het Gross-Deutsche Reich ook opkomt voor de belangen van de Nederlanders.

Ik mis het thuisfront. Hoe zou het vader en moeder vergaan? Hebben zij de draad weer opgepakt na de dood van Walter? Greetje is er ook nog, dat moeten ze niet vergeten. Zouden ze de financiële bijdrage van de Fürsorgestelle op tijd hebben ontvangen? Dat geld kunnen zij goed gebruiken. Van de kameraden alleen kan de winkel niet draaien. Het meest mis ik Antoinette nog. Zou de kunsthandel van haar vader goed lopen? Kunst is immers haar lust en haar leven. Morgen zal ik haar een brief schrijven. Het zou mooi zijn als ze die binnen een redelijke termijn ontvangt. Vorige week was de veldpost nog voor drie dagen gesperrt. Zomaar, zonder opgave van redenen. Zoals dat wel vaker gebeurt hier.

Antoinette zou vast trots zijn als ze mij kon zien in mijn uniform, met wolfsangel en princenvlag. Ze moet zich maar niet storen aan wat op de mouw staat: Frw. Legion Niederlanden. Waarom dat niet in het Nederlands kon, begrijp ik niet. Vast een pesterijtje van de Duitsers.

Zo, voor vandaag is het genoeg. Ik ga maf. Morgen staat een mars van dertig kilometer op het programma.

14. Koffietijd

Adriana liep naar de telefoon bij het achterraam en ging zitten. Vanuit de stoel – een gemakkelijke met zeven relaxstanden –had ze een mooi uitzicht op hun tuin. Bob beweerde aan iedereen die het horen wilde dat de tuin haar nieuwe kind was. De lieverd. Hij gaf er niet veel om, maar nam het zware werk met een gespeelde zucht uit haar handen. Enthousiast spitte, snoeide, maaide en knipte hij om zich heen. Onder zijn ijverige handen was menige, veelbelovende aanplant gesneuveld – het verschil met onkruid zag hij niet. Vandaar dat hij alleen nog onder haar toezicht in de tuin mocht werken.

Adriana genoot van de aanblik van de tuin, in welk jaargetijde dan ook. Ze werd er vrolijk van, van dat leven in zijn zuiverste vorm, van die geuren en kleuren, van dat goedaardige. Ze had het gevoel dat zij na een middagje tuinieren de wereld om haar heen scherper waarnam, dat zij dan beter kon denken. Op die momenten van gelukzaligheid was er even geen pijn over vroeger.

Een bleek zonnetje vrolijkte de wintertuin op. Het groene gras won het van de dorre gele plekken. De regendruppels aan de grasprieten weerkaatsten het zonlicht in alle richtingen, alsof ze de zon wilden helpen haar tijdelijke schoonheid eerlijk over alle bomen, struiken en planten te verspreiden.

Met de stoel in stand één – rechtop sprak ze beter met vreemden – nam ze rustig de hoorn op.

'Goedemorgen, met mevrouw Jelgersma.'

Aan de andere kant hoorde zij gerinkel. Van kopjes, leek het wel.

'Met mevrouw Jelgersma!' herhaalde zij wat krachtiger.

Het bleef stil op de lijn.

'U spreekt met mevrouw Jelgersma. Gaat... het... goed... met... u?'

Bob zette haar kopje koffie op de vensterbank. Uit de koektrommel wees ze het hernhuttertje aan.

'Hallo, bent... u... daar... nog?' probeerde ze voor de laatste keer.

Een gesmoord gestommel en gehoest bereikten haar over de lijn. Waarschijnlijk hield de beller zijn hand op de hoorn. In ieder geval leefde hij nog.

Adriana nam vlug een slok koffie. Het koekje bewaarde ze voor na het gesprek.

'Met wie spreek ik?' zei Adriana, nu wat zachter, om hem een zetje te geven.

Een hand ging van de hoorn, met dat kenmerkende zuigende geluid. Zij hoorde de beller krachtig en regelmatig ademhalen. Godzijdank.

'Mijn excuses voor het ongemak, mevrouw Jelgersma. Paralleliseren is niets voor mannen. Mijn naam is Groenink, Hans Groenink. Aangenaam.'

Hij sprak zoals haar Bob: met gezag, gewend om opdrachten te geven. Ze kon zijn tongval niet direct thuisbrengen. In zijn stem klonk een prettige ironie.

'Ik geloof niet wat wij al eens kennis met elkaar gemaakt hebben, meneer Groenink.'

'Inderdaad, die eer heb ik nog niet gehad... om de dochter van Greetje te spreken.'

Adriana schrok van die naam. Zo had zij moeder nooit durven noemen. De gedachte alleen al. Ze zette de luidspreker aan en wenkte Bob. Hij kwam bij haar zitten.

'U bent een kennis van moeder?'

'Ja, ik ken uw moeder via haar broer Hendrik, uw oom zaliger.'

Bob keek haar indringend aan en schudde met zijn hoofd nee. Adriana begreep hem en knikte terug. Ze zou op haar hoede zijn.

'O, wat vreemd, ik heb haar nooit over u horen spreken, meneer Groenink.'

'Dat kan ik mij voorstellen, Adriana. Mag ik Adriana zeggen? Ik heet Hans.'

Zijn vrijpostigheid maakte haar onzeker. Niet de onbeleefdheid van het initiatief, maar de warmte waarmee hij haar naam uitsprak. Ze keek naar Bob. Hij knikte.

'Natuurlijk... uh... Hans.'

'Adriana, waar ik je voor bel, is het volgende. Ik denk dat jullie iets hebben wat van mij is.'

Adriana nam een slok koffie, om tijd te winnen. Ze proefde weinig. Wie was die man uit haar verleden? En wat wilde hij van haar? Bob gebaarde haar rustig te blijven. Ze moest de tijd nemen voor een antwoord. Geen haast.

'Het gaat om een sleutel, Adriana.'

Het klamme zweet brak haar uit.

'Een sleutel?'

Ze keek Bob aan. Die schudde zijn hoofd.

'Ja, een stalen sleutel met mijn initialen erop.'

82

H.G. Natuurlijk, de sleutel van Bartjan. Adriana knikte naar Bob.

'Een stalen sleutel met jouw initialen erop? Is dat alles, Hans?'

Nu moest hij open kaart met haar spelen.

'Neen, Adriana, op de baard van de sleutel staat het hakenkruis. Dat kun je niet missen.'

Zijn openhartigheid verraste haar. Of eigenlijk ook niet. Het paste wel bij hem, vond zij.

'Waarom is die sleutel zo belangrijk voor je, Hans?'

'Adriana, heeft Hendrik je verteld over de oorlog? Dat hij door de Duitsers is tewerkgesteld in een wapenfabriek?'

'Mmm.'

Ze pauzeerde om hem ruimte te geven voor meer. Bob stak zijn duim op.

'Goed, ik heb Hendrik leren kennen in die fabriek. Na de oorlog zijn wij door de Russen gevangengenomen. Pas in 1952 lieten ze ons vrij. Wist je dat, Adriana?'

Zij stelde het op prijs dat hij de akelige details van het verhaal buiten beschouwing liet. Hij wilde haar niet onnodig kwetsen. Dat sierde hem.

'Ja, Hans, ik ben op de hoogte.'

Hans Groenink ging verder met zijn verhaal. Dat in de na-oorlogse jaren niemand zat te wachten op zijn ontberingen in Rusland. Iedereen was toen bezig met de wederopbouw. En hij wilde, eerlijk gezegd, zijn gevangenschap graag vergeten. Zijn dagboek, officiële documenten, kledingstukken, alles had hij opgeborgen in een Duitse munitiekist. De sleutel daarvan had hij aan Hendrik gegeven. Pas na zijn dood zou haar oom de sleutel aan Hans' nabestaanden mogen geven. Helaas was Hendrik eerder overleden dan hij. Hans vond dat hij nu op een leeftijd was gekomen dat de kist weer open kon. Het overlijdensbericht van Antoinette was voor hem de aanleiding geweest om contact te zoeken met Adriana. Bij het verpleeghuis had hij bot gevangen. Greetje kon niet aan de telefoon komen.

'Wat erg dat jij hetzelfde als oom Hendrik hebt meegemaakt. Die vrieskou moet vreselijk zijn geweest. Oom Hendrik heeft er onherstelbare schade van opgelopen.'

Adriana wilde zeker weten dat Hans de vriend van oom Hendrik was geweest. Vandaar deze controlevraag. Ze hoorde hem zachtjes zuchten.

'Inderdaad, Adriana, vandaar dat hij zoveel van zijn kleinkinderen hield. Hij sprak altijd met liefde over jullie.'

Ze bewonderde de sierlijke wijze waarop hij pijnlijke details ontweek, terwijl hij tegelijkertijd op subtiele wijze aangaf ervan op de hoogte te zijn. Ze nam een slok koffie: lauw. Bob duwde een briefje in haar handen. Ze las het. Hij had gelijk. Dit was een kans om van de sleutel af te komen, zodat het deksel op het verleden zou blijven.

'Hans, ik geloof dat ik je kan helpen. Mijn zoon Bartjan heeft de nalatenschap van Antoinette geregeld. In haar huis heeft hij bij toeval een sleutel gevonden. Jouw sleutel, Hans. Alles klopt: initialen, hakenkruis.'

Ze kon zijn opluchting horen.

'Ik zal de sleutel naar je toe laten sturen, Hans. Is dat goed?'

'Natuurlijk, Adriana, maar ik wil jullie zoon ook wel zelf bellen om het verder te regelen. Dat scheelt jou weer tijd.'

Bob schudde neen.

'Dat is vriendelijk van je, Hans, maar Bartjan heeft het op dit moment druk op zijn werk. Te druk, volgens zijn moeder…'

Ze pauzeerde om haar zorg om haar kind meer diepte te geven. Dat zou moeten werken bij een man als Hans.

84

'Als je mij jouw adres geeft, dan zorg ik ervoor dat je de sleutel krijgt.'

'Wat jij wilt, Adriana, wat jij wilt.'

Adriana roerde in haar koffie — Bob had een vers kopje ingeschonken — en keek naar buiten. Het was inderdaad een mooie kans om van die sleutel af te komen. Geen gewroet meer in haar verleden, slechts de logische verwijzing naar de rechtmatige eigenaar.

Wat die sleutel ergens anders zou aanrichten, dat ging haar niet aan. Leed maakt egoïstisch, dat besefte ze maar al te goed. Adriana hoopte dat het verleden mild zou zijn voor Hans.

Ze vond hem aardig. Jammer dat het niet mogelijk was om nader kennis te maken. De goden moest je niet verzoeken.

Nu Adriana erover nadacht, was het gesprek vreemd geëindigd. Nadat ze het adres van Hans had genoteerd, wilde ze ophangen. Maar Hans had haar gevraagd: 'Adriana, heeft Hendrik echt niets over onze vriendschap gezegd?' Adriana had geantwoord: 'Neen, niet in ons bijzijn, Hans. Het spijt mij voor je.' Op zijn vraag of er nog spullen van Hendrik uit die tijd waren, had zij ontkennend geantwoord. Haar zoon had niets gevonden in het huis van Antoinette. Adriana had zijn teleurstelling geproefd. Hans had haar bedankt voor haar tijd en moeite. De telefoon was zachtjes opgehangen.

15. Selo Gora

Donderdag 5 februari 1942
Sinds het vertrek uit Arys heb ik geen gelegenheid gehad om in mijn dagboek te schrijven. Hoog tijd om de draad weer op te pakken. Op 14 januari kregen we het bevel om ons klaar te maken voor vertrek naar het Oostfront. We gingen de 'cultuurvernietigende wereldpest' bestrijden, om met de woorden van onze Leider te spreken. Uit de barakken was een luid Hou Zee opgestegen. Ook ik was opgetogen om tegen de Russen te gaan vechten, maar herinner mij dat het na de eerste euforie stil werd in onze barak. In gedachten verzonken zocht eenieder zijn spullen bijeen.

Nadat ik mijn uitrusting in orde had gemaakt, heb ik twee brieven geschreven, een aan mijn ouders en Greetje en een aan Antoinette. Zij hoefden zich geen zorgen maken over mij. In gedachten zou ik altijd bij hen zijn. Ik heb ook gevraagd mij eten, lektuur en warme kleding toe te sturen. Terwijl ik de brieven schreef, hoopte ik vurig dat ik niet zou sneuvelen.

Gezien de staat waarin het Legioen op dat moment verkeerde, vreesde ik het ergste. De Leider moest eens weten wat de Groot-Germaanse samenwerking, waar Hij zo over opgaf in zijn nieuwjaarstoespraak, in de praktijk daadwerkelijk voorstelde. We waren nog niet klaar met onze opleiding, onze uitrusting was niet compleet en de verhouding tussen enerzijds de Duitse onderofficieren en officieren en anderzijds de Nederlandse legionairs was zeer gespannen. Dat zou een slachting worden. Mooie boel!

Van Arys zijn we met de trein naar de haven van Danzig gereden. Veel kou geleden. Met het vrachtschip de Levante over de Oostzee naar Libau in Letland gevaren. Mooie stad, nog met een paar jongens naar de opera geweest. Slechts 13 dagen (!) gewacht op de trein naar Pleskau, in Rusland. Niemand kon ons vertellen wanneer 11. Kompie zou afreizen. Zelfs onze commandanten wisten niet 'was los war'. Het spoor naar het Oostfront zou overbelast zijn. Volgens de latrinegeruchten waren het partizanen die het treinverkeer met enige regelmaat lam legden met hun bomaanslagen.

De 11. Kompie was een van de laatste onderdelen die op weg gingen naar 'der Arsch der Welt', zoals onze Duitse onderofficieren het front spottend noemden. Ik kon er niet om lachen.

Bij aankomst op het station van Selo Gora kregen we een warm welkom van het Russische geschut. Niemand raakte Godzijdank gewond.

Wij zijn ingekwartierd in een huis van een Russische familie. Het stinkt er enorm. Luizen, platjes, wantsen en vlooien hebben we hier in alle soorten en maten. Niemand kan ze ontlopen, ook ik niet. Moeder zou het aan haar hart krijgen als ze hiervan wist.

De inrichting van het huis is sober en ouderwets. De mensen hier zijn arm en eten alle dagen aardappels en zwart brood. Van groenten en vlees is geen spoor te bekennen, van winkels evenmin. Niet echt het beloofde arbeidersparadijs.

Ze lopen hier zeker 20 jaar achter op ons.

Dinsdag 10 februari 1942
Vandaag hoefde onze groep niet op wacht te staan. Dat werd tijd, want sinds de 11. Kompie haar stellingen aan de rand van het bos heeft betrokken, hebben we alleen maar wacht geklopt.

Overdag is er geen Rus waar te nemen, alleen maar besneeuwde dennenbomen, berken en struiken. Die winterse ansichtkaart gaat op den duur vervelen en dan gaan we roken, maffen, eten of de natuur een handje helpen. Maar als je gesnapt wordt, dan ben je zuur. De Duitsers zijn enorm fel op deze overtredingen. Eerst op rapport, dan de krijgsraad en als je pech hebt veroordeling tot een strafkompanie, wat zo ongeveer gelijkstaat aan de dood.

's Nachts wachtlopen is zenuwslopend. Je ziet geen hand voor ogen en moet geheel op je gehoor vertrouwen. Bij het minste of geringste geritsel of gekraak denk je aan een Rus die je keel komt doorsnijden. Men zegt dat je het dan getroffen hebt want er zouden legionairs zijn gevonden waarvan de edele delen waren afgesneden door eenheden van het Russische vrouwenbataillon. Eerst ontmannen die dames je bij volle bewustzijn om je daarna om te brengen met bajonetsteken en slagen met de kolf van hun geweer. Ik hoop dat zulk lijden mij bespaard blijft. Als ik überhaupt moet sneuvelen, dan bij voorkeur snel en onverwacht.

Maffen op wacht laat ik na die gruwelijke berichten uit mijn hoofd. Zekerheid voor alles, is het parool. Bij twijfel moeten we schieten, wat we geregeld doen, zo nu en dan ook op onze ~~Spahtrupp~~-verkenningspatrouilles. Maar dat hoort erbij. Niemand die er nog van opkijkt.

Onze ~~Hauptscharführer~~ sergeant-majoor Loidl besluit dergelijke incidenten steevast met de vaderlijke opmerking dat 'wir ruhig weiter spielen könnten'. Goede kerel, die ons streng maar rechtvaardig behandelt, zonder onnodige beledigingen aan het adres van de Nederlandse volksaard. Zo kan het ook.

Vrijdag 13 februari 1942
Wat een bof, ~~Unterkunftwache~~ Kamerwacht voor ~~Oberschütze~~ legionair der eerste klasse Hendrik de Jongh! Alsof de jongens na dagen bunkerdienst en wachtlopen in 35 graden vorst puf hebben om rot-

tigheid uit te halen. Het merendeel van hen is bij terugkomst als een blok in slaap gevallen op hun britsen. Met vuile gezichten en roetzwarte handen zagen ze hele bossen om. Die snurkers kunnen wel zonder mijn toezicht.

Tijdens de opleiding waren ruzies en gevechten aan de orde van de dag. Wij NSB'ers moesten niets hebben van avonturiers en criminelen, studenten verstonden zich niet met arbeiders, stedelingen deden uit de hoogte tegen dorpelingen, tussen protestanten en katholieken boterde het überhaupt niet en ga zo maar door. Al die tegenstellingen zijn hier verdwenen. Wij zijn een hechte groep geworden, waarvan eenieder beseft dat hij de anderen hard nodig heeft om te overleven. Samen willen we de eindzege op het bolsjewisme behalen. Daarin zijn we vastberaden.

Ik heb mij in alle rust uitgebreid gewassen en mijn baard weer in model geknipt. Die begroeiing komt goed van pas in de ijzige kou. Antoinette zou ervan schrikken, want ze houdt niet van baardapen.

Op mijn laatste brief uit Arys heb ik overigens nog geen antwoord gehad van haar.

Thans lig ik in een schoon uniform op mijn bed. Buiten vriest het zeker 35 graden Celsius maar binnen is het behaaglijk warm. De grote kachel loeit dat het een lieve lust is.

Met moeite houd ik mijn ogen open.

16. Haagse dame

Bartjan stapte de drukke winkelstraat in. Op het terras aan de overzijde van de straat zaten mensen met hun gezichten naar de zon gekeerd. De bediening liep met volle bladen tussen de tafeltjes door. Het was lunchtijd.

Bartjan genoot van de levendigheid, van de kleurige kleding en de vrolijke gebaren. Aan alles kon hij zien dat de mensen klaar waren met de winter. Het was hoog tijd voor de lente.

De harde trekken rond zijn mond verdwenen. Bartjan haalde diep adem en draaide naar rechts, op weg naar zijn bestemming.

Bartjan had vanochtend twee belangrijke zaken met Jan-Kees willen bespreken: zijn promotie tot vestigingsmanager en de goedkeuring van hun hypotheekaanvraag. Na wat trekken en duwen, en met hulp van Nathalie, had zijn baas een halfuurtje vrijgemaakt in zijn agenda. Dat had Bartjan al niet lekker gezeten.

Het gesprek was niet goed gegaan. Jan-Kees had de boot afgehouden en Bartjan was uiteindelijk kwaad weggelopen.

In zijn hoofd had Bartjan het gesprek keer op keer herhaald om te ontdekken waar Jan-Kees over zijn schreef was gegaan, waar hij zelf niet goed had gereageerd op het ontwijkende gedrag van zijn baas en waar het uiteindelijk echt mis gegaan was. Het was hem niet gelukt om oorzaak, gevolg, actie en reactie in de juiste volgorde te krijgen. Dat had hem weer kwaad gemaakt, op zichzelf deze keer.

De goedkeuring van hun hypotheekaanvraag was zijn hoogste prioriteit. Vanmiddag, na zijn lunchpauze, zou Bartjan dan maar zelf bellen met het hoofdkantoor om te informeren naar de voortgang. Als hun antwoord niet bevredigend was – grote kans want het hoofdkantoor was als shared service center voor de vestigingen mislukt, vond iedereen –, dan zou hij ze elke dag nabellen. Net zolang totdat hij hun fiat had. Straks greep hij door hun laksheid nog naast het huis. Stelletje ambtenaren.

Op de promotie zou Bartjan later nog terugkomen bij zijn baas. Wat hem betreft was het gedaan met de slappe uitvluchten en de omtrekkende bewegingen. Hij wilde hom of kuit.

'Pardon, meneer!'

Bartjan keek in het gezicht van een mooie vrouw. Midden veertig, schatte hij. Hij lag op ramkoers met haar en zij had dat voorzien. De vrouw lachte vriendelijk naar hem. Aan haar kleding te zien behoorde ze tot Haagse chique: een korte lichtbruine bontjas, die tot haar middel reikte, met daaronder een leren rok, in een iets donkere tint bruin, tot net over haar knieen – vrouwelijk, maar niet ordinair. Ze liep op bruinleren hakken en die stonden haar goed. Lichtbruine handschoenen, van geperforeerd leer, verborgen haar handen. Een duur parfum verjoeg de laatste restanten chagrijn uit zijn systeem. Hij wilde galant zijn, graag zelfs.

'Mijn verontschuldigingen, mevrouw, ik was in gedachten verzonken,' zei hij plechtig. Hij knikte naar haar en deed een stap opzij, terwijl hij haar van top tot teen keurde. Handschoenen en rok kregen daarbij extra aandacht.

'Na u, mevrouw.'

Bartjan schonk haar een vriendelijke glimlach. De hoffelijkheid vereiste – aldus zijn moeder – dat hij daarbij enige afstand hield, dat hij haar de ruimte te liet om de beleefdheid te accepteren, om ervan te genieten. Dames hielden niet van opdringerige mannen, had zijn moeder hem voorgehouden.

Met zijn arm maakte Bartjan een breed gebaar alsof hij daarmee een corridor voor haar wilde maken, waardoor zij ongestoord haar weg kon vervolgen, bewonderd door het gewone volk.

'Dank u wel, u bent een echte heer,' hoorde hij een hese stem een tikkeltje deftig tegen hem zeggen. Ze speelde het spel mee. In het voorbijgaan tikte zij zacht met haar rechterhand op zijn mouw. Hij rook parfum en leer en hoorde nylons ruisen. De tinteling in zijn aangeraakte arm ging rechtstreeks naar zijn kruis.

Bartjan keek haar na, zo lang als dat kon. Ze liep als een fotomodel, één been voor het andere, met licht wiegende heupen, in een vertraagde cadans. Bij elke zorgvuldig geplaatste stap spande haar leren rok om de bil van dienst. Hij zag haar in de ruit van Hypotheekmannetje™ kijken. Ze veegde een lok uit haar gezicht en streek haar rok glad. Terwijl ze dit deed, keek ze heel even achterom, naar hem. Hij meende te zien dat zij glimlachte. Heel even maar, maar lang genoeg om te weten dat zijn voorkeuren waren opgemerkt.

Dat beeld van leer op leer – van dat koele, glimmende, strakke, strenge verhulde – dat maakte hem geil. Bartjan stelde zich haar in bed voor. Haar naakte lichaam moest een overdonderende, haast goddelijke ervaring zijn. Zij zou bovenop zitten, met haar handschoenen en hakken aan, het ritme dicterend met haar lederen sporen. Alleen zij zou bepalen of en wanneer ze een orgasme had. Als de man in kwestie goed zijn best deed, dan zou zij hem bevredigen.

Bartjan benijdde de man die haar mocht beminnen. Als zij nu omkeek, dan zou ze de bobbel in zijn pantalon kunnen zien, zelfs door de demi overjas heen. Hij zou zich er niet voor schamen.

Bartjan glimlachte naar haar rug en draaide zich weer om. Over twee weken zou het voorjaar beginnen, dan was de winter afgelopen. Gelukkig. Die gedachte gaf hem energie. De Haagse dame was een voorschot op de lente. Hij voelde zich sterk en onkwetsbaar, tot alles in staat.

Bartjan keek op zijn horloge en controleerde de tijd: tien over twaalf. Uit zijn colbert klonk gepiep. Hij vertraagde zijn pas wat en pakte zijn mobiel. Twee berichten: één van Nathalie en één van Jan-Kees. Beiden vroegen hem terug te bellen, maar een reden daarvoor gaven ze niet. Hij besloot dat ze maar moesten wachten. Na zijn pauze zou hij bij Nathalie binnenlopen voor haar berichtje, dat werkte beter. Het bericht van Jan-Kees verwijderde hij direct. Als het belangrijk was, dan belde hij nog maar een keer.

Hij borg zijn mobieltje op en versnelde weer. Het was druk op het trottoir. Met soepele heupbewegingen voorkwam hij frontale botsingen met bellers, praters, eters en lomperiken. In zijn gezicht stond een zelfbewuste glimlach gebeiteld, gestut door een prettige druk in zijn pantalon. Hij had zin in Jeannette. Even ontladen, om daarna weer te kunnen pieken. Misschien vanavond.

93

17. Groundhog Day

In de nacht van zaterdag op zondag had Bartjan die droom weer gehad. Een exacte kopie van de vorige, en die daarvoor... Hij kwam er maar niet van los – net als Bill Murray in 'Groundhog Day'.

Bartjan was met Eva op weg naar de kinderopvang. Hij voorop de fiets, zij achterop. Halverwege de drukke winkelstraat sneed de bus hen. Zomaar.

Bartjan remde uit alle macht. Tevergeefs. Ze klapten hard tegen de zijkant van de bus. De veiligheidsgordels van het fietsstoeltje hielden Eva niet. Ze schoot langs hem heen en kwam onder de bus terecht. Hij mankeerde niets.

Onder de bus, bij het rechterachterwiel van het voorste deel van de bus, vond hij zijn meisje. Het voorwiel was over haar buik en benen gegaan en had een forse deuk in haar winterjasje achtergelaten. De plas bloed om haar heen werd alsmaar groter.

Vreemd genoeg had haar hoofdje de val goed doorstaan. Helemaal gaaf. Met haar ogen gesloten zag ze eruit als een engeltje.

Bartjan probeerde haar ademhaling te horen en haar pols te voelen. Dat lukte niet. Paniek. Loodzware benen.

Tegen zijn wil in ging de film in slow motion en met het geluid uit. Bartjan hoorde alleen zijn oren suizen. Zo voelde *shell shock* dus.

Van Den Haag schakelde de regie over naar die scène in 'Platoon'.

Charlie Sheen speelde een soldaat die na het bombardement met napalm op hun eigen stellingen verdwaasd rondliep tussen de verkoolde Vietnamezen. Half verborgen onder het struikgewas vond hij de gehate sergeant Barnes en doodde hem.

Bartjan had die film zeker tien keer gezien. De onderlinge kameraadschap in die verloren oorlog biologeerde hem.

Zijn lichaam wist het al, maar zijn hoofd verzette zich nog tegen de onvermijdelijke gedachte. Bartjan voelde hevige pijnscheuten in zijn borst alsof iemand er gloeiende staven staal in stak. Zijn handen klauwden zijn overjas open om zijn borstkas ruimte te geven. De pijn hield echter aan. Hij was bang om dood te gaan. Maar achterblijven zonder Eva was nog erger.

Zo werd Bartjan door de regie heen en weer gegooid tussen dood en leven. Alleen met zijn ik in de doofstomme film. Hij wilde schreeuwen, de stilte verbreken, lucht geven aan zijn hart, maar zijn stembanden weigerden dienst. Een vreemd gepiep verliet zijn keel, te hoog voor het menselijk gehoor. Een hond zou hem waarschijnlijk wel begrijpen. Maar die zag hij niet.

Het zweet brak hem uit. Bartjan wilde overgeven, maar slikte de pulserende golven terug. Hij mocht Eva nu niet in de steek laten en zeker niet bevuilen met zijn ontbijt.

Zijn dochter was nooit een goede eter geweest. Met veel moeite en aandringen gingen er in de vroege ochtend een paar hapjes brood in. Net haar moeder. Eva keek liever naar de televisie, naar haar grote voorbeelden van Sesamstraat. Tommie was haar favoriet.

Voorzichtig tilde Bartjan haar hoofdje en schouders op en deed haar roze rugzakje af. Daaruit haalde hij haar lievelingspopje, dat hij tussen haar hoofdje en linkerschouder legde. Zo sliep Eva het liefst. De plastic zak met reservekleren schoof hij onder haar hoofdje. Haar nekje was slap en boog te ver naar achteren.

Bartjan veegde een haarlok uit haar gezicht. De haarspeldjes – roze met witte stipjes – zaten nog op hun plaats: schuin boven haar oortjes. Die had ze vanochtend zelf uitgezocht.

Zijn hoofd begreep het wel en toch wilde hij er niet aan. De wil was sterker dan het weten.

De steken in zijn borst werden heviger, haast onhoudbaar. Bartjan hijgde. Zijn keel was rauw geworden van het gepiep. Hij slikte een paar keer want hij wilde zijn meisje nog wat zeggen.

Waarom zette de regie het geluid niet aan? En waarom draaide de film niet op normale snelheid? Waar wachtte men op? Nog even en het zou te laat zijn. Dan zou Eva voorgoed vertrokken zijn.

Ineens hoorde hij klanken door zijn gepiep heen. Veel was het niet, wat gekras, maar hij kon het verstaan. Het was zijn stem, op fluistertoon.

Bartjan boog zich voorover en gaf zijn dochter een laatste boodschap mee, juist voordat ze op reis zou gaan. Lieve bemoedigende woordjes van een vader. Nog een laatste kus op haar voorhoofd en dan moest het maar. Daar zou zij beter af zijn dan hier.

Een hand op zijn schouders trok hem zachtjes naar achteren. Bartjan keek om en zag het gezicht van een vrouw. Vanonder haar blauwe pet keek zij hem zachtmoedig aan. Haar mascara was doorgelopen. Achter haar zag Bartjan andere mensen staan. Uit hun blikken sprak ongeloof, walging en medelijden. Sommigen huilden. De kring benauwde hem. Maar gelukkig voor hem redde de cameraman hem. Samen stapten ze in het bakje van de hoogwerker en stegen op. Boven was het bitterkoud. Bartjan knoopte zijn overjas tot bovenaan dicht. Een sjaal zou fijn zijn geweest.

Bartjan keek over de rand van het bakje naar beneden en zag het witte dak van de bus en de alsmaar uitdijende kring met toeschouwers. Een verkeersregelaar zette Bartjans fiets tegen een boom. Het voorwiel was verbogen en het fietsstoeltje hing half naast de bagagedrager. Hij zag zichzelf naast Eva zitten. Een ambulancebroeder knielde naast hem, onderzocht Eva geroutineerd en schudde met zijn hoofd, eerst naar de agente en dan naar hem.

Zijn meisje was dood.

De agente probeerde hem zachtjes bij Eva weg te halen. Haar lichaam moest naar het mortuarium en het had geen zin hier op straat te blijven zitten. Ze bood hem een deken aan.

Bartjan duwde haar hand hardhandig weg en brulde nee. Zelfs dat ene woord was nauwelijks te verstaan, zo verwrongen door de pijn. Meer een oergrom, zo laag dat hij het, daar hoog in de lucht, onderin in zijn ruggengraat voelde trillen.

De agente informeerde bij hem of er nog andere familieleden waren die op de hoogte gebracht moesten worden. Zijn echtgenote en zijn moeder, wilde Bartjan zeggen, maar hij kwam niet verder dan een kleine knik, alleen zichtbaar voor haar.

Jeannette en ma waren nabestaanden geworden, zonder dat zij het wisten. Dat besef brak hem open, daar in dat winderige bakje, naast de cameraman.

De pijn in de borst nam af. Zijn tekort aan verstaanbare woorden werd goedgemaakt door een overschot aan tranen. Vloeibare woorden, gedachten en gevoelens verlieten als warm zout zijn ogen om daarna snel af te koelen. Op zijn kin waren de zilte druppels al bevroren.

Slechts één traan wist te ontsnappen aan de meedogenloze kou en viel naar beneden. De druppel werd een diamant van een zeldzame schoonheid. Een die de tijd nam om te vallen, tegen de zwaartekracht in, zodat iedereen haar kon bewonderen. Het lage winterlicht weerkaatste in de door Bartjan gedachte edelsteen en verspreidde een schitterend licht.

Een vreemde rust kwam over hem. Bartjan wilde zich eraan overgeven en geen pijn meer voelen, maar tegelijkertijd raakte hij erdoor in verwarring.

Was het een tijdelijke verdoving om het verlies te kunnen dragen? Of voorzag de pijn hem van een doorkijk naar 'gene zijde', naar het witte licht, dat alle aspirant-overledenen een vredig gevoel gaf. Dat zijn meisje daar in goede handen zou zijn.

Of was hij overleden aan een hartinfarct en was de cameraman niet minder dan zijn persoonlijke veerman naar de overkant? Bartjan keek opzij en kreeg een knipoog alsof zijn gedachten geraden waren. Heel even was er een blik van verstandhouding en toen ging de man weer op in zijn camerawerk. Bartjan kende die kerel ergens van. Maar waarvan?

De druppel was precies op haar voorhoofd gevallen. En net als in het sprookje zou zijn traan Eva doen ontwaken. Van haar verwondingen zou niets meer te zien zijn. Dan zou het, achteraf bezien, slechts een nare droom zijn. Bartjan zou haar naar de kinderopvang hebben gebracht en de juffrouw hebben verteld dat Eva met de schrik was vrijgekomen van een aanrijding met een bus. Dan zou zij er rekening mee kunnen houden als zijn dochter raar zou doen, als ze tijdens haar middagslaapje een nachtmerrie zou hebben of als ze van het minste of geringste zou schrikken. En dan zou hij zijn meisje een kus geven en naar zijn werk lopen. Jeannette zou hij een kort sms'je sturen. Dat de bus hen had gesneden en dat ze waren gevallen, maar dat gelukkig alleen de fiets kapot was. Dat Eva lekker aan het spelen was op de kinderopvang. En dan zou het allemaal weer kloppen. Niets aan de hand.

Eva lichtte even op toen het zoute water over haar voorhoofd liep. Alsof ze hem wilde bedanken voor zijn traan. Maar ze stond niet op.

De ondertiteling gaf haar gedachten prijs. Blijkbaar had ze die nog wel.

Ze wilde niet dat haar vader boos op haar zou zijn, las hij. De traan zou haar meenemen naar een heel mooi land, ergens ver weg. Voor die reis moest zij haar rugzakje inpakken. Popje moest ook mee, zei de ondertekst. Papa kusje, waren de laatste woorden die voor haar werden opgeschreven. Haar ogen waren de hele tijd dicht gebleven.

Haar ziel vertrok.

De aanvaarding van het onvermijdelijke scheurde Bartjan in duizend stukken, maakte dat hij nog slechts uit pijn bestond. Hij wilde gillen, daar op tien meter hoogte, maar de wind sneed hem de adem af.

De cameraman zoomde in. De kijkers zagen hem op de weg zitten, met zijn handen uitgestoken naar de hemel. Uit zijn van pijn verwrongen gezicht klonk gekrijs. Keelklanken van een dodelijk gewond dier.

Zijn lichaam maakte zich op voor het aanstaande afscheid. Ergens diep in hem − moeilijk te zeggen waar − maakte de bloedband met Eva zich los, ging door zijn buik omhoog, deed zijn hart aan als laatste halte − de pijn van die stop was on-

99

draaglijk, maar moest gevoeld worden – en verliet hem via zijn mond als een nauwelijks hoorbare trage zucht.

Op twintig meter hoogte, onzichtbaar voor de cameraman, vond zijn verbondenheid haar bevrijde ziel – die had netjes op hem gewacht, want Eva was goed opgevoed. Ze mengden en stegen op. Het laatste wat hij van haar zag, was haar handje, dat naar hem reikte. Hij hoorde haar zachtjes om haar moeder smeken. Daarna niets meer.

Bartjan kreeg een harde zet in zijn rug, verloor zijn evenwicht en viel uit het bakje. Ergens lachte iemand. Hij zette zich schrap voor de onvoorstelbare pijn van brekende botten en scheurende ingewanden, voor een zekere dood.

Even doorbijten. Daarna zou hij Eva achterna mogen gaan.

Nog vijf meter, vier, drie – al zijn spieren stonden strak voor wat komen ging –, twee en niets. Maar Bartjan landde ruw in zichzelf. En alles deed het nog. Het suizen in zijn oren was gestopt.

De cameraman had zijn plek in de kring – naast de agente –weer ingenomen en filmde Bartjan in close-up. Aan zijn riem hing een sleutelbos. Eén van de sleutels – een lange met een inscriptie – schitterde fel.

Bartjan voelde de kou van het natte asfalt in zijn knieën. Op zijn handen zag hij Eva's bloed. Hij dacht aan haar handje, zag haar geplette lichaam op het vieze asfalt.

In zijn hart ontstak een blinde woede, gevolgd door een lust om de buschauffeur met zijn blote handen te vermoorden, langzaam en pijnlijk, ten overstaan van de omstanders en de hulpdiensten. De gedachte om vergelding wond hem op.

Bloedwraak, dat wilde hij, bloedwraak gedrenkt in zijn zaad. Het zaad waaruit Eva voortgekomen was. De politie-agente verhinderde dat Bartjan vocht als een leeuw om uit haar omarming te geraken, maar des te harder hij zich verzette, des te meer agenten op hem doken. Hij werd op de grond gedrukt. Door alle benen heen zag hij de buschauffeur zitten, met een bekertje water in zijn hand. Een ziekenbroeder had een deken over hem heen geslagen.

De man keek Bartjan recht in de ogen. Hij kende dat gezicht ergens van. Dat zonnebankbruin, dat geblondeerde haar. Neen, dat kon niet waar zijn, het was toch verdomme niet die…?

Op dat moment in de droom was de film gebroken en alles wit geworden.

18. Pjatilipy

Zondag 14 juni 1942

De veldpost functioneert Godzijdank weer. Ik heb drie brieven (vier maanden onderweg geweest!) en twee pakketjes van het thuisfront ontvangen. Een mooie opsteker. De brieven heb ik in één ruk uitgelezen. Vader en moeder proberen mij een hart onder de riem te steken, maar in de brief van Greetje lees ik een ander verhaal. Vader klaagt over van alles en nog wat. Over de teruglopende omzet van de winkel, de te lage bijdrage van de Fürsorgestelle, over de buren die hem met de nek aankijken, over de toegenomen kriminaliteit, en ga zo maar door. Het verlies van Walter heeft van moeder een stille vrouw gemaakt. Zij doet het huishouden omdat dit van haar verwacht wordt. Maar van een stapje extra is geen sprake meer. Grauw en grijs, zo noemt Greetje het leven thuis. Ze gaat derhalve zo vaak als mogelijk is met haar vriendinnen naar de Kring, doet mee met uitstapjes naar kulturele bezienswaardigheden, sport veel en maakt pakketten voor onze jongens aan het Oostfront. Thuis is het geen vetpot. Gelukkig stoppen kringleden hen zo nu en dan wat toe, schrijft ze.

Antoinette is bezorgd over mij. In de kranten neemt het aantal overlijdensadvertenties van Oostfronters toe en van verlofgangers hoort zij berichten over felle gevechten en slechte omstandigheden. Zij drukt mij op het hart om vooral voorzichtig te zijn en niet de held uit te hangen. Waren wij niet immers 'engaged to be married?' Antoinette droomde de laatste tijd steeds vaker van onze trouwdag en van de kinderen die daarna zouden komen. Hoeveel kinderen wilde hij eigenlijk? Jongens of meisjes of van alles wat? Daar hadden we het nog niet over gehad. Zij had al namen bedacht voor onze kinderen. En ik? Daarna schreef zij mooie woorden die niet voor dit dagboek bestemd zijn. Lieve meid.

Mijn pakketten waren onderweg geplunderd. Ik zal een klacht indienen bij de chef over deze Kameradendiebstahl, maar ik verwacht er niet veel van. De daders liggen waarschijnlijk op het kerkhof. Vast geen SS'ers!

Maandag 15 juni 1942
De laatste dagen hebben we verschrikkelijke verliezen geleden. 11. Kompie heeft nog geen 30 man gevechtssterkte over, bij elkaar net een Zug. Met de andere Kompies is het al niet veel beter gesteld. Van 3. Bataillon is thans 85% dood, gewond of vermist. Als de gevechten nog een paar weken zo doorgaan, dan is er niets meer over van het Legioen. Niet zo fraai dus!

We bivakkeren al weer drie dagen in Pjatilipy, een dorpje in de buurt van Gusi. Overal waar de Russen dreigen door te breken, kunnen wij in allerijl komen opdraven. Eerst noordwaarts naar Jaga, Poselok, Tshauni, vervolgens weer zuidwaarts, naar Selo Gora en Gorenka. We boeken geen terreinwinst, maar dichten slechts gaten. Zo komen we nooit in Leningrad. Als we onze onderofficieren vragen naar het waarom van dit 'heen en weer', dan halen zij hun schouders op. Wie weet dan wel bescheid in het Legioen?

Waar we ook arriveren, overal is het hetzelfde liedje: als een haas een stelling bouwen of versterken en daarna, als de omstandigheden het toelaten, kwartier maken. Een doodvermoeiende klus, die wij zelf moeten klaren, want over het zware materieel van de pioniers kunnen wij niet meer beschikken. Rest ons niets anders dan het edele handwerk met veldschop, pikhouweel en bijl.

Dientengevolge bieden onze provisorische bunkers 'enige' bescherming tegen bombardementen. Met wat meer tijd en het juiste materieel zouden onze stellingen minstens zo sterk zijn als die aan de overkant. Tijdens een 'rondleiding' door een opgerolde Russische stelling vielen mij de schellen van mijn ogen. Wat kunnen die knapen bouwen!

De fut is er na een dagje stellingbouwen wel uit. Het is niet te hopen dat de Russen ons dan aanvallen. Veel weerstand zouden we niet kunnen bieden. Vreemd genoeg laat de overkant ons meestentijds met rust tijdens het einigeln.

Maar niet getreurd, want we zijn nog ongedeerd. En dat mag een wonder heten in deze hel. Liever doodmoe dan morsdood.

Wat meer te eten zou nochtans prettig zijn.

Dinsdag 16 juni 1942
Vandaag heeft groep Lobbestaal haar 'souterrain' onder huis 14 in het ooit zo wonderschone (zijn woorden) Pjatilipy plechtig in gebruik genomen. Vissers kwam met brood en sardientjes op de proppen en Oostenhof had voor deze gelegenheid Russische wodka geregeld. Ofschoon deze aardappeldrank niet te drinken was, werden we er behoorlijk vrolijk van. Ik neem mij voor om bij gelegenheid Schnaps te organiseren.

Na een hilarisch woordje van onze Sturmmann Lobbestaal hebben wij een heildronk uitgebracht op de voorspoed van het Russische vrouwenbataillon. 'Op Russische vrouwen met kloten! Die van ons weliswaar, maar desalniettemin! Proost, mannen!'

Nadat het eten en de drank op waren, heeft Lobbestaal de lege wodkafles kapot gegooid tegen de enige nog rechtovereindstaande buitenmuur en ons onderkomen Huize Weltevree(ten) gedoopt. De

Waal, onze timmerman, kreeg opdracht om een houten naambord te maken, voor boven het kelderraam annex schietgat. Ik moest hamer en nagels organiseren. Fluitje van een cent.

Met een bonkend hoofd zit ik thans op de brits in de bunker. Over een klein uurtje ben ik weer aan de beurt om wacht te kloppen. De rest van de groep ziet er bepaald niet florissant uit. Vissers heeft zojuist de inhoud van zijn maag teruggegeven aan de natuur en ziet zo bleek als een vaatdoek. Van der Wiel heeft last van een kwade dronk en valt om het minste of geringste tegen ons uit. Oostenhof ligt als een zoutzak op de brits. Gelukkig is er niemand van de PK met een fotokamera in de buurt. Nederlandse legionairs met een flinke kater op hun post! Klaar om het Rode Gevaar een halt toe te roepen! Om te gillen.

Achteraf bezien, was het beter geweest als we bij heildronk 7, die op het nut en de noodzaak van de bedwants en de kakkerlak, waren gestopt met die Russische rommel. Maar een mens moet zo nu en dan kunnen ontspannen, anders is het hier niet te doen.

Woensdag 17 juni 1942

Oostenhof is vannacht zwaargewond afgevoerd. Granaatsplinters in de borst- en buikstreek. Niet best. Hij had buitenwacht toen een handgranaat een paar meter naast zijn post ontplofte. De schoft die hem dit kunstje heeft geflikt, hangt nu met zijn armen gespreid in de prikkeldraadversperring. Daar heb ik persoonlijk voor gezorgd. Voer voor de ratten.

Ik hoop van ganser harte dat de verpleging Oostenhof kan redden, want hij is een goede legionair en de enige NSB'er in onze groep. Met hem kon ik fijn over de beweging en haar idealen in Groot-Germaans verband bomen. Oostenhof had eveneens een bloedhekel aan sociale ongelijkheid.

Op de Metzgerei kon men niet veel voor hem doen. Ik heb behoorlijk lelijk moeten doen tegen de dienstdoende arts om mijn kameraad op het eerste transport naar het achterland te krijgen. Op de natte grond onder een zeildoek, tussen de andere gewonden en doden, zou hij unbedingt kreperen.

Donderdag 18 juni 1942

Vanochtend heeft kompiechef Fritsche bekend gemaakt dat Oostenhof gisterenmiddag om 15.00 uur is overleden aan zijn verwondingen. Onze kameraad heeft het lazaret niet meer gehaald. Iedereen was er stil van. De Hilfswillige Rus, die zijn zakken probeerde leeg te roven, is ter plekke afgeknald door de militaire politie.

Onze groep telt nu slechts 5 man (van de 10!): korporaal Lobbestaal en de legionairs De Waal, Vissers, Van der Wiel en mijn persoon. Martens, Van Deursen, Bruggeman en Voske zijn eerder bij Gusi gesneuveld.

Volgens de latrinegeruchten zou de 180 man aanvulling uit Graz (Oostenrijk) ergens vastzitten in de chaos van het achterland. Maar hopen dat we spoedig een paar man extra mogen verwelkomen in onze groep.

Vrijdag 19 juni 1942

Met een zwaar gemoed ben ik aan de dag begonnen.

Eerst 5 kilometer sjokken en uitglijden door het moeras, met millioenen muggen om ons heen, op zoek naar blanke huid en bloed. Hoe goed je jezelf ook had ingepakt, die blauwe duiveltjes vonden altijd wel een doorgang. Eerst de bijtende pijn van de steek en dan de zwellingen en de jeuk. Om gek van te worden.

Drijfnat en uitgeput kwamen we in het bos aan, waarna we nog eens 10 kilometer mochten lopen van de chef. Voorwaar geen pretje met soppende laarzen.

Bij het optrekken naar de Russische bunkers aan de overzijde van de spoorbaan is chef Fritsche gesneuveld. Goede kerel. Ostuf. Piller nam het kommando over. Onze groep kreeg de bunker aan de rechterflank van de Russische verdedigingslinie toegewezen. Vissers en ik waren deze keer de klos. Tijgeren naar schietgat, twee handgranaten naar binnen gegooid en na de detonatie als een haas de bunker ingegaan. Drie dode bolsjewisten aangetroffen. De zwaargewonde, vierde Rus hebben we met een nekschot uit zijn lijden verlost. Daarna de bunker en de doden doorzocht. Redelijke oogst: 1 automatisch wapen en 3 geweren met bijbehorende munitie, 4 messen, 1 verrekijker, 2 broden en 4 zakjes zonnebloempitten. Helaas geen werkende horloges, want die doen het goed in de ruilhandel.

Ook de andere drie bunkers zijn door de Kompie geknackt. De hele actie heeft ons 4 doden en 9 gewonden (3 zwaar en 6 licht) gekost. De aanvulling uit Graz wordt een bittere noodzaak als wij nog een vuist willen maken tegen de Russen.

Hschaf. Loidl deelde stukken melkchocolade uit tijdens ons half-uurtje (!) rust. Een ware traktatie. Na wat brood met sardientjes en koude koffie ben ik als een blok in slaap gevallen. Vreemde droom gehad, over Antoinette, Walter, gebraden kip, sperziebonen, krielaardappelen en schuimend bier. Waar een mens al niet vol van kan zijn!

Lobbestaal heeft ons vervolgens aan het werk gezet. Stelling uitdiepen met de veldschop. Ik heb mij niet gehaast in de wetenschap dat nog vele klusjes om mij lagen te wachten. Paden verbreden, boompjes omhakken, camoufleren, aan het Oostfront is altijd wel wat te doen. Een mens leert snel.

'Hier bouwt Oberschutze De Jongh aan uw stelling! Ook voor alle andere voorkomende nieuwbouw- en herstelwerkzaamheden. Goede kwaliteit tegen gunstige prijzen. Neemt u gerust kontakt met ons op. P.S.: Wij accepteren alleen Reichsmarken.'

Lobbestaal kon er wel om lachen, de Duitsers niet. Die hebben geen gevoel voor humor. Het kartonnen bord zou volgens de leiding een schietschijf zijn. Alsof de Russen onze posities niet terdege kennen. Wij zitten nota bene in hun bunkers.

Na de oorlog kan ik altijd nog emplooi zoeken in de bouw. Als de rechtenstudie toch niets voor mij zou blijken te zijn.

Zaterdag 20 juni 1942

In onze bunker kreeg De Waal de kolder in zijn kop. Schreeuwend als een waanzinnige en met schuim om zijn mond wilde hij met alle macht de bunker uit. Voor zijn eigen bestwil heeft Vissers onze dierbare kameraad buiten westen geslagen. Buiten had hij geen schijn van kans gehad en zijn vuurkracht kunnen wij einfach niet missen. Ook al is onze timmerman een vreemde snuiter.

Nadat de Stalinorgels zwegen, was het de beurt aan de Russische infanterie. Toen wij de eerste aanvalsgolf hadden weggemaaid, kwam de volgende, en daarna de volgende. Een mensenleven is aan de andere kant in ruime mate voorradig en blijkbaar niets waard. Arme sloebers.

Een vierde aanval zouden wij niet meer kunnen weerstaan. Onze kersverse chef zag dat Godzijdank ook in. Aan heldendom tegen beter weten in hebben we hier niets.

Zondag 21 juni 1942

Ik ben weer eens aan de dunne! Morgen langs de dokter voor pillen en koolstof.

Op mijn verzoek heeft Lobbestaal mij vergezeld naar onze latrine, een bouwvallige schuur achter ons huis. Terwijl ik poepte, joeg hij de muggen weg met een oude krant. Je moet er niet aan denken dat die rotzakken je juist daar weten te raken. Geïnspireerd door het, naar zijn zeggen, schitterende uitzicht op mijn poepgat, hield Lobbestaal een gloedvol betoog over de voor- en nadelen van 'widernaturliche Anzucht' bij het Legioen.

Ik heb mijn korporaal eerbiedig verzocht geen misbruik te maken van de voorrechten van zijn rang en mijn kwetsbare hurkpositie te respecteren. We lachten ons de krampen. Zonder Lobbestaal zou het een saaie bedoening zijn in onze groep.

Na het poepen en zalf smeren op de onvermijdelijke bulten heb ik zeker 20 kleine partizanen gevangen. Sommige waren zo groot als een vlieg! Maar goed dat moeder hier geen weet van heeft.

19. Giroblauw

Bartjan passeerde drie busjes met een Pools kenteken. Het werden er steeds meer, leek het wel. Ook de Bulgaren en de Roemenen zouden eraan komen, had zijn krant afgelopen zaterdag gekopt.

De makelaar beloofde in zijn etalage hoge kortingen op de aankoopkosten van een woning. Bartjan zag achter het raam hetzelfde woningaanbod als vorige week – niets verkocht dus.

Mensen waren voorzichtiger geworden en stelden de aankoop van een woning uit. De gemiddelde verkoopprijs van een woning daalde licht, ook in Den Haag. En omdat de banken en verzekeraars geen enkel risico meer durfden te nemen, ging de financiering van de woningen die nog wel verkocht werden, stroever dan voorheen. Men eiste meer zekerheden van de kopers en een hogere rente. Voor steeds meer mensen was die lat te hoog aan het worden. Dat kon Bartjan goed merken want de dames van de receptie hadden minder te doen en in de spreekkamers bleef het langer donker dan normaal.

Jan-Kees voerde in de wandelgangen de druk op om de omzet op niveau te houden. Hij stak zijn hoofd om deuren, riep dat het slechter ging, maar dat het beter moest, opperde zelf

110

een aantal proefballonnetjes en besloot met een oproep om de schouders eronder te zetten. We konden het, volgens hem.

Zijn suggestie om efficiënter te gaan werken (minder tijd per advies) en maximaal te zoeken naar zekerheden voor de financier (rekening houden met inkomensstijgingen en carrièreperspectieven in de nabije toekomst) was bij Bartjan in het verkeerde keelgat geschoten. Toegeven op de advieskwaliteit, dat was naar zijn mening het domste wat ze konden doen. Als ze cliënten aan zich wilden binden, dan moesten ze juist goed onderbouwde adviezen blijven geven, waaruit bleek dat de adviseur de tijd voor hen genomen had. Geen haastwerk, dan zouden zeker de junior-adviseurs onnodige fouten gaan maken. En wat had een cliënt aan een hypotheekadvies dat zijn inkomen te rooskleurig schatte en hij of zij bij de minste tegenvaller zijn rente en aflossing niet meer zou kunnen betalen? Bij wie zouden zij dan verhaal halen? Wat te denken van de media, die zouden er gelijk bovenop duiken! 'Hypotheekmannetje'ᴵᴹ Den Haag adviseert onverantwoord hoge hypothcken?' En wilde zijn baas ook niet dat de vestiging goed uit het tweede onderzoek van de Autoriteit Financiële Markten zou komen?

Jan-Kees was gezwicht voor zijn argumenten – vooral voor het laatste – maar had Bartjan gewezen op zijn medeverantwoordelijkheid voor omzet en rendement van de vestiging. Die doelen waren hard en niet onderhandelbaar, ook niet voor hem. Of hij zich kon herinneren dat de hoogte van zijn gratificatie daarvan afhing? Ja, dat kon hij. Of hij op korte termijn met een memo kon komen hoe de vestiging de doelen ging halen, zonder concessies te doen aan de advieskwaliteit. Ja, dat zou hij doen.

111

Bartjan stapte het postkantoor binnen en trok een nummertje uit de automaat: tweeënvijftig. Het schermpje boven de balie vertelde dat er nog zeven klanten voor hem waren.

Bartjan liep naar het schap rechts van hem, liet zijn ogen langs de uitgestalde enveloppen glijden en vond er een die stevig genoeg was om de sleutel veilig te vervoeren, een met luchtkussens aan de binnenzijde. Aan een vrije statafel pakte hij de geketende zwarte balpen – alsof iemand die zou willen stelen – en schreef het adres op de envelop: de Hassebergerweg in Vlagtwedde.

Bartjan haalde de sleutel uit zijn zak en bekeek hem voor de laatste keer. Hij had overwogen om een kopie te laten maken, maar durfde dat niet. Hoe moest hij dat hakenkruis uitleggen aan de sleutelmaker? Straks zou hij achter zijn rug voor nazi of fascist uitgemaakt worden.

Na een laatste blik stopte Bartjan de sleutel in de envelop, liep naar een van de bankjes en ging zitten. Er waren nog vier klanten voor hem. Uit zijn binnenzak pakte hij een leeg velletje papier. Met zijn eigen pen – een zilveren Waterman, gekregen van Jeannette – schreef hij daar wat op. Hij las de tekst nog eens na en was tevreden. Netjes in vieren gevouwen verdween het papiertje in de envelop. Daarna plakte hij de envelop dicht.

Terwijl hij rustig voor zich uitkeek, rolden gedachten uit zijn kinderjaren naar binnen.

De deuren van het postkantoor hadden nog nagezwiept van zijn duw. Bartjan telde het aantal keren dat de rubberen tochtslabben tegen elkaar bonkten: eerst hard en daarna steeds zachter totdat de deuren gesloten bleven. Deze keer had hij tien bonken geteld, twee meer dan de vorige keer. Daarom ging hij mee met haar: om die deuren, en om de pen.

Verder was het postkantoor vooral saai. Mensen spraken niet of heel zachtjes, schoven langzaam naar voren in de twee rijen, zonder te mopperen of voor te dringen. Het rook er muf, naar de gymzaal op school.

Zijn moeder stond aan de hoge schrijftafel bij het raam, vulde formulieren in en zette haar handtekening met een zwierig gebaar, met een zwarte balpen aan een kettinkje. Bartjan zat naast haar op een hoge stoel en keek toe. Haar handtas en handschoenen lagen voor hem. Ze had hem gevraagd daar goed op te passen. Ze wilde niet dat hij haar handschoenen aantrok. Dat had hij raar gevonden want ze roken zo lekker. Toen zijn moeder klaar was, had hij de pen mogen vasthouden. De warmte van haar hand zat er nog in. Bartjan trok de pen zo ver als het kettinkje het toeliet uit het gaatje op de tafel, liet hem langzaam vieren om hem daarna snel op te halen. De balletjes van het kettinkje maakten een ratelend geluid, van staal op plastic. In de rijen keken mensen met vermanende blikken naar hem. Hun rust was verstoord. Goed zo.

Zijn moeder deed haar vinger op haar lip en maakte een zacht sissend geluid. Terwijl hij van de stoel klom, trok hij nog een keer aan de pen totdat ergens onder tafel een veer blokkeerde. Met een grijns op zijn gezicht had hij eerst naar zijn moeder gekeken, dan naar de mensen in de rijen, om dan de pen ineens los te laten. Met veel kabaal botste de pen tegen de stoel en de tafel om ten slotte met een luide klap haaks op het gaatje in de tafel tot stilstand te komen.

Zijn moeder had op een vermanende toon gezegd dat hij niet zoveel lawaai moest maken en droeg hem op de pen netjes in de zwarte houder te doen. Daarna had zij hem een stiekeme knipoog gegeven.

Piep. Nummer negenenveertig. Balie een.

Bartjan klopte op de envelop en schatte dat het drie postzegels zou kosten. Hij ging verzitten op het ongemakkelijke blauwe plastic stoeltje.

Zijn moeder had hem gevraagd de sleutel te versturen naar de rechtmatige eigenaar, ene Hans Groenink. Ze had ook hem uitgelegd waarom. Bartjan had er een dubbel gevoel aan overgehouden. Aan de ene kant was hij blij te weten van wie die sleutel was en waarop hij paste. Maar aan de andere kant stoorde het hem dat de inhoud van die munitiekist voor hem verborgen zou blijven. Wat als daarin nieuwe informatie over oom Hendrik zou zitten?

Bartjan had er met Jeannette over gesproken. Zij had hem nogmaals aangeraden zijn familieverleden met rust te laten. Iedereen uit die tijd was overleden of niet meer toerekeningsvatbaar. Op die Groenink na, maar dat was geen familie. Had hij al niet genoeg aan zijn hoofd? Hun nieuwe huis moest nog gefinancierd worden en de optie was al bijna verlopen. En was zijn promotie al rond? Daar moest hij zijn energie op richten, niet op die stomme sleutel. Het verleden zou hem niets meer opleveren, de toekomst echter wel. En gek genoeg, was zijn baas de sleutel tot hun toekomst, had zij lachend gezegd. Zij had het een goede grap gevonden, hij niet.

Nummer eenenvijftig verscheen op het bord. Balie drie. Hij voelde in zijn colbert en vond zijn portefeuille.

Nog een piep, maar nummer eenenvijftig bleef op het bord staan. De baliemedewerker, een norse vrouw van middelbare leeftijd, stond op van haar stoel, boog voorover en riep hard het nummer om. Een oude vrouw, twee stoeltjes verderop, schrok op uit haar gedachten. Haar buurman zag het nummertje in haar hand en riep iets naar de balie.

Even later schuifelde de oude vrouw langzaam, voetje voor voetje, naar de balie. Bartjan hoopte op een ander loket. Hij keek op zijn horloge. Nog tien minuten voor de transactie en terugreis. De verlossende piep klonk. Nummer tweeënvijftig naar loket twee.

De vrouw achter de balie was vriendelijk en snel. Binnen twee minuten stond Bartjan weer buiten, zonder sleutel en drie postzegels armer. Hij hoopte dat die Groenink zijn memo zou lezen en contact met hem zou opnemen. Als zijn reactie te lang op zich zou laten wachten, dan zou hij zelf bellen. Bartjan wilde die man in de ogen kijken en hem in zijn eigen woorden horen vertellen over oom Hendrik. Nu was het alleen afgeleid werk, van horen zeggen. En dat was niet zijn stijl. 'Actie Groenink', noteerde hij als taak in zijn mobiele telefoon. Over vier weken zou hij eraan herinnerd worden.

Op de terugweg naar kantoor zag Bartjan haar op een terras zitten. Haar bruine leren rok was iets omhoog geschoven. Ze was in gesprek met twee vrouwen, iets jonger dan zij, maar in potentie haar gelijke, over een paar jaar. Ze hieven het glas naar elkaar

Bartjan zag de gretige blikken van de mannen op het terras. Ze wilden zijn dame neuken, allemaal tegelijk, als in groepsverkrachting, maar dan zonder het van elkaar te weten. De vraag was alleen wie nu wie overmeesterde, wie als winnaar uit de hete strijd kwam. Superioriteit won het in dit geval van numerieke meerderheid. Zij moest dat weten en gunde de mannen daarom hun gedachte-experiment. Het raakte haar niet, integendeel, het maakte hun afhankelijkheid pijnlijk duidelijk.

Even keek ze zijn kant uit, alsof ze voelde dat Bartjan haar observeerde. Hij lachte terug, iets minder gereserveerd dan

115

daarvoor. Ook in hem liep het mannetjesdier rusteloos heen en weer achter de tralies van zijn opvoeding.

Zij lachte geamuseerd terug. Nog voor Bartjan kon reageren, schoof de dubbele bus tussen hen in. Zijn dame ging verloren in motorgeluid en dieselwalm. Toen de bus weer optrok, was haar stoel leeg.

Klotebus.

20. Krasnoje Selo I

Zaterdag 18 juli 1942

De Groot-Germaanse broederschap heeft gezegevierd! Het Wolchow-front is opgerold! De Bolsjewisten verslagen in de Wolchowkessel! De val van Leningrad is slechts een kwestie van tijd! De eindzege is in zicht! Over een halfjaar is het Legioen weer thuis!

Euforie alom in de berichtgeving, maar om de een of andere reden staan die opgeblazen artikelen mij enigszins tegen. Geen woord over de gevallen kameraden, de voor het leven verminkte legionairs, de slechte hygiënische omstandigheden en de tekorten aan wapens, uitrusting, eten, drinkwater, brandstof en ga zo maar door. Om nog maar te zwijgen van de toenemende gevechtskracht van de Russen, die wij hier aan het front, in de harde realiteit, elke dag aan den lijve ervaren. Niks eenvoudige zege. Prietpraat!

Als bijen zwermen de verslaggevers en fotografen van de PK om ons heen voor de grappigste anekdotes en de meest sprekende foto. We laten ze maar begaan. Ieder zijn werk, nietwaar?

De heren vragen ons zo heldhaftig mogelijk in de kamera te kijken. Ook zouden wij voor de gelegenheid beter de wolfsangel kunnen opspelden. Aan het eerste verzoek voldoen we graag (zij het met een knipoog), aan het tweede niet. De SS-runen blijven op de kraag!

Vervolgens hebben we met die PK'ers vier flessen Russische schnaps geofferd aan de gevallenen. Met hun moppen en liederen kunnen wij weer een paar weken vooruit.

Zondag 19 juli 1942

Chef Piller heeft aan Lobbestaal het IJzeren Kruis der tweede klasse uitgereikt! Ik zie het als een erkenning van de Nederlandse strijd-vaardigheid en een teken van verbroedering met onze Duitse strijd-makkers. Driewerf Hou Zee!

Vissers en ik krijgen het Sturmabzeichen opgespeld. Van der Wiel is behoorlijk van slag omdat hij niets heeft gekregen. Wij proberen hem op te beuren en zeggen dat hij vast en zeker na de val van Leningrad aan de beurt zal zijn. Aan zijn inzet tijdens het gevecht ligt het niet. Maar Van der Wiel blijft in mineur. De Waal moppert ook, maar die hoort beter te weten.

Zojuist heb ik bij de staf mijn verlofverzoek ingediend. Na 8 maanden dienst, waarvan 6 aan het front, meen ik in mijn recht te staan. In mijn gedachten flaneer ik met Antoinette over de boulevard van Scheveningen, drinken we een biertje op een zonnig terras terwijl we 'aapjes kijken'. Het zal mogelijk wat onwennig zijn, na zo lang zonder elkaar te zijn geweest.

Maandag 20 juli 1942

De vervanging uit Graz is ten langen leste gearriveerd. 11. Kompie krijgt wel 12 man (!) toebedeeld van de staf van 3. Bataillon. Na lang bedelen en zeuren heeft Lobbestaal 2 man weten los te peuteren van Hschaf. Loidl, zodat onze groep thans op 70% van haar oorspronkelijke sterkte is. Het lichte machinegeweer van Kuipers en het machinepistool van Groenink vormen een welkome versterking van onze vuurkracht. Een Russisch machinepistool was beter geweest, maar een mens kan niet alles hebben.

De nieuwelingen (beiden 19 jaar!) kregen eerst een preek van onze korporaal te verduren, die in het kort erop neerkwam dat zij respekt moesten tonen voor de oudgedienden, precies moesten doen wat hen werd opgedragen en op het slagveld vooral niet de held moesten gaan uithangen. Mogelijk dat zij dan ongeschonden het einde van deze maand zouden halen. Beide heren waren wat bleek om de neus van deze toespraak. Vervolgens hebben we Kuipers en Groenink aan het werk gezet. Klusjes genoeg in en om ons souterrain. Terwijl de kersverse legionairs afvalhout op maat zaagden, de schuur ermee repareerden en de latrine schoonmaakten, keken wij geamuseerd toe, gelegen op het gras in de zon.

Voordat de schemering inviel, stond er in onze achtertuin een wind- en waterdichte schuur, met daarin een blinkende latrine. Groenink had zelfs de tegenwoordigheid van geest gehad om de raampjes van de schuur aan de binnenzijde af te dichten met muskietengaas, zodat naar zijn zeggen 'ut hoeske' voortaan vrij van 'neefjes' zou zijn. Hilarisch, dat Groningse dialekt!

De eerste tekenen zijn veelbelovend. Het zijn kranige jongens die gewend zijn om zonder te mopperen de handen uit de mouwen te steken. Ze lijken in Oostenrijk een goede opleiding tot legionair te hebben gehad en hun uitrusting is in orde. Hoe anders dan in Arys destijds. Er is Godzijdank veel verbeterd.

Kuipers blijkt lid van de NSB te zijn zodat ik in een verloren moment met hem kan bomen over de beweging en haar idealen. Groenink heeft geen trek in 'die nationaalsocialistische onzin'. Naar zijn zeggen, is hij hier om het kommunisme te verslaan en om als oudste zoon de kost te verdienen. In Groningen was nauwelijks werk. Van idealen kan een mens immers niet eten, van soldij wel.

Een praktische instelling, dat moet gezegd, maar wel enigszins bekrompen. Hoe komt de mensheid verder als ze slechts op zoek is naar bevrediging van haar primaire behoeften? Maar goed, eenieder heeft recht op zijn mening!

Eens zien hoe deze jongemannen zich houden onder vijandelijk vuur. Het latrinegerucht gaat dat het Legioen vandaag of morgen afreist naar Leningrad. Dan kunnen de 'neefjes' uit Graz' bewijzen wat ze waard zijn.

Wel zonde dat we dan niet uitgebreid van onze luxe latrine hebben kunnen genieten. Op je gemak zitten zonder iemand achter je die met een krant wappert, is ook wat waard. Men noemt het niet voor niets een Privaat!

21. Krasnoje Selo II

Maandag 10 augustus 1942
Gisteren heb ik vernomen dat mijn verzoek om verlof is geweigerd omdat ik niet gemist kan worden. Ieder man zou nodig zijn voor de val van Leningrad. Wat een lariekoek! Lobbestaals poging om Loidl om te praten, is mislukt. Alle reeds toegekende verloven zouden om dezelfde reden zijn ingetrokken. Ik was derhalve niet de enige die teleurgesteld zou zijn, aldus onze Hschaf. Een schrale troost!

Het vooruitzicht dat ik deze zomer niet meer naar huis zal gaan, had mij behoorlijk geraakt. Ik voelde mij zo rot als een mispel en ben op mijn brits blijven liggen. Lobbestaal vond dat ik er 'krank' uitzag en heeft mij subiet lichte dienst gegeven. Ik moest het niet in mijn hoofd halen om op te staan, zei hij met een ernstig gezicht. Goede kerel. De Russen moesten zijn bevel gehoord hebben, want die hebben zich de gehele dag koest gehouden.

Vandaag gaat het wat beter met mij, maar niet met het weer. Het heeft de gehele dag pijpenstelen geregend en hemelwater loopt in straaltjes uit de zoldering van onze bunker. Hoe goed we onze spullen ook beschermen, uiteindelijk wordt alles klam.

Zomer in Rusland, het mocht wat!

121

Dinsdag 11 augustus 1942
Bij de aanval gisteren is Van der Wiel gesneuveld door een voltreffer van een granaatwerper. Veel was er niet meer van hem over. In een gevechtspauze hebben we zijn restanten bij elkaar gezocht en onder een zeildoek gelegd. Onze korporaal heeft een mooi afscheidswoordje gesproken. Het Legioen zou helaas zonder Johannes van der Wiel Leningrad binnenmarcheren, maar in gedachten was hij immer bij ons. Wat ons betreft, had hij zijn Sturmabzeichen dubbel en dwars verdiend. God hebbe zijn ziel. Amen.

De neefjes hebben zich kranig geweerd in de gevechten. Goede schutters en om den drommel niet bang uitgevallen. Na twee weken in de bunker zijn zij niet meer te onderscheiden van de rest van de groep. Ze zien zo zwart als een kolenboer, stinken een uur in de wind, zitten onder de luizen en de muggenbulten en verrekken van de honger. Ook ons jargon hebben zij al aardig onder de knie.

Woensdag 12 augustus 1942
Weer last van de dunne! Niet verwonderlijk gezien de slechte omstandigheden hier.

We moeten 'alles' doen in de stelling en tijd voor opruimen is er niet of nauwelijks. Afval, uitwerpselen, bloed en menselijke resten vormen een dikke laag drek die na een regenbui spekglad is.

Door al die smerigheid komt de bodem van de loopgraaf langzaam maar zeker omhoog, tot boven de veilige diepte van 1.90 meter. Als we de stelling niet tijdig uitgraven, dan worden we vanzelf gemakkelijke schietschijven voor de sluipschutters aan de overkant. Maar dan moeten we wel sterk genoeg zijn om die klus te klaren. Zelfs in de volle zomer is de grond op die diepte nog hard bevroren. Dat vraagt om voldoende en voedzaam eten en daar wringt de schoen al een tijdje.

Als het eten ons al bereikt (veel wordt onderweg gestolen en verhandeld), dan is het te weinig, koud en meestens bedorven.

Brood is schaars en als we onze dagelijkse portie krijgen dan is het slap van het vocht. Per legionair is nog maar 500 gram aardappel beschikbaar, aldus het stafbericht, en dan zitten die piepers vol met rotte plekken. Soep en zuurkool hebben we al tijden niet meer gehad. De cichoreikoffie went, alles beter dan niets te drinken. Gelukkig hebben we de ruilhandel en de dode Russen nog, anders zouden we verhongeren en uitdrogen in onze stelling. De prijs voor een blik sardientjes rijst de pan uit, een verse homp brood is haast onbetaalbaar geworden. Ik heb de afgelopen weken behoorlijk wat gewicht verloren. Mijn broek is te ruim en van een buikje is geen sprake meer. Alleen nog maar botten en spieren, geen grammetje vet.

Donderdag 13 augustus 1942
Waarom wij Nederlanders nog streden voor die verloren Duitse zaak? Hoe lang lieten wij ons die minderwaardige behandeling door onze Duitse officieren nog welgevallen? Kom naar ons toe, kameraad, voordat het te laat is. Een goede behandeling werd natuurlijk gegarandeerd, aldus de luidspreker aan de overkant.

Soortgelijke boodschappen staan op ook roze of blauwe briefjes die de Russen rijkelijk uitstrooien boven onze stellingen. Slechts bij overhandiging van een dergelijk vrijgeleide zouden zij ons leven en onze vrijheid waarborgen. Niemand van ons geloofde dat. De strijd is ongemeen fel en we kennen over en weer geen genade. En dan hebben we nog de onoverbrugbare kloof tussen de ideologieën. Nationaalsocialisme verdraagt geen communisme naast zich. Klaar uit!

Derhalve heeft de groep Lobbestaal besloten onder geen beding levend in handen te vallen van de Russen. Liever dood dan rood! Hou Zee!

Vrijdag 14 augustus 1942

De poeperij heeft gezelschap gekregen van koorts en mijn tandvlees is ontstoken geraakt. De jongens van de Metzgerei konden niets voor mij doen en verwezen mij door naar achteren.

Een lichte verhoging, constateerde onze bataillonsarts, en een gebrek aan vitamine C. Voor het laatste heb ik tabletten gekregen, het eerste moest maar overgaan door rust. Doffegnies schreef mij drie dagen bunkerdienst (!) voor. Als de koorts dan niet over zou zijn, dan moest ik weer op het spreekuur komen.

Vervolgens stond ik weer buiten, in de regen, met een bonkend hoofd, klapperende tanden en slappe benen. Mooie boel!

De jongens hebben het sportief opgevat en zonder mopperen mijn wachten geklopt. Hoe het ze gelukt is, weet ik niet, maar ze wisten zelfs warme koffie en bouillon (echte?) te organiseren bij de veldkeuken. Voorts had eenieder wat van zijn portie brood afgestaan voor hun bedlegerige kameraad. De Waal stribbelde tegen, maar de blik van Vissers deed hem overstag gaan. Het kleinste stukje kwam van hem.

Groenink is mijn persoonlijke 'Krankenschwester' geworden en waakt over mij als een kloek over haar kuiken. In overleg met Lobbestaal heeft hij de dosis schnaps in mijn thee 'enigszins' verhoogd.

Dit Wundermedizin (aldus Groenink) was zeer effectief, want mijn horloge vertelt mij dat er sindsdien vier uur verstreken zijn. De rillingen zijn verdwenen, maar de koortsige kop niet. Vanaf mijn brits sla ik mijn makkers gade.

De geur van bouillon voert mij naar huis, naar kerstavond, naar de gebraden kip met gebakken aardappeltjes met sperziebonen, naar de rode wijn, naar vanille-ijs toe. Ik zie Walter een heildronk uitbrengen op onze toekomst. Ik hoor het opgetogen applaus van Greetje, gevolgd door een luid Hou Zee uit alle kelen. Ik proef Antoinettes lippen als we elkaar vluchtig kussen tijdens de afwas.

Was ik maar weer thuis. Ik mis ze.

Maandag 17 augustus 1942

Vandaag heeft een ordonnans een telescoopvizier afgeleverd. Aan wie ik dit ZF41 5x-vizier te danken heb, weet ik niet, maar ik ben er blij mee. Tijdens de opleiding vond mijn instructeur dat ik aanleg had, maar vanwege tijdgebrek kon hij mij niet ausbilden tot scherpschutter op het Gewehr 98. Dat speet mij toen wel.

De rest van de ochtend heb ik besteed aan het inschieten van mijn geweer op een Russisch lijk op 500 meter afstand. Het vizier is zeer nauwkeurig en na wat oefenen raak ik de helm van de ongelukkige ziel, ter hoogte van zijn voorhoofd.

Morgen ga ik op Russenjacht. In onze zone is het rustig, maar de groep Baier links van ons heeft last van een sluipschutter. Eens zien of we die ploert kunnen uitschakelen. Elke dode Rus is er één.

Als we de leiding moeten geloven, dan bereidt de Rus een zware aanval voor op onze stellingen. Waarschijnlijk maken zij zich druk om niks. Hoe vaak hebben de jongens van de inlichtingendienst er de laatste tijd niet faliekant naast gezeten? Het schijnt dat de Rus meer van ons weet dan wij van hem.

Wij vertrouwen liever op onze ogen en oren, en op Vissers. Lobbestaal noemt hem 'ons orakel'. Tot op heden heeft Vissers elke aanval juist voorspeld. Het is een onbestemd gevoel in zijn maagstreek, heeft hij ons uitgelegd. Wij zouden het volgens hem kunnen vergelijken met de drukkende stilte voor een zwaar onweer.

Wie er ook gelijk krijgt, wij zijn altijd de klos. Dubbelwacht, 1 uur op en 1 uur af, 12 uur lang, tot morgenochtend 7 uur. Sjoemelen lukt niet, want Loidl en Piller komen regelmatig langs om ons te controleren. Zij kennen hun pappenheimers inmiddels wel.

Dinsdag 18 augustus 1942

Om half vier vanochtend gebeurde het, tijdens de wacht van de neefjes. Groenink hoorde het bekende gekreun en sloeg direct alarm. Iedereen ging als een haas de bunkers in. Een tiental seconden later brak de hel los. Krijsen en dreunen, salvo na salvo. De Waal kreeg weer aandrang maar een dreigende blik van Vissers hield hem op zijn plaats.

Meter voor meter ploegden de Russen onze stellingen om. Bunker Weltevree(ten) kreeg twee voltreffers, een om vier uur en een om half vijf, maar het dak hield het wonderwel.

Na een kort dankwoord aan onze pioniers en de kwaliteit van het Russische hout (zijn moerasgoden moeten immers gunstig gestemd blijven) heeft Lobbestaal om tien over vier bij kaarslicht een circulaire van het Bataillon voorgelezen. Hoewel hij met enige regelmaat onverstaanbaar was vanwege het kabaal buiten, werd ons de strekking van dit rondschrijven spoedig duidelijk. De Duitsers moesten 1. Kameraadschappelijker met de Nederlanders omgaan, 2. Niet bij elke fout direct dreigen met het Kriegsgericht en 3. Zich in geen geval krenkend over ons uitlaten.

Onze Duitse broeders waren weliswaar traag van begrip, maar hun bedoelingen zijn prijzenswaardig, stelde onze korporaal vast. Een instemmend gegrom viel hem ten deel. Natuurlijk moesten wij, gezien onze volksaard, de doorwerking van deze tekst in de dagelijkse praktijk eerst zien om het te kunnen geloven.

Toen kregen we de tweede voltreffer te verwerken. Met zijn gezicht onder het stof droeg Lobbestaal met gedragen stem de laatste zin van de brief voor. Wij Nederlanders mochten niet als <u>kanonnenvlees</u> gebruikt worden omdat wij geen doel maar een middel tot het doel waren. Wij zouden nodig zijn hetzij als soldaat, hetzij als politicus. Dat was nog eens hoopgevend, besloot Lobbestaal zijn voordracht. Hilarisch!

Vervolgens hebben we gekaart om een blikje sardientjes. Ik speelde met Groenink tegen Lobbestaal en Vissers. De Waal keek toe.

Om half zes was de vuurwals onze stelling gepasseerd en maakte zij het achterland onveilig. Terwijl aan de overkant de fluitjes van hun officieren klonken, maakten wij als een haas onze vuurposities in de voorste loopgraaf vrij van puin en andere troep. Dode kameraden werden over de rand gekieperd, als extra borstwering. Nood breekt wet en zo maken de lijken zich ten minste nuttig. De aanval was verschrikkelijk. Met honderden tegelijk stormden de Russen op ons af. De zware machinegeweren achter ons maaiden ze bij bosjes neer. Ook Kuipers deed een flinke duit in het zakje met zijn LMG. Op onze prikkeldraadversperring lagen zoveel dode Russen dat de volgende aanvalsgolf er 'einfach' overheen kon rennen. En dan zou het met ons gedaan zijn.

Iedereen maakte zich gereed voor het onvermijdelijke. Vastbesloten om onze huid duur te verkopen, verzamelden we alles waarmee we konden slaan, hakken en steken.

Nog voordat de volgende aanvalsgolf onze stelling kon bereiken, kregen we het bevel om ons terug te trekken naar de tweede loopgraaf, op 200 meter achter ons. In de bunkers aldaar moesten we wachten op nieuwe orders.

De Russen kwamen om te doden maar hebben de tweede loopgraaf nooit gehaald. Halverwege hun bestorming zijn ze verrast door onze mortieren. Wat nog bewoog in het niemandsland, hebben we in de tegenaanval, met hulp van het 19. Letse Politie-infanteriebataillon, afgemaakt met onze bajonetten. Daarna is de Russische aanval gesmoord.

Als ik dit schrijf, is het donker buiten. In het voorterrein hebben beide partijen hun doden en gewonden weggesleept. Russen en Duitsers liepen door elkaar heen, maar geen schot of onvertogen woord viel. Een onwerkelijk gezicht.

Met hulp van de pioniers hebben we onze stelling in de voorste linie grotendeels op orde gekregen. Het houten bord hangt weer boven de ingang van onze bunker. Huize Weltevree(ten) is heropend!

127

Los van suizende oren en een droge keel mankeren we verder niets. Alleen De Waal wordt vermist. In zijn spullen vonden we een stapel vrijgeleides. De schoft zou toch niet overgelopen zijn? Het zou mij niets verbazen. Als ik hem voor mijn vizier krijg, dan knal ik hem subiet neer. De anderen denken er net zo over. Feit is dat we door zijn actie weer terug zijn bij af: 5 man sterk. Om negen uur komt Hschaf. Loidl polshoogte nemen. Voor iedereen heeft hij een bemoedigend woordje over. Als hij weer vertrekt liggen er een paar tabletten melkchocolade op de tafel. Met de complimenten van chef Piller.

22. Callcenter

Na de lunch belde Bartjan met het hoofdkantoor. Een vriendelijke vrouwenstem leidde hem door het keuzemenu. Zijn vraag viel onder de categorie overige en als hij persoonlijk te woord gestaan wilde worden, moest hij 6 indrukken en afsluiten met een hekje. Dat wilde hij en na weer een minuut wachten hoorde hij een klik op de lijn.

'Goedemorgen, met Hypotheekmannetje™. Waarmee kan ik u van dienst zijn?' sprak een jonge vrouw hem in zangerig Amsterdams toe.

'Goedemiddag, Jelgersma, vestiging Den Haag. Personeelszaken graag.'

'Oh, is het al zo laat?' Aan de andere kant van de lijn klonk gehinnik en daarna een pieptoon. De lijn was verbroken.

Bartjan vloekte binnensmonds en drukte opnieuw het 020-nummer in.

'Goedemiddag, met Hypotheekmannetje™. Waarmee kan ik u van dienst zijn?' Dezelfde stem. Mien Dobbelsteen, maar dan dertig jaar jonger. Bartjan zag haar voor zich. Een typisch Vmbo-meisje. Lange nagels met plakglitters, zwaar opgemaakt, legging onder kort rokje en imitatie-Uggs. Alleen aandacht voor uitgaan, jongens, mobieltjes en mode. Ziet werk als

129

een vervelende onderbreking van haar vrije tijd. Geen binding met de zaak. Jammer.

'Jelgersma, vestiging Den Haag. Personeelszaken graag!'

'O, bent u het weer, meneer Jelger! Namens wie belt u?' hinnikte het meisje aan de andere kant van de lijn. Bartjan voelde dat hij in de maling werd genomen.

'Het is Jelgers*ma* en ik ben senior-hypotheekadviseur van de vestiging Den Haag van Hypotheekmannetje™. Ik ben een collega van je.' Trut! dacht hij, maar hield zich in. Op het memoblokje tekende Bartjan doodskoppen en duiveltjes.

'Nou, nou, meneer Jelgers*ma*, iedereen kan zich vergissen. U moet eens weten hoeveel telefoontjes wij op een dag krijgen, hier op het callcenter. Met wie wilde u ook alweer spreken?'

'Personeelszaken.'

'Komt niet voor op mijn scherm. Hebt u een naam voor mij?'

Bartjan wilde gaan schelden.

'Neen, ik heb geen naam. Ik wil iemand spreken van Personeelszaken die over hypotheken voor werknemers gaat.'

'Even overleggen met mijn collegaatjes.'

En voor Bartjan iets kon terugzeggen, zette ze hem in de wachtstand. Terwijl Marco Borsato in zijn oren bulderde, schreef zijn hand KUTWIJF op het papiertje. Met de hoorn op veilige afstand − ver genoeg weg om gehoorbeschadiging te voorkomen, maar voldoende dichtbij om die trut te horen als ze weer terug was − klikte hij op zijn desktop naar de intranetsite van Hypotheekmannetje™. Onder Human Affairs vond hij de afdeling en de contactpersoon. Een doorkiesnummer stond er helaas niet bij.

'Zegt u het maar?' Een andere stem sprak hem toe.

'Ik denk dat u het moet zeggen.'

'Wat bedoelt u, meneer?'

'Jezusmina, ik bel met een of andere… truus van jullie call center, vraag naar iemand van Personeelszaken, die… theemuts kan dat niet vinden op haar scherm, gaat het navragen bij haar collegaatjes, zet mij in de wacht en als die vreselijke Marco Borsato eindelijk wordt afgebroken, dan krijg ik iemand anders en kan ik weer overnieuw beginnen. Jezusm—!'

'Ik hoor dat u kwaad bent, meneer, en dat vind ik vervelend voor u. Maar ik ben er niet van gediend om een grote mond te krijgen van iemand die ik niet ken, nog nooit gesproken heb, en die kwaad is, terecht of onterecht, op een van mijn collega's. Als u niet bedaart, dan verbreek ik de verbinding.'

Deze vrouw sprak accentloos Nederlands, een tikkeltje deftig zelfs. Tegen dit kaliber was zijn woede niet bestand. Bartjan zag de redelijkheid van haar reactie in. Hij kalmeerde en voelde alleen nog de schaamte voor het verlies van zijn zelfbeheersing.

'Sorry, mevrouw, u hebt gelijk, u kunt er niets aan doen. Maar als u weet hoe lang ik al aan de lijn hang voor een simpele vraag.' Bartjan zuchtte diep in de hoop dat zij hem wilde vergeven.

'Wat is uw vraag, meneer? Dan zal ik zien of ik u kan helpen,' bood de vrouw hem aan. Haar stem klonk beleefd zakelijk, zonder een spoor van een boosheid.

'Ik zou graag met mevrouw Verdonschot van Human Affairs willen spreken. Ze gaat over hypotheekverstrekking aan werknemers.'

'Meneer Jelgersma, ik ga u nu doorverbinden. Nog een prettige middag verder.'

'U ook een goede middag, mevrouw… uhh.'

Ze was al verdwenen. Jammer, een goed contact op het hoofdkantoor was nooit weg, zeker niet bij het callcenter. En ze klonk goed. Onwillekeurig moest Bartjan aan de Haagse dame denken.

Mevrouw Verdonschot – zeg maar Janny hoor – was er wel. In de workflow zag ze dat zijn aanvraag afgelopen vrijdag was ontvangen en geregistreerd. Bartjan was met stomheid geslagen want hij had de aanvraag twee weken geleden op het bureau van Jan-Kees neergelegd. Voor de zekerheid had hij Nathalie gevraagd erop toe te zien dat zijn hypotheekaanvraag niet zou verdwijnen in een van vele stapels papier. Vandaar dat zijn baas vanochtend zo ontwijkend was. Hij wist dondersgoed dat het hoofdkantoor nog niet beslist kon hebben. Wat een klootzak!

De aanvraag stond nog op pending, vertelde Janny hem. Waarschijnlijk zou een van haar collega's er morgen mee aan de slag gaan. Zoveel tijd had hij niet meer, legde Bartjan haar uit. De optie op hun huis zou begin volgende week verlopen. Vandaar dat hij de aanvraag direct na de bezichtiging, alweer twee weken geleden, bij het management van zijn vestiging had ingediend. Hij zei niet te begrijpen hoe het kon dat haar afdeling de aanvraag pas afgelopen vrijdag had ontvangen. Of zij haar best voor hem kon doen om, in een verkorte procedure, tot een beslissing te komen. Janny zegde hem toe erachteraan te gaan. Goede meid. Als hij woensdagmiddag weer zou willen bellen, dan kon ze hem vast meer vertellen. Ze waarschuwde hem wel dat de directeur Human Affairs, gezien de hoogte van zijn hypotheek, niet bevoegd was om zelfstandig een besluit te nemen. Na haar digitale paraaf moest ook de raad van bestuur zijn akkoord geven. Maar die namen bijna altijd het advies van de directeur over, was haar ervaring.

'En waar staat jullie nieuwe huis in Den Haag, Bartjan?' vroeg Janny.

'In Benoordenhout,' probeerde Bartjan zo achteloos mogelijk te zeggen, wat niet helemaal lukte. Zijn stem trilde van trots als hij de naam van die wijk uitsprak. Niet gek voor een Jelgersma.

'Toe maar, Bartjan.'

'Ben jij bekend in Den Haag?'

'Zeker, ik heb er twintig jaar gewoond. Maar voor het werk moest ik verhuizen naar de regio Amsterdam. Centralisatie van de staffuncties, je kent dat wel. Elke dag in de file op de A44 en A4 hield ik niet meer vol. En de trein vind ik niks. Dus woon ik nu in Amstelveen. Heel wat anders dan Den Haag, maar het is wel oké, als je eenmaal gewend bent.'

'Gelijk heb je, Janny, file rijden lijkt mij ook niets. Maar dan ken je de Wassenaarseweg wel.' Zijn mondhoek trilde nu mee.

'Gaan jullie daar wonen? Dan zal het wel goed komen met jou bij Hypotheekmannetje™. Bartjan Jelgersma... mmm... ik zal die naam onthouden. Wie weet, wordt je ooit nog mijn baas.' Ze had een aanstekelijke lach, van iemand zonder zorgen.

'Wie weet, Janny, wie weet. Ik vond het in ieder geval prettig om met je gesproken te hebben. Ik bel je woensdagmiddag, tussen twee en drie uur. Is dat goed?' Eva deed dan haar middagslaapje.

Janny vond dat prima. Haar doorkiesnummer kon zij hem helaas niet geven, want dat was tegen het beleid. Alle telefoontjes moesten via het callcenter. In haar stem klonk spijt. Bart-

133

jan zei dat hij dat geen probleem was en wenste haar een prettige middag toe.

Waarom wist hij niet, maar na het gesprek met Janny maakte Bartjan zich geen zorgen meer over de financiering van hun nieuwe huis. Bij sommige mensen had je weinig woorden nodig om te weten dat je hen kon vertrouwen. Janny was een van hen.

Bartjan keek op zijn scherm. Het was kwart voor drie, over vijftien minuten had hij een afspraak met een cliënt staan. Snel liep hij naar Nathalie want die had, naar haar zeggen, belangrijk nieuws voor hem.

Even later stond Bartjan in de pantry. Zijn hart bonsde want eindelijk was het zover. Met een bevende hand schonk hij zichzelf een glaasje koud water in, met bubbeltjes.

Nathalie had hem gezegd dat de raad van bestuur met hem wilde spreken en wel op 25 maart. Toen Bartjan tegensputterde dat woensdag zijn papadag was, had zij hem voorgehouden dat het zeker de moeite waard was om voor die dag een oppas te regelen. Ze had een hand op zijn arm gelegd en geknipoogd. Echt waar, Bartjan, geloof mij nu maar. Ze mocht het eigenlijk niet zeggen, maar het ging over zijn promotietraject. En de maandag ervoor, dat was 23 maart, wilde Jan-Kees met hem voorbespreken. Nathalie had hem geadviseerd de dinsdag vrij te nemen om goed uitgerust bij de raad van bestuur te komen. Zij was zo vrij geweest zijn agenda op deze dagen leeg te ruimen; de afspraken had zij al verzet.

Bartjan leegde het bekertje water in een teug en keek naar een punt op de muur tegenover hem. Nog twee weken en dan was het zover. Dan zou hij weten wanneer hij als vestigingsmanager aan de slag zou kunnen gaan. Bartjan wilde schreeuwen van vreugde, maar verder dan een ingehouden 'Yesss' met bijbehorende armbeweging (Ronald noemde die een Lee Towersje) kwam hij niet.

Terug op zijn kamer klikte Bartjan naar zijn agenda en accepteerde de door Nathalie gemaakte afspraken en geboekte vrije dag. Hij zou de woensdag wel met Jeannette regelen, of anders met zijn moeder. Vanavond zou hij Jeannette het goede nieuws vertellen. Hij genoot bij voorbaat van haar felicitaties.

23. Meeuw

Deze strandtent had haar beste tijd wel gehad, concludeerde Bartjan vanachter zijn zonnebril. Wind, zout en zand hadden een verwoestende werking gehad op het bouwpakket. Hij zag bladderende verf, losgesprongen rotan, smoezelige formica tafelbladen en troosteloze plastic bloemstukjes. En de glazen ruit voor hem was al tijden niet meer schoongemaakt. Aan de andere tafeltjes zaten vooral senioren met ontevreden blikken en ouders met rumoerige Fristi-kinderen. Een mager meisje met sliertig haar bediende hen. Hippe strandgangers zag je hier niet. Die zaten verderop, op de loungeterrassen voorbij het Zwarte Pad, richting Noordwijkerhout, waar Jeannette en hij ook zaten toen Eva er nog niet was.

Eigenlijk zouden ze hier niet moeten zitten, vond Bartjan, maar in dit geval ging locatie boven uitstraling. Het terras grensde direct aan het strand zodat zij Eva goed in de gaten konden houden. En als het mis dreigde te gaan, dan waren ze zo bij haar. Meestal ging het goed en volstond toezicht op afstand. Zo hadden Jeannette en hij ook een rustige zondagmiddag.

Twee tafels verder zag Bartjan een meeuw op de rand van de glazen ruit geduldig wachten tot een Fristi-gezin zou vertrekken. Op en onder hun tafel zou veel voedsel te vinden zijn: kruimels appeltaart, platgetrapte patat en stukjes frikadel. Hoe ongezonder, hoe beter. Veel vet, zout en suiker, daar werden de kinderen van de Fristi-ouders rustig van. Daarover had Bartjan een artikel gelezen in zijn krant.

Jong geleerd was lang verslaafd, dat wist de snackindustrie als geen ander, had de onderzoeksjournalist geschreven in een artikel over opvoeden en gezondheid. En het volk, dat moest je rustig zien te houden, wist de politiek uit welbegrepen eigenbelang. En zie daar de paradox, was de conclusie van het artikel. De gekozen volksvertegenwoordigers behartigden de belangen van de industrie, omdat een opstandig electoraat niet te besturen viel. Daar kwamen onrust, rellen en, in het ergste geval, revolutie van en daar zat niemand op te wachten. Des te meer smaakversterkers, des te beter voor de bestuurlijke elite. Geef het volk patat en plat vermaak en dan doet het wat je voor hen bedacht hebt. Bartjan had erom moeten lachen.

Jeannette had het artikel afgedaan als onruststokerij. Ging het de overheid bij volksgezondheid juist niet om preventie? Had de minister geen maatregelen aangekondigd tegen vetzucht? En waar waren de harde bewijzen voor de gesuggereerde samenwerking tussen overheid en industrie?

Ze had hem gevraagd waarom hij nog steeds die sensatiekrant las. Er was echt betere informatie op de markt. Jeannette had haar krant voor zijn neus gehouden. Kwaliteit, Bartjan, kwaliteit. Hij had iets geroepen over die linkse krant voor onderwijzers en verpleegkundigen. Een andere krant hoefde hij niet. Thuis had zijn vader ook altijd die krant van wakker Nederland gelezen.

Samen hadden zij op zaterdag – hij moest zeventien of achttien zijn geweest – aan de eettafel door de extradikke editie geploegd, tegenover elkaar gezeten, allebei met een mok koffie binnen handbereik. Zijn vader had natuurlijk de eerste keuze want hij betaalde het abonnement. Bartjan las achter hem aan, van voor naar achteren, pagina voor pagina. Soms had zijn vader hem gewezen op iets wat hij interessant vond –of belachelijk –, dan weer had Bartjan een leuk artikel voorgelezen. Dan spraken zij er kort over, namen tegelijkertijd een slok koffie, zuchtten beiden van genot en bogen hun hoofden weer over het volgende nieuws.

Het hoogtepunt van dat samenzijn was als zijn vader hem de autopagina's gaf. Die spelde Bartjan letter voor letter. Alles wilde hij weten over de laatste modellen: vermogen, koppel, acceleratie en topsnelheid.

Zijn vader moest niets van Fransozen (onbetrouwbaar) en Jappen (oerlelijk) hebben. Volkswagen, dat was het helemaal voor hem, en dan vooral de nieuwe dieseltechniek. TDI met een rood i'tje: 110 pk, een revolutie onder de oliestokers.

Bartjan moest zijn vader gelijk geven, maar had hem volledigheidshalve gewezen op de snelle diesels van Audi en BMW.

Zijn vader had hem gezegd dat hij het te hoog in zijn bol had. Een Audi was een Volkswagen met een ander embleem, maar dan veel te duur. Niets voor de gewone man. En BMW-rijders gedroegen zich op de weg als asocialen. Dat kon hij weten, want hij haalde ze regelmatig van de weg om ze op de bon te slingeren. En daarmee was de kous af voor zijn vader.

Het was toen dat Bartjan zich had voorgenomen om ooit in een Audi te rijden. Ook een Jelgersma kon hogerop komen. Niet alle dubbeltjes hoefden tien cent te blijven.

De meeuw zat nog steeds geduldig te wachten. Bartjan gaf dat dier geen ongelijk want het wist niet beter. Geen last van een geweten, geen zorgen voor de dag van morgen, alleen primitieve behoeften die in het hier en nu bevredigd moesten worden. En als het hier niet beviel dan vloog het gewoon naar daar, geholpen door wind en thermiek. Het was de vrijheid van het dier, om te gaan en te staan waar het wilde dat hij benijdde, niet het dagelijkse gevecht om het voortbestaan.

24. Mean Machine

Op de televisie begon een film die Jeannette vaag bekend voorkwam. Naast haar brak Bartjan een tweede blokje van de pure chocoladereep af.

'Hé, "Mean Machine", dat is een meevaller. Een goede film op de zondagavond. Zullen we kijken?'

'Hebben we die film niet al eerder gezien?' Jeannette moest haar stem wat verheffen om boven zijn geknaag uit te komen. Even bleef het stil.

'Hmm... zeker, maar ik heb wel zin in een potje ruige gevangenishumor. En jij?'

Jeannette ging op zijn schoot liggen, met haar hand onder haar hoofd. Samen lachten ze zich door de film heen. Heerlijk vond zij dat.

Na de film kwamen de wijn en de borrelnootjes op tafel. Bartjan begon tegen haar over de planning van het nieuwe huis. Ze zouden een deel van hun zomervakantie moeten benutten voor het opknappen van de woning. En de aannemer had ook zijn tijd nodig om de keuken en de badkamers te renoveren. Dan zouden ze, rekende hij Jeannette voor, omstreeks medio augustus, kunnen verhuizen. Hij stelde voor om een verhuizer in te

140

huren, ook voor het inpakken. Dan hadden ze daar geen omkijken meer naar.

Jeannette vond dat niet nodig. Met vrienden, familie en een grote bestelbus zou het ook wel lukken. Het huis was al duur genoeg en ze zouden het geld goed kunnen gebruiken voor andere dingen, zoals de inrichting van het huis. Wist hij wat raam- en vloerbedekking kostte? En wat de levertijd daarvan was? Bartjan haalde zijn schouders op.

Hoog tijd dus om zich te gaan oriënteren bij een aantal woonwinkels, concludeerde Jeannette. En daarna zouden ze een begroting van de verhuiskosten moeten maken. Dan wisten ze waar ze aan toe zouden zijn.

Bartjan ging akkoord met de verhuizing in eigen beheer, zoals hij dat noemde. Ook vond hij het heel verstandig om nu al over de inrichting na te denken. Vervolgens nam hij een hand nootjes, die in recordtempo vermalen werden. Zijn vingertoppen glommen van het vet en zaten onder de rode en gele spikkeltjes.

Jeannette keek hem onderzoekend aan. Dit ging te soepel. Was het de rode wijn? Of de zon misschien? Of kwam het door de spanning voor morgen?

Het gekraak stopte.

Bartjan lachte naar Jeannette en toverde twee voorwaarden uit zijn hoge hoed: 1. de betere woonwinkels en 2. een nieuw bankstel. Jeannette keek terug, met haar hoofd scheef, dacht even na en antwoordde dat zij daarmee kon instemmen, echter onder het voorbehoud dat de verhuisbegroting het zou toelaten. Hij prees haar onderhandelingskwaliteiten, noemde haar zijn heerlijke ambtenaartje en zoende haar vol op de mond.

Met een slok rode wijn spoelde ze het zout uit haar mond.

Een glas verder legde Jeannette haar zorgen over de kinderopvangregeling op tafel. En ze herhaalde nog maar eens dat ze hun nieuwe huis wel aan de dure kant vond. Zouden ze niet in de problemen komen als de huizenprijzen zouden gaan dalen? Zijn reactie was dat de woningmarkt in Den Haag wel tegen een stootje kon en dat zij het huis echt wel konden betalen. Hij zou fors meer gaan verdienen als vestigingsmanager en haar salaris zou de komende jaren vast ook stijgen. Was er geen vacature binnen de partij die meer opleverde? En anders kon ze met haar cv vast zo een beter betalende baan vinden? Genoeg overheidsorganisaties in Den Haag.

Jeannette vroeg hem waarom hij ineens zo bezig was met haar carrière. Zij was tevreden met haar baan, en veel meer kon de partij haar niet betalen. Ze had nog wel wat ruimte in haar salarisschaal, maar dan ging het niet om enorme verhogingen. En van de jaarlijkse indexering zouden ze ook niet rijk worden. Maar daar ging het haar helemaal niet om, om een hoog salaris, dat zou hij moeten weten. Zinvol werk met prettige collega's, dat was belangrijk voor haar.

Bartjan beweerde dat hij dat wel begreep, maar dat de omstandigheden soms vroegen om flexibiliteit en veerkracht. Dat gold voor hem, en ook voor haar. Zij kon toch ook niet beweren dat zij tot haar vijfenzestigste bij haar partij zou werken in dezelfde functie? Zo ver kon een mens toch niet vooruit kijken? Dat had hij bedoeld te zeggen.

Jeannette accepteerde zijn uitleg.

In bed vroeg Jeannette hem of hij klaar was voor de komende week.

Vanzelfsprekend, was zijn antwoord geweest. Het gesprek met Jan-Kees zou niet veel voorstellen, meende hij. Zijn baas wilde waarschijnlijk voorbespreken zodat hij niet voor onaangename verrassingen zou komen te staan tijdens het benoemingsgesprek met de raad van bestuur. Mogelijk dat Jan-Kees hem in vertrouwen zou nemen over zijn volgende stap. De tijd ging dringen en iedereen wist al via het roddelcircuit dat hij naar Amsterdam zou gaan.

Was hij dan niet een tikkeltje nerveus voor het gesprek met de raad van bestuur? pestte Jeannette hem.

Natuurlijk zou hij een beetje gespannen zijn, maar dat moest juist als hij goed wilde presteren tijdens het gesprek. Maar hij zag er niet tegenop, als ze dat soms bedoelde.

Haar aanbod om hem dinsdagavond eens goed onderhanden te nemen – met een fullbodymassage, welteverstaan – had hij gretig geaccepteerd.

25. Punaises

Bartjan was ruim op tijd geweest, die maandagmorgen. Tien voor acht, lachte zijn mobiele telefoon hem toe. Eva had niet moeilijk gedaan op de crèche. Haar favoriete juf was er al en dat scheelde. Bij onbekende gezichten klampte zij zich vast aan zijn broekspijpen. De enige remedie was dan, had hij al doende geleerd, om haar uit een boekje voor te lezen of om samen een puzzeltje te leggen. Pas als zij hierdoor rustig was geworden, of als een van haar vriendinnetjes binnenkwam – zij liet zich dan abrupt van haar *tripp trapp* vallen om hem als een afgedankte pop achter te laten – dan kon hij met een gerust hart weggaan. Kwart voor acht werd dan al snel acht uur, en dat was te laat voor hem. Alleen hij, Nathalie en Jan-Kees hadden de sleutel en de code. Zijn baas was geen vroege vogel. En als aankomend manager wilde hij zijn kantoor liefst zelf openen.

Met een geroutineerde beweging van zijn linkerduim drukte hij de viercijferige code van het alarm in. Deze maand was het de leeftijd van Jan-Kees, aangevuld met de nagestreefde positie in de ranglijst van de vestigingen: 4501. Zo had zijn baas elke maand weer een andere, naar zijn zeggen, ludieke vondst. Vorige maand waren het de cijfers van zijn kenteken, de maand daarvoor de eerste vier cijfers van de gebudgetteerde omzet van het lopende jaar. En zo ging dat maar door. In elke code zat een les voor de vestiging verborgen voor de medewerkers, aldus Jan-Kees.

Het gepiep stopte en de lampjes op het bedieningspaneel sprongen van rood naar groen. Klaar voor weer een dag met tevreden, steeds weer terugkerende cliënten. Want alleen dat telde; de rest was slechts middel tot dit doel.

Terwijl hij de deur achter zich op slot draaide — bij de telefoonwinkel naast hen was vorige week ingebroken — zag hij het parkeervak, pal naast de ingang. Over een halfuur zou daar een vuilzwarte BMW 530d staan. Het was een rijdende vuilnisbak: overal verfrommelde gele memo's en verscheurde kleurenprintjes en lege driehoekige verpakkingen van tankstationvoedsel. Jan-Kees vond een auto gereedschap dat vooral gebruikt moest worden. En, voegde hij daaraan toe, het was maar een leasebak. Zijn veelbetekenende knipoog werd niet begrepen. De arbeidsvoorwaarden van de medewerkers voorzagen niet in een auto van de zaak. Meer dan een nieuwe bedrijfsfiets, eens in de drie jaar, zat er voor hen niet in.

Het bord op de achtermuur was duidelijk: daar mocht alleen de auto van Jan-Kees staan. Voor de zekerheid was onder dit gebod ook het kenteken vermeld — voor diegenen die de term vestigingsmanager niet op waarde wisten te schatten.

Bartjan moest glimlachen. Nog even, en dan zou zijn Audi daar staan. De twee parkeerplaatsen daarnaast zou hij bestemmen voor gasten. In hun kleurige nieuwsbrief, die er nodig eens moest komen, zou hij een artikel laten plaatsen over hun diensten, de medewerkers, Nathalie en over de beperkte, maar kosteloze parkeermogelijkheid. Hij zag zich met Nathalie aan zijn zijde op de foto wijzen naar de twee gele borden op de muur. Het onderschrift zou zijn subtiele introductie zijn. Op hun weg naar de ingang zouden de gasten een in gedistingeerd donkerblauw uitgevoerde Audi A4 passeren. Van binnen en van buiten schoon, want hij wist hoe belangrijk een eerste indruk was. De auto van de nieuwe vestigingsmanager zou een betrouwbare voorspeller worden van de goede en vooral persoonlijke service die men voortaan zou krijgen. Men zou begrijpen dat er een andere wind was gaan waaien op de vestiging. Ook de top vond cliënten belangrijk.

Bij het sluiten van de deur hoorde Bartjan een vreemd geluid achter zich. Toen hij zich omdraaide, zag hij iets nieuws hangen op het mededelingenbord. Het was de aankondiging van een toespraak van Jan-Kees om kwart over acht, die aan de bovenzijde was vastgeprikt met twee punaises. Gebruikte, zo te zien.

Bartjan had de achterdeur nog eens open en dicht gedaan. Zoals hij al vermoedde, zorgde de luchtverplaatsing voor het wapperende papier. Het geluid was daarmee verklaard, maar de wilde beweging verontrustte hem. De punaises zouden de krachtige rukken niet lang meer kunnen weerstaan. Dan zou het papier op de grond vallen en het dringende verzoek van de vestigingsmanager aan de geachte collega's verloren gaan.

Hij had gezocht naar twee punaises of, beter, een duo vrolijk gekleurde prikkers in het bakje onder het bord – die waren toch ooit besteld, evenals de in de huisstijl uitgevoerde magneten voor het whiteboard? – om het papier goed te verankeren. Tevergeefs, het enige wat hij vond was stof en uitgedroogde elastiekjes. Toch moest er iets gebeuren.

Na enig nadenken verplaatste Bartjan de prikkers naar midden boven en midden onder. Het gewapper hield weliswaar aan – het was zelfs iets hoger van toon –, maar de kans dat de

146

mensen delen van de tekst zagen, nam toe. En daar ging het hem om.

Op zijn kamer aangekomen nam Bartjan zijn mailbox door. Geen urgente en belangrijke berichten, wel een videoboodschap van de raad van bestuur. Het was het bericht dat hij al een tijdje verwachtte. Jan-Kees zou op 1 april aanstaande het bestuur komen versterken, als Chief Operations Officer. Wat een timing! Jammer dat de voorzitter geen hint had gegeven over de opvolging. Maar dat zou zo dadelijk wel gebeuren. Het was beter dit soort zaken persoonlijk aan de mensen toe te lichten. Dat waardeerden ze.

Om tien over acht liep Bartjan naar de pantry. In zijn maag kriebelde een prettige spanning.

26. Vlaai

De meeste collega's waren om kwart over acht binnengekomen en hadden het bericht in het halletje gelezen. Dat ving Bartjan op uit de flarden van de gesprekken in de pantry. Het was een goede ingreep geweest van hem. Het kon natuurlijk ook zijn dat andere collega's de laatkomers getipt hadden, nog voordat zij zich geïnstalleerd hadden op hun werkplek. Dat was ook prima. Linksom of rechtsom: hij had de aanwezigen in zijn hoofd geturfd en bijna iedereen was er, op één na. Alleen Arie ontbrak, maar die compenseerde wel vaker zijn overuren door later te beginnen. Als iedereen tussen half zes en zes uur 's avonds naar huis ging, zat hij nog in zijn kamertje naast de serverruimte ingespannen naar een van de beeldschermen te turen, terwijl zijn handen verbeten op het toetsenbord tikten. De mensen plaagden hem daarmee en daagden hem uit om ook eens op een normaal tijdstip naar huis te gaan. Uitnodigingen voor de borrel op vrijdagmiddag in het café even verderop in de straat sloeg Arie vriendelijk maar resoluut af. Het systeem houdt zich niet aan kantooruren! riep hij hen dan toe. Bartjan mocht Arie wel, die verstokte vrijgezelle *computernerd*. Hij had hart voor de zaak. En het systeem kende bijna geen downtime. Hij zou het hem wel zelf vertellen, na negenen.

Van Arie wist hij dat er op kantoor weddenschappen liepen over de nieuwe vestigingsmanager en dat er al veel geld in de pot zat. Er circuleerden zeker drie namen, had Arie hem op een pesterige toon toevertrouwd. Bartjan had hem een vette knipoog gegeven en gezegd dat niemand hem benaderd had om ook een gokje te wagen. Daarna was hij weggelopen. Arie had hem nageroepen dat ook aan *short selling* geld verdiend kon worden. Die Arie.

De flarden gingen over meer dan alleen de benoeming. Het was haast onmogelijk om dat niet te horen. Bartjan ving roddels op over Jan-Kees. Hij meende opluchting over zijn vertrek naar Amsterdam te horen. Ook Nathalie werd besproken – tot zijn verbazing. Werd zij niet door iedereen op handen gedragen? Wat er precies over haar gezegd werd, kon hij door het rumoer niet horen. Vreemd.

Zo nu en dan hoorde Bartjan zijn naam voorbij komen. Hij probeerde dan zo onopvallend mogelijk het gesprek te volgen – door zijn hoofd wat te draaien voor een betere ontvangst en voorzichtig een pasje in hun richting te zetten –, in de hoop dat de mensen hem als opvolger zouden tippen. Maar het rumoer in de pantry was een effectieve filter: alleen brokken van zinnen, een verdwaald woord drongen tot hem door. Het leek wel alsof hij door een mobieltje met een zwak netwerk luisterde, dat ook nog eens de gevoelige informatie versleutelde.

Wat hem ergerde was dat deze dubbele versleuteling wel alle non-informatie kraakhelder doorliet. Verhalen over het afgelopen weekend, over de kinderen, over de meivakantie en alle andere zaken die men in de baas zijn tijd op maandagmorgen doornam. Een lichte teleurstelling maakte zich van hem meester. Was het voor de mensen alleen brood en spelen?

149

Bartjan maakte snel zijn rondje langs de groepjes af – het feestvarken was nog niet gesignaleerd –, om de mensen te begroeten en hun gevoelens over de benoeming te peilen. Als hij in een kringetje stapte, dan stokten de gesprekken en het gelach, alsof men hem de gelegenheid wilde bieden om een openingszin uit te spreken. Hij wilde het als beleefdheid zien, maar voelde de afstand. Dat wilde maar niet wennen. Zijn oplossing voor deze ongemakkelijke situatie was vriendelijk optimisme. Misschien iets te, dat wist hij zelf ook wel, maar hij moest de mensen meetrekken naar voren, hen perspectief bieden. En het hielp hem de pijn van buitensluiting te verdragen.

Of de mensen ook niet vonden dat *wij* toch maar mooi een lid van de raad van bestuur hadden geleverd. Dat de raad van bestuur met deze benoeming een groot compliment gaf aan *ons*, de mensen van de vestiging Den Haag. Zonder goede mensen, geen goede vestigingsmanager, nietwaar? De mensen knikten en humden naar elkaar. Van die kant hadden ze het nog niet bekeken. Een enkeling vroeg of hij wist wie Jan-Kees zou opvolgen. Alle hoofden bogen dan een paar graden naar voren, in zijn richting. De kring werd warm en donker, haast intimiderend, vond hij. Instinctief zette hij dan een stap naar achteren om zichzelf lucht te geven en om tijd te winnen voor een passend antwoord.

Meestal waren een luchtig antwoord en een knipoog voldoende om de nieuwsgierigheid voor dat moment te bevredigen, terwijl hij erop lette dat de spanning over de opvolger bleef. Beter pull dan push, had hij geleerd.

Een van de mensen in het groepje bij het raam die actief was in de lokale politiek, scherpte de vraag aan. Met zijn opmerking dat één slechte leider het werk van vele goede mensen kapot kon maken, legde hij het belang van de mensen glashelder op tafel. Bartjan moest op zijn tong bijten om deze begrijpelijke, maar onterechte bezorgdheid niet direct de kop in te drukken. De cirkel bij het raam viel stil en alle ogen en oren richtten zich naar hem en zijn antwoord. Hij zei dat niet te weten, deed zijn werktuigelijke stapje terug, knipoogde naar de kring en verontschuldigde zich. Het volgende groepje wachtte immers op hem.

En zo werkte hij zich door de pantry heen. Na elk optreden in een kringetje nam zijn opwinding toe, evenals het stille genot van de naderende onthulling.

Bartjan keek op zijn mobiele telefoon: zestien over acht, klaar met netwerken. Zijn oog viel op de muur rechts van hem. Schots en scheef stonden of lagen daar rugzakken en tassen in vele soorten, maten en kleuren. Zelf had hij geen tas meer nodig want de lederen opbergmap die hij had gekregen tijdens de strategy summit voldeed ruimschoots. Eindverantwoordelijken moesten licht reizen: letterlijk en figuurlijk. Een overvolle agenda, altijd en overal telefoontjes en sms'jes, een dichtslibbende mailbox waren juist tekenen van onvermogen, van gebrekkig timemanagement, van te weinig vertrouwen in de mensen, van angst voor het loslaten. Hij zag het de consultant nog voordoen in het rollenspel. Zo voor de hand liggend, maar zo vaak vergeten. Minder was voor leiders echt meer.

Negentien over acht: over elf minuten zou de vestiging haar deuren openen. Bartjan werd ongeduldig.

Een deur klapte in zijn sponning en daar beende Jan-Kees de pantry binnen, met een rood hoofd, in de ene hand zijn autosleutel met het blauwwitte logo duidelijk zichtbaar voor iedereen, in de andere hand een stapel papieren. Stom, weer te laat van huis gegaan! riep hij de mensen toe, waarna zijn bulderende lach de ruimte vulde. De mensen staakten hun ge-

151

sprekken en draaiden zich als één man naar hem toe. Het begin van een denkbeeldige receptierij werd zichtbaar. Jan-Kees riep dat ze vooral gewoon moesten blijven doen, ook nu hij hen ging verlaten. Aan formaliteiten had hij altijd al een hekel gehad, dat wisten ze toch wel? Daarna gaf zijn druk piepende mobieltje hem het alibi – hij haalde het uit zijn jasje, wees ernaar, maakte een hulpeloos gebaar en articuleerde een geluidloos sorry –om direct naar Nathalie te lopen. Daar begon het smoezen, met hun ruggen naar de menigte gekeerd.

Bartjan stond met een aantal van zijn adviseurs naast het koffiezetapparaat, recht voor de plaats waar Jan-Kees zou gaan spreken. Voor de gelegenheid had Nathalie een spreekgestoelte geregeld bij Corporate Communications. Het was een lichtgewicht zelfbouwpakket, van doorzichtig plastic, met een opstapje – zijn baas was niet lang –, een blad om papieren op te leggen en voor dat alles een borsthoge poster van het hypotheekmannetje. De afbeelding was vers gedrukt, want het rood, wit en zwart schreeuwden de kleine ruimte in. Aan weerszijden van de katheder stonden twee reclameborden op een flexibele poot met daarop de tekst 'Hypotheekmannetje™ maakt uw dromen waar'.

Inderdaad, dacht Bartjan. Hij mocht dat mannetje wel.

Op dat moment liep Nathalie ineens weg, met haar mobiele telefoon aan haar oor. Haar gezicht stond op onweer.

Jan-Kees was een en al vrolijkheid. In een kalm tempo meanderde hij naar het spreekgestoelte toe, als een presidentskandidaat die zoveel mogelijk handen wil drukken, zoveel mogelijk felicitaties in ontvangst wil nemen. Met iedere gelukswens leek zijn nek roder en dikker te worden. Het was Bartjan nog niet eerder opgevallen, maar Jan-Kees had overduidelijk een *Van Aartsen*: een combinatie van te veel vet en een te krap boordje. Als deze politicus op televisie verscheen, dan kreeg

Bartjan het direct benauwd. Waarom niet een ruimer overhemd gekocht? Zo slecht verdiende die man toch ook niet?

Een woest gerinkel van kopjes en schoteltjes trok Bartjan weg van zijn baas, naar rechts, naar het aanrecht. Nathalie was bezig ruimte te maken. Achter haar stond een jongeman met een baseballpetje op beteuterd om zich heen te kijken. In zijn handen hield hij een stapel platte dozen, in de kleuren van de stad: geel en groen. Vlaaien van de bakker even verderop in de straat. Gemakkelijk uit te delen en niet al te duur.

Het was drieëntwintig over acht. Bartjan begreep dat hulp geboden was.

'Zal ik die oude vaat voor je in de vaatwasser zetten, Nathalie? Dat scheelt ons tijd.' Hij knikte naar de klok boven de deur en dan naar het briefje dat op het bovenkastje geplakt was. Of iedereen zijn eigen vaat in de vaatwasser wilde zetten, alstublieft. Want iedereen wilde toch de andere dag weer een schoon kopje? Met vriendelijke groet van Jan-Kees. En iedere ochtend weer stonden er vieze kopjes met ingedroogde drab en vegen lippenstift op het aanrecht, kleefden lege zakjes creamer en suiker aan schoteltjes. Bartjan zou wel raad weten met de notoire overtreders van het verzoek. Een goede leider moest ook handhaven.

Zij begreep hem.

'Graag, Bartjan.' Nathalie blies een haarlok voor haar ogen weg. Op haar voorhoofd zag hij lichte transpiratie. Toch vond hij haar lekker ruiken.

Samen ruimden ze de vaatwasser in – alles ging erin –, zetten ze plastic bordjes neer (met voldoende wegwerpvorkjes) en legden een flinke stapel servetten neer. Het bezorgjongetje haastte zich om de drie dozen op het vrijgemaakte aanrecht te zetten. Met een woeste krabbel gaf Nathalie hem kwijting. En de volgende keer graag op het afgesproken tijdstip, hoorde hij

153

haar bits tegen het timide jongetje zeggen. Het zou Bartjan niet verbazen als die knul bij terugkomst zou opscheppen over dat lekkere wijf bij die hypotheekwinkel even verderop. Het jochie haalde zijn schouders op, lachte schaapachtig en verdween. Nathalie klapte de deksels van de dozen omhoog en controleerde de inhoud.

'Goed zo, Nathalie?'

'Ja, Bartjan, het feest kan beginnen. Alhoewel...'

Hij zag haar naar Jan-Kees lopen en iets in zijn oor fluisteren. Zijn baas fronste even zijn wenkbrauwen en liep vervolgens met een brede grijns naar het spreekgestoelte.

Op zijn mobiele zag Bartjan dat het twee voor half negen was. Hij hoopte dat Jan-Kees het kort zou houden (benoeming, verwijzing naar videoboodschap, introductie opvolger, details volgen later) en dat de mensen hun stukje vlaai zouden meenemen naar de werkplek. Cliënten zouden niet al te lang voor een dichte deur moeten staan.

27. Donja Stubica

Zondag 12 september 1943
Donderdag zijn wij aangekomen op het station in Agram, de hoofd-
stad van Kroatië. Wat we hier gaan doen, is mij een raadsel.
Tot aan Graz was de reis aangenaam, ondanks de 'beperkingen'
van een goederenwagon. Maar we zijn eraan gewend geraakt om als
vee behandeld te worden. Zonder domme runderen geen kanonnen-
vlees, nietwaar? Nadat we de Oostenrijks-Sloveense grens waren gepasseerd,
werd het minder prettig. De trein moest om de haverklap stoppen en
in de verte hoorden we zware ontploffingen. Toen we vele uren later
de plaats des onheils passeerden, lagen er lijken en uitgebrande
treinstellen naast de spoorbaan. Geen goed voorteken!
Iedereen keek naar Vissers, maar die gaf niet thuis. Ons orakel
beperkte zich tot de geruststellende mededeling dat hij niet eerder
met Partisanenkrieg van deze omvang in aanraking was gekomen.
Overigens, zo ging hij grijnzend verder, werkte zijn talent alleen
optimaal bij een duidelijke Hauptkampflinie, met de vijand recht
tegenover hem. Wij hebben onze waarzegger voor alles en nog wat
uitgescholden. Die trok zich daar overigens niets van aan en stopte
kalm zijn pijp.

Godzijdank bereikten we zonder kleerscheuren onze bestemming, waarna we met vrachtwagens werden getransporteerd naar Donja Stubica, alwaar ons regiment 'De Ruyter' was gestationeerd. 11. Kompie moest haar intrek nemen in een voormalig schoolgebouw in dat stadje. Van buiten lachte het witgepleisterde gebouw ons vriendelijk toe, maar eenmaal binnen benam een vreselijke stank ons de adem. Naar het schijnt waren de Italianen ons voorgegaan. Van water en zeep hadden die smeerlappen nog nooit gehoord, laat staan van latrines. Wat een zwijnenstal! Konden we na een reis van meer dan 650 kilometer aan de grote schoonmaak beginnen. Na middernacht waren we klaar. In de lucht van ontsmettingsmiddel ben ik als een blok in slaap gevallen.

Maandag 13 september 1943
Chef Piller heeft ons vanmorgen laten aantreden op het schoolplein. Hij meldde ons dat de brigade hier om drie redenen was: 1. Afronden opleiding in het berggebied en oefenen met nieuwe wapens, 2. Bestrijden Tito's partizanen en 3. Ontwapenen van de Italianen.
Wat mij aangaat, hadden we in Sonneberg (Thüringen) kunnen blijven. Mild klimaat, goede kazerne en op tijd ons natje en droogje. Ze hebben toch ook bergen in Duitsland om op te oefenen? Op Partisanenkampf zitten we niet te wachten en bij de Italianen blijf ik om begrijpelijke redenen liever uit de buurt.
Maar het heeft geen zin om te mokken, laten we er het beste van maken. Een mens komt niet elke dag in Kroatië.

Zondag 26 september 1943
Het leven is hier goed. De nazomer houdt aan en de boeren zijn druk met de oogst. Men verbouwt hier zelfs wijn. De bevolking is vriendelijk en schuift ons tijdens Spahtrupp met enige regelmaat wat te eten toe: appelen, eieren en maïsbrood. Met hun zelfgestookte šljivovica

weten wij wel raad. Dat spul is beter te pruimen dat de Russische wodka. Krasnoje Selo is ver weg. Tito is ons te slim af geweest en heeft de magazijnen van de Italianen schoon leeggeroofd. Dat klusje is derhalve definitief van de baan. Het oefenprogramma is goed te doen, alleen bij Weltanschauung proberen wij ons te drukken. Helaas weet Hcharf. Loidl ons meestentijds te vinden in onze 'schuilplaatsen' (achter een muurtje in de zon, met zicht op de wijnstokken). Na een uitbrander aan het adres van Unterscharführer Lobbestaal marcheert hij ons persoonlijk naar het instructielokaal voor een hoorcollege Blut und Boden, Lebensraum, Ostkolonisation und Agrarpolitik. Zelf blijft hij niet, wat ons merkwaardig voorkomt.

We laten de theorie gelaten over ons heen komen, terwijl we speculeren over het middageten en ons aanstaande weekendverlof naar Agram.

De oefeningen in het veld blijven nuttig, maar veel nieuws kunnen de instructeurs ons, met 15 maanden frontervaring, niet meer bijbrengen. Ze schelden ons uit voor onverschillige, luie zwijnen. We halen onze schouders op en bedanken de geachte Ausbilder beleefd voor hun komplimenten. Vervolgens laten we hen een poepje ruiken door de opgedragen oefening perfekt en in hoog tempo uit te voeren. Ha, moet je die kerels dan verbaasd uit hun doppen zien kijken! Soldatenhumor.

De oefeningen in de bergen zijn evenwel andere koek, want Nederlanders zijn van nature geen klimgeiten. Mijn handen zitten na een klauterpartij vol met brandwonden van het touw. Maar oefening baart kunst en allengs gaat het beter. Wat fysieke inspanning kan overigens geen kwaad bij de groep Lobbestaal, want het goede leven in Sonneberg is ons aan te zien.

Woensdag 29 september 1943

De afgelopen dagen hebben de scherpschutters van de 11. Kompie geoefend in het besluipen en afschieten van de vijand in berggebied. Onze Ausbilder was Oscharf. Metzenbauer, een gemoedelijke kerel uit Beieren, die voor de oorlog jager is geweest. We hebben veel van hem geleerd: spoorzoeken, positie kiezen, kamouflagetechniek, schatten van afstand en windsnelheid. Na afloop heeft de Oscharf. Sturmmann De Jongh gekomplimenteerd met 'seine ausgezeichnete Schussgenauigkeit'. Dat leverde mij een positieve aantekening in mijn Soldbuch op. Liever had ik een hogere toelage voor het thuisfront gehad, maar dat zat er niet in.

Met de gloednieuwe Panzerfaust 30 hebben we vanmiddag een paar gaten geschoten in een oude tank. Net een Zwitserse gatenkaas. Het projektiel doorboort 200 mm. staal en kan derhalve alle aan het front aktieve Panzers uitschakelen, zo ook de gevreesde T-34, legden onze instructeurs uit. Hou Zee!

Doch... de lading zou bij vorst instabiel kunnen worden (!), het is oppassen geblazen met de vuurstraal uit de achterkant (selbsverständlich), de schutter moet voor zijn eigen veiligheid mindestens 10 meter afstand tot het doel bewaren en het wapen is nur effektief op 20 meter. Zo dicht wil niemand bij een Russische tank in de buurt komen. Kortom: een gevaarlijk wapen met een eng bereik. Maar alles beter dan met lege handen staan bij een tankaanval. Onze PAK's zijn niet altijd in de buurt om ze af te schieten.

Na de Panzerfaust kwam de Flammenwerfer. Onder luid gebrul heeft Vissers de inhoud van de vlammenwerper geleegd op een oefenbunker. De vernietigende kracht van dit wapen is verschrikkelijk zoals we naderhand met eigen ogen konden aanschouwen. Van het 'oefenmateriaal' in de bunker was niets meer over!

Behoudens ons beest blijkt niemand van de groep aanleg te hebben voor dat ding. Ik draag Vissers op een volgende keer minder enthousiasme aan de dag te leggen. Groep Lobbestaal heeft geen behoefte aan wandelende bommen in haar midden. Of ons orakel zich kon herinneren hoe een verbrande soldaat met een dergelijk ding op zijn rug eruit zag? Dat deed hij.

Donderdag 30 september 1943

Zo, de dienst zit er weer op! Op mijn brits las ik zojuist ik de brieven van Greetje en Antoinette van augustus jongstleden. De situatie in Nederland verslechtert met de dag. Alles is op de bon en mensen leiden honger. De hogere toelage van de Fürsorgestelle (dankzij mijn bevordering) biedt enig soelaas, maar het houdt niet over. Wat de PK'ers mij al eerder vertelden, staat nu ook voor mij geschreven. Binnen de beweging zou het rommelen, en wat onze Leider ook probeert, de kans op het Groot-Dietsche Rijk zou met de dag kleiner worden. De Nederlanders moeten zich eenvoudigweg inpassen in het Groot-Duitse Rijk of Hij dat nu wilde of niet. Zijn vasthoudende karakter zou tot controverse met de Duitsers leiden. Volgens Greetje moet Hij de Duitsers niet in alles hun zin geven. Gaven wij immers ook niet onze levens in de strijd tegen het Bolsjewisme? Verder moest ik de groeten hebben van vader en moeder en mij vooral niet teveel zorgen maken over hen. Zij zouden het wel redden, de eindzege zou vast weldra in zicht komen.

Antoinette vond mijn jongensnamen mooi, over die voor de meisjes moesten wij nog maar wat 'stoeien', schreef zij. Vol passie berichtte zij mij over de tentoonstelling die zij had ingericht over Germaanse schilders tot en met 1900. De galerie had veel aanloop gekregen, maar ze hadden weinig verkocht. Ze spreekt de hoop uit mij snel weer in de armen te kunnen sluiten. Wanneer zou ik verlof krijgen? We hadden elkaar nu al 2 jaar niet meer gezien!

Die Mussert van jou is een dromer tegen beter weten in, zei Groenink, toen ik hem deze passage uit de brief van Greetje voorlas. Wie heeft de 5-daagse oorlog in mei 1940 gewonnen? Hij of zij? En

159

hoeveel Duitsers zijn er, tegenover hoeveel Nederlanders? Kan jullie Leider niet tellen?

Hoewel eenvoudig geformuleerd, troffen Groeninks woorden doel. Ter verdediging heb ik het opgenomen voor het nationaalsocialisme. Want dat gedachtegoed was mijn drijfveer voor de strijd tegen het communisme. En mijn broer Walter natuurlijk.

Als ik in de kranten de foto's zie van de top van de NSB, opgedoft in hun zwarte hemden en glimmende laarzen, dan word ik daar eveneens onpasselijk van. De heren huizen in een aangenaam kantoor in Utrecht, ver weg van het front waar trouwe stamboekleden hun leven laten in smerige stellingen, bij veertig graden vorst. Hun woorden zijn holle frasen geworden. En maar zeuren over het Dietsche gevoel, alsof we niets anders aan ons hoofd hebben. Ik ben en blijf Nederlander, maar zal mij zeker thuis voelen in een Groot-Duitsch verband.

De dood van Walter vond Groenink al reden genoeg voor mijn aanwezigheid hier. De rest deed er volgens hem niet meer toe.

Vrijdag 1 oktober 1943

Vanochtend zijn de versterkingen van 'Wiking' met de trein uit de Kaukasus aangekomen. Volgens Uscharf. Lobbestaal wel 1.500 man! Fijn dat we weer met landgenoten Hollands kunnen spreken, want dat onverstaanbare gebrabbel van de 'Volksdeutsche Brüder' in onze Kompie zijn we goed zat. Het merendeel spreekt slechts Roemeens, zodat we elk bevel moeten laten overzetten door een tolk. Hoe moet dat aan het front gaan? Wachten de Russen dan beleefd tot de vertaling goed is begrepen? Lariekoek!

Naar het schijnt is het merendeel van die 'Turken' hier tegen hun zin en zouden ze massaal proberen te deserteren. Weer een 'goede' reden om samen met die lui tegen de Russen te vechten. Of ze verstaan ons niet of ze zijn er domweg niet meer als we opzij kijken.

Wat heeft het trouwens voor zin om het Freiwillige Legion 'Niederlande' eerst om te dopen in de SS. Freiwillige Panzergrenadier Brigade 'Nederland' om het daarna te mengen met grote hoeveelheden Volksduitse Roemenen? De twee regimenten hebben toch niet voor niets Nederlandse namen gekregen, te weten Seyffardt en De Ruyter? Naar het schijnt, is de leiding bang voor 'nationalistische sentimenten'. Onzin! Wij hebben eveneens de eed gezworen en vechten voor dezelfde zaak. Het blijven rare snuiters, die Duitsers. Waarschijnlijk hebben ze ons slechts willen paaien met een Hollandse naamgeving. Hoe doorzichtig! Vanmiddag heeft 11. Kompie in de bergen gejaagd op partizanen, evenwel zonder succes. Die Feiglinge lieten zich weer eens niet zien. Op de weg terug zijn onze vrachtwagens beschoten. Tevens hebben ze granaten naar ons gegooid. Resultaat: 2 doden, 4 gewonden en 1 vermiste. Na het vuurgevecht waren die partizanen in geen velden of wegen meer te bekennen. Vechten tegen een onzichtbare vijand blijft frustrerend.

Zondag 3 oktober 1943
De vermiste kameraad is gevonden. De partizanen hadden de arme ziel opgehangen aan een boom langs de weg naar Agram, met zijn geslachtsdeel in zijn mond. De klootzakken!
Groenink, Kuipers en ik hebben gezwijnd en een tweedaagse verlofpas voor Agram gekregen. Zaterdagochtend heen en zondagavond weer terug. Lobbestaal heeft bedankt voor de eer. Zijn rang kende nu eenmaal een zwaardere verantwoordelijkheid en de leiding kon niet zonder hem. Onze kersverse Uscharf. zuchtte diep om ons vervolgens met een grijns uit te zwaaien. We moesten vooral niet doen wat hij ook niet zou doen!
Vissers mocht niet mee omdat hij bij zijn tweede oefening met de vlammenwerper het maïsveld naast de instructeur in brand had

161

gezet. De Ausbilder sprak van sabotage, mogelijk zelfs van opzet. Ons orakel beweerde daarentegen dat hij zich verstapte... Om te gillen, maar het resultaat is dat hij 2 dagen zwaar heeft gekregen. Agram was een hele gewaarwording voor ons Oostfronters. Geen verwoestingen, alles verkeerde in goede staat. Heel wat anders dan die armzalige Russische dorpjes. Op het Jelaçiçplein was het een drukte van belang. Al pratend schuifelden mensen er in een dikke rij heen en weer. Vanaf een terras hebben wij dit bijzondere schouwspel aangeschouwd, onder het genot van een schuimend glas bier. Groenink was van oordeel dat de vrouwen hier mooier waren dan de Russinnen. Wij hebben hem gelijk gegeven, al was het maar omdat Nederland ver weg was.

Tegen middernacht, na vele glaasjes šljivovica (goed voor de spijsvertering), verdween Kuipers met een serveerster in de nacht, niet veel later gevolgd door Groenink die aanspraak met twee dames uit de rij had gekregen. Ik heb de beide heren veel plezier toegewenst en hen geattendeerd op hun verantwoordelijkheden als eerzaam soldaat. Als man alleen aan een tafeltje had ik vervolgens over vrouwelijke aandacht niet te klagen. Helaas, dames, deze jongen is 'engaged to be married'. Er zijn Godzijdank ook andere wegen om stoom af te blazen...

Nadat ik had afgerekend voor de neefjes (!), fluisterde een plaatselijke schone een verleidelijk voorstel in mijn oor. Met alle kracht die nog in mij was, heb ik haar Vorschlag beleefd doch resoluut van de hand gewezen. Na wat zoeken vond ik een goedkope en schone slaapgelegenheid. Terwijl buiten het feest nog in volle gang was, heb ik de brieven van Antoinette (die ik op mijn hart bewaar) nog eens doorgelezen. Daarna ben ik in slaap gevallen.

De zondag is verder rustig verlopen.

Dinsdag 21 december 1943
Volgens de latrinegeruchten is het zover! We gaan weer terug naar het Oostfront.

Vreemd genoeg kan ik er niet om treuren. Hoewel de leefomstandigheden hier in Donja Stubica vele malen beter zijn dan in Rusland, verkies ik een oorlog tegen een zichtbare Rus boven de laffe strijd door de bende van Tito.

De afgelopen maanden is de sfeer hier zeer gespannen geworden. Elke dag pleegden de partizanen aanslagen, soms gehuld in Duitse uniformen (!). Op klaarlichte dag werden officieren en kameraden ontvoerd om daarna ontzield, hangend aan een boom, teruggevonden te worden. Geen auto kon nog zonder gewapende begeleiding de weg op. Alleen op stap gaan was er überhaupt niet meer bij. De treinen waren een geliefd doelwit van die schoften, waardoor menig verlofganger het thuisfront niet heeft gehaald.

Na enige tijd wist je niet meer wie nog te vertrouwen was. De aardige serveerster die je glas wijn vol schonk op het Jelačićplein kon je later op de avond in een donker steegje rustig de keel doorsnijden.

De partizanen die wij snapten, hoefden dientengevolge niet op ons pardon te rekenen. Daarvoor gold de hoogste boom, of erger. Hschaf. Loidl had het bij het rechte eind toen wij in Sonneberg onze marsorders kregen. 'Kroatien' zou 'keine frische, fröhliche Krieg' worden.

Ik zal Donja Stubica missen als kiespijn. Liever van voren een kogel in de kop, dan van achter een mes in de rug.

Woensdag 22 december 1943
We hebben op de valreep 3 Wikingers toegewezen gekregen. Schoenmaker, Kijlstra en Geurts: een machinepistool en twee geweren. Samen met de 2 Roemenen Ion en Iuliu, die door Lobbestaal

categorisch Jut en Jul worden genoemd, komt de groep daarmee op 10 man.

Eigenlijk 8, want van onze Volksduitsers mogen we niet al teveel verwachten. De heren dragen weliswaar een geweer, maar voor onze veiligheid hebben we ze tot munitiedrager en helper LMG gebombardeerd. Ordonnans zit er niet in voor ze, want we vertrouwen ze alleen als we ze kunnen zien. De kans dat ze onderweg, met een belangrijk bericht in hun tas voor de staf, de kuierlatten nemen achten wij te groot.

We zullen op reis gaan met een kist Panzerfausten, maar zonder een vlammenwerper. Onze tactiek van de verschroeide aarde heeft haar vruchten afgeworpen...

28. Lakenveld

Nathalie klopte op de deur, wachtte een paar tellen, stapte daarna naar binnen.

'Uw bezoek van half elf... Bartjan Jelgersma.'

Uw! Half elf? Jelgersma!? Langs de aangename contouren van Nathalie heen zag Bartjan Jan-Kees achter zijn bureau zitten, voorovergebogen over een dikke map. Zijn baas keek even op, monsterde haar een paar tellen, glimlachte afwezig en ging weer verder met lezen.

'Druk, druk, druk,' fluisterde zij, met haar hand half voor haar mond. 'Ga maar zitten, hoor!' Met haar hand gaf zij hem een lichte zet in de goede richting.

'Bartjan, ga zitten.'

Een hand wees naar de stoel voor het bureau. Een gebaar op de automatische piloot, zonder gevoel, zonder hem aan te kijken.

Bartjan schoof de stoel naar achteren, buiten schootsafstand, en probeerde een goede zit te vinden. En dat viel niet mee. Als hij met zijn volle gewicht naar achteren leunde, dan veerde de leuning zo ver mee dat het leek alsof hij in een strandstoel lag. En dat was hem veel te passief, veel te onver-

165

schillig. Maar juist die zachtgeveerde leuning maakte het moeilijk om een actieve — zelfbewuste, maar assertieve — zit te vinden in die toch al, voor zijn lengte, veel te lage stoel.

Jan-Kees was nog steeds verzonken in zijn stukken. Het enige wat Bartjan zag was de kruin van zijn baas. En die was kalende.

Na veel gepiep en gesis vond Bartjan de meest acceptabele houding: bovenlichaam rechtop, linkerbeen over rechterknie en zijn handen losjes op de armleuning. Met zijn buikspieren probeerde hij het gebrek aan een stevige steun in zijn rug te compenseren. Echt ontspannen was dat niet voor hem, maar het moest maar. Een leider moest immers kracht uitstralen.

Bartjan keek op zijn horloge — twaalf over half — en kuchte.

'Zit je goed, Bartjan?'

Zijn baas had zijn dikke map dichtgeslagen en keek geamuseerd op hem neer.

Handen kwamen buikspieren te hulp en omknelden de armleuningen. Bartjans vingers voelden vettigheid. Gatverdamme!

'Prima, Jan-K—'

'Kan ik je wat te drinken aanbieden? Koffie, thee? Water met of zonder koolzuur?'

'Water met koolzuur graag.'

'Een koffie en een water, graag. En de complimenten voor het memo,' hoorde hij zijn baas door de telefoon tegen Nathalie zeggen. Of ze zijn opmerkingen in de kantlijn nog even wilde verwerken, het memo in de huisstijl wilde afdrukken en voor elf uur aan hem ter ondertekening wilde voorleggen.

Wat was hier aan de hand? Waarom was Jan-Kees niet met hem naar de pantry gelopen? Dat zou een goed signaal zijn geweest voor de mensen. Oud en nieuw in harmonie.

Even later kwam Nathalie binnen. Voor haar baas zette zij een kopje koffie neer, voor hem een plastic bekertje water. Jan-

Kees reikte haar de dikke map aan, wees op het gele plakkertje dat ergens halverwege de map uitstak. Nathalie knikte en liep weg.

Bartjan kwam uit zijn stoel naar voren, maakte zijn handen los van de zuigende armleuningen, pakte zijn water en proefde. Zonder bubbels, typisch Jan-Kees. Hij dacht: laat maar, dit is nu niet belangrijk, en zette het bekertje terug op het bureau.

'Zeg, Bartjan, we hebben niet veel tijd meer, dus ik stel voor dat we het over de volgende twee punten gaan hebben. Eén: ons vorige gesprek. En twee: het benoemingsgesprek overmorgen. Mee eens?'

'Ons vorige gesprek, Jan-Kees?'

Zijn handen gingen van de vettige armleuningen naar zijn schoot. Vingertoppen vonden elkaar. Goed opletten nu.

'Over die goedkeuring van jullie hypotheek.'

'Wat wil je daarover bespreken, Jan-Kees? De goedkeuring is toch al lang binnen?'

Iedere keer als hij zijn baas bij zijn voornaam noemde, voelde Bartjan zich sterker worden. Alsof hij keer op keer een daad van verzet pleegde, door Jan-Kees aan te spreken in zijn rol als vestigingsmanager – want dat was hij nog steeds – en niet als lid van de raad van bestuur.

'Dat is waar, Bartjan, maar het gaat mij niet zozeer om de uitkomst, maar meer om het proces, om de manier waarop jij jouw belangen behartigt. Dus lijkt het mij goed *voor jou* om nuttige feedback te krijgen over dat gesprek, zodat je niet dezelfde fouten maakt bij de raad van bestuur.'

'Fouten?!'

Boven zijn linkeroog begon het weer te kloppen.

'Ja, Bartjan, fouten. Het werkt contraproductief als je jouw leidinggevenden tegen de schenen schopt als iets niet zo gaat als jij zou willen. Anders gezegd: je mist dan tact en diplomatie.'

Hoorde hij dat goed? Tact? Diplomatie? De zak! Bartjan drukte zijn vingertoppen harder tegen elkaar, haalde diep adem vanuit zijn onderbuik. Hier ging hij niet intrappen, daar was hij te goed voor getraind.

'Kun je een voorbeeld geven van mijn foute gedrag? Dat zou mij helpen jouw irritatie te begrijpen, Jan-Kees.'

Meebewegen.

'Eentje dan, Bartjan. Kun jij je nog herinneren hoe je in mijn kamer liep te drammen over die goedkeuring?'

'Neen, dat kan ik niet. Wat ik wel weet is dat het voorlopige koopcontract van ons nieuwe huis bijna afliep en dat mijn aanvraag al een poos op jouw bureau lag. En dat mij dat toen stoorde, Jan-Kees.'

Overpakken.

Zijn baas roerde langzaam in zijn koffie en nam een slok. Zijn ogen keken Bartjan niet aan maar richtten hun aandacht op een punt rechtsachter hem, op de muur. Zijn gezicht was neutraal. Geen spoor van opwinding te bekennen, veel eerder een vleugje milde vriendelijkheid. En dat terwijl Bartjan vond dat hij hem toch redelijk hard aanpakte.

'En dat is nu precies was ik bedoel, Bartjan. Jij hebt een belang en iedereen moet daarvoor wijken, zonder dat je jezelf afvraagt waarom iemand niet aan jouw verwachtingen voldoet, waarom ik jouw aanvraagformulier een tijdje op mijn bureau heb laten liggen. Je moet meer outside-in leren denken, Bartjan, in plaats van inside-out. Je leren verplaatsen in de positie van anderen.'

Dit was de wereld op zijn kop. Zijn baas verweet hem zaken die hij zelf niet beheerste.

Afmaken.

'Het zou mij *enorm* helpen, Jan-Kees, als je mij zou uitleggen waarom je zo lang gewacht hebt met doorsturen. Ik was er *toen* behoorlijk boos over en ik proef dat het jou *nu* nog dwars zit.'

Het koffielepeltje draaide zijn therapeutische rondje, terwijl een lichte zucht de mond van zijn baas verliet.

'Waarom dacht *jij* dat ik het formulier heb laten liggen, Bartjan?'

Slim.

'Omdat je het te druk had met andere zaken... die voor jou belangrijker waren, Jan-Kees. Anders zou ik niet kunnen verklaren waarom je zo lang deed over een formaliteit.'

Bartjan moest zijn best doen om zijn gezicht in de plooi te houden, om zijn baas niet sarcastisch uit te lachen.

'Formaliteit? Mmm...'

Jan-Kees keek hem nu recht in de ogen, zonder te knipperen.

'Inderdaad, Jan-Kees, vijf minuten werk.' Bartjan keek terug en kneep zijn ogen wat samen. Zoals Clint dat deed bij een duel. Als hij pruimtabak in zijn mond had, dan zou hij nu een straal in het kwispedoor spugen. Handen bij de handgrepen, klaar om te trekken.

'Hmm... Bartjan... ik had het inderdaad druk, en jouw financieringsbehoefte stond niet bovenaan mijn lijstje, dat klopt. Maar tijd was niet de belangrijkste reden, Bartjan. Wat zou ik nog meer voor redenen gehad kunnen hebben, denk je?'

Oppassen nu.

169

'Hmm... dat je door een goedkeuring niet wilde vooruitlopen op een eventuele benoeming door de raad van bestuur? Omdat mijn aanvraag was gebaseerd op het hogere inkomen?'

'Je komt in de richting, Bartjan. Zulke zaken kunnen inderdaad gevoelig liggen. Probeer je eens voor te stellen dat een vestigingsmanager iemand van plan is voor te dragen voor promotie en bijna tegelijkertijd een hypotheek goedkeurt die alleen gedragen kan worden door het inkomen na promotie. Zou dan een raad van bestuur niet kunnen denken dat die vestigingsmanager hen voor het blok zet? En dat terwijl een huis en hypotheek ten principale privéaangelegenheden zijn, die niets te maken moeten hebben met promoties en dergelijke. Kun je die precaire positie van mij op dat moment voorstellen, Bartjan?'

Punt gemaakt. Nu weer overpakken.

'Zeker, dat kan ik... maar je wilde toch dat ik vestigingsmanager werd, daar had jij toch alle vertrouwen in? Dan loop *jij* toch geen risico als je mijn hypotheekaanvraag goedkeurt.'

'Je moet nog veel leren, Bartjan. Als ik de schijn tegen heb, dan is dat niet in jouw voordeel. En los daarvan: zelfs al was ik ervan overtuigd dat je vestigingsmanager zou kunnen worden, het is het bestuur dat beslist. En dat doet zij op basis van haar eigen indrukken van de kandidaat. Het is wel eens voorgekomen dat een kandidaat met een positief assessment, goede beoordelingen en een klinkende voordracht het verprutste bij de raad van bestuur en niet benoemd werd.'

O.

'Dat kun je niet menen.'

'En toch is het waar, Bartjan. Het gesprek met de raad van bestuur staat los van jouw benoemingsdossier en is doorslaggevend.'

'Mmm... dan moet ik woensdag maar goed mijn best doen.'

'Dat is in ieder geval verstandig, Bartjan. Maar dit was niet dé reden voor mijn uitstel.'

'Nee?'

'Nee, de echte reden was dat ik vond – en dat vind ik nog steeds – dat je boven jouw macht reikt met dat nieuwe huis. Veel te vroeg, veel te groot en veel te duur. Natuurlijk kon men op het hoofdkantoor geen gat schieten in jouw onderbouwing. Jullie toekomstige inkomen is voldoende om de financieringslasten te dragen. Weliswaar krap, maar net voldoende. En daar knelt het voor mij, Bartjan. Bij de minste of geringste tegenvaller zouden jullie het huis moeten verkopen. En voor die ellende wilde ik je behoeden. Dat je Jeannette en uhh... jullie dochter in de problemen zou helpen.'

Ze heet Eva, smeerlap.

'Behoeden? Maar wij kunnen toch zelf wel bepalen of—'

'Natuurlijk, jullie zijn volwassenen, die weten wat ze doen. Maar wij hebben geen behoefte aan een medewerker met financiële problemen, Bartjan. Dat leidt af van het eigenlijke werk.

'Maar waarom heb je mijn aanvraag dan toch goedgekeurd, Jan-Kees, als je zulke zwaarwegende bedenkingen had?'

'Ik heb mij laten overtuigen door het hoofdkantoor dat het een privéaangelegenheid is, waarvoor jullie zelf verantwoordelijk zijn. Hypotheekmannetje™ toetst alleen of medewerkers de hypotheek kunnen betalen, en dat kunnen jullie, en of het onderpand voldoende zekerheid biedt, en dat doet het nog steeds. Ook vond het hoofdkantoor dat er nog een behoorlijke ruimte zat in de inkomensgroei van Jeannette. En dat vonden jullie ook, las ik. Zelfs in het geval dat jij het zou verprutsen bij de raad van bestuur – en daar ga ik natuurlijk niet van uit –

dan nog zou Jeannette het inkomensgat moeten kunnen dichten. En de overheid gaat niet failliet. Dat scheelde ook. Vandaar mijn fiat.

'Mmm... en de raad van bestuur, Jan-Kees?'

'Die kon ik goed uitleggen dat aanvraag en benoeming twee gescheiden trajecten waren, met in het ergste geval verschillende uitkomsten.'

'En dus kon je met een gerust hart jouw fiat geven?'

'Inderdaad, Bartjan. Begrijp je nu waarom ik gewacht hebt?'

Angsthaas. Bang om zijn eigen benoemingstraject te verkloten. En nu bij vertrek ineens de empathische vestigingsmanager spelen. Bah!

'Jazeker, Jan-Kees, ik moet zeggen dat het mij wel oplucht.'

Goed meebewogen — Ronald zou trots op zijn acteertalent zijn geweest.

'Wat lucht je dan precies op?'

'Dat je mij hebt uitgelegd wat *jouw* diepere drijfveer is geweest bij het uitstel. Dat haalt voor mij de emotie van dat gesprek.'

Lang leve het klasje.

'Dat vind ik fijn voor jou, Bartjan, maar ik hoop eigenlijk dat *jij* voortaan in gesprekken wat assertiever bent. En dat je een beetje meer respect toont voor jouw superieuren. Dat zou je ook helpen, Bartjan, in jouw verdere loopbaan.'

'Natuurlijk, Jan-Kees, ik zal het zeker proberen. Maar dan helpt het wel als de ander de tijd neemt voor een gesprek en zich openstelt voor kritiek.'

Hij hoorde zijn baas nogmaals zuchten — nu wat luider — en zag hem op zijn horloge kijken.

'We moeten afronden, Bartjan. Nathalie zal je wel verteld hebben dat we stipt om elf uur moeten stoppen.'

Bartjan zag zijn baas aanstalten maken om Nathalie te bellen.

'Maar... we zouden toch ook over de benoeming praten? En over de opvolging?'

'De opvolging is een zaak van de raad van bestuur. En over het benoemingsgesprek hebben we het eigenlijk al gehad, vind je niet?'

'Nee toch.'

'Jawel, ik heb je twee belangrijke tips gegeven.'

'Meer inleven in mijn gesprekspartners?'

'Dat is één.'

Zijn baas liet een stilte vallen, terwijl hij twee vingers in de lucht hield. Irritant, vond Bartjan dat. Alsof hij examen moest doen, en hij het antwoord op een vraag niet wist, en de docent overduidelijk wel.

'Uh... wees tactvol en diplomatiek?'

'Altijd goed, maar nee, de andere belangrijke tip is dat het geen gelopen race voor je is. Woensdag moet je in je eentje de raad van bestuur ervan overtuigen dat je een vestigingsmanager bent. En als je het verprutst dan blijf je senior-adviseur. Zo simpel is dat. En dan ligt dat helemaal aan jezelf. Besef je dat, Bartjan?'

'Jawel, Jan-Kees, maar dan moet ik het wel bont gemaakt hebben. En iedereen heeft het dan mis gehad: cliënten, medewerkers, assessoren, trainers en... jij.' Vijf gestrekte vingers staken in de lucht.

'Als je maar onthoudt dat woensdag jouw moment van de waarheid is, Bartjan Jelgersma, jouw moment van de waarheid.'

173

Op dat moment kwam Nathalie binnen. Zij gaf Jan-Kees zijn memo. Op het voorvel zag Bartjan in rood Highly Confidential staan. Het stuk had als titel Project Lakenveld.

Het zei Bartjan niets.

29. Tommie

Adriana was gisteren gebeld door de arts van het verpleeghuis. Het griepje van moeder was een griep geworden. Naast de normale ziekteverschijnselen, die op haar leeftijd al gevaarlijk genoeg waren, had ze een infectie aan haar luchtwegen opgelopen. Vastzittend slijm op de borst en een zware hoest putten moeder uit.

Moeder was natuurlijk direct opgenomen op de verpleegafdeling, maar gezien haar ziektebeeld in combinatie met Alzheimer vond de dienstdoende arts het niet langer verantwoord om haar daar te houden. Of Adriana het goed vond dat moeder met spoed naar het ziekenhuis werd overgebracht? Daar beschikte men over betere faciliteiten. Tevens stond het ziekenhuis hoog aangeschreven voor haar specialisatie in longaandoeningen. Moeder zou de beste zorg krijgen die voorhanden was, aldus de dokter.

Zoals zij wel zou weten als verpleegkundige, moest tegen elke prijs voorkomen worden dat moeder een zware longontsteking zou oplopen. Dat zou in haar geval fataal kunnen zijn, bracht de arts ten slotte in. Maar de keuze was natuurlijk aan de familie.

Na deze uitleg was Adriana akkoord gegaan met de overplaatsing. Ze kende de goede reputatie van het ziekenhuis en Tom zou haar beslissing vast steunen. Haar oudere broer liet de medische beslissingen aan haar over. Zijn zus had er immers voor doorgeleerd, was zijn redenering.

Na haar dienst was Adriana met de tram naar het ziekenhuis in Leidschendam gegaan. Na wat zoeken had ze de kamer van moeder gevonden. Ze klopte op de deur, riep haar naam, wachtte een paar tellen, hoorde niets en stapte naar binnen. Daar lag moeder, in een witte kamer – Godzijdank eenpersoons –, in een wit bed, onder witte lakens. Ze sliep. Met haar strak naar achteren gekamde grijze haar en gesloten ogen zag ze eruit als een engel. Zo anders dan in die donkere kamer van het verpleeghuis, met dat teakhout en linoleum, zo anders dan zij in haar jeugd was. Onwerkelijk sereen.

Adriana hing haar jas aan de kapstok en legde de plastic zak en de bloemen op het bijzettafeltje, naast het onaangeroerde avondeten. Nadat zij de status aan het voeteinde van het bed had bestudeerd, pakte ze een stoel en ging zitten. Moeder snurkte en sliep door.

Moeder was, voor zover Adriana zich kon herinneren, altijd streng en kordaat geweest. Als een moederkloek had zij over haar jongen gewaakt. Als zij of Tom weer eens gepest werden op de lagere school – vuile landverraders, dat waren ze –, dan beende moeder op hoge poten naar de ouders van de betreffende kinderen om verhaal te halen. Wee de ouders die haar niet fatsoenlijk te woord stonden, of die naar de maatstaven van moeder niet datgene deden wat nodig was om het gedrag van hun kinderen te corrigeren.

176

Als moeder was teruggekomen van deze kruistocht tegen het kwaad, zoals zij dat placht te noemen, dan hadden Tom en zij ervanlangs gekregen omdat zij zich in haar ogen niet verweerd hadden tegen die domme pestkoppen. Dat volkse tuig zou alleen de taal van de straat verstaan, aldus moeder. De vuist of een stok dus. Moeder ging er gemakshalve vanuit dat zij dat ook vonden, wat niet zo was. Zij wilden alleen dat het pesten, slaan en schelden ophield, zodat ze zich niet meer hoefden te verbergen voor het verleden van hun moeder. Het enige dat zij wilden was een normale jeugd, met vriendjes en vriendinnetjes die wél bij hen thuis mochten spelen. Maar die stille wens was niet uitgekomen. Met moeder viel daar niet over te praten – ze moesten vooral niet zeuren.

Gelukkig was haar vader er nog. Als moeder maar bleef hameren op hun weerbaarheid en niet tot bedaren kwam, dan loodste hij haar met een teder gebaar naar de keuken. Wat hij daar zei, dat konden zij niet horen – vader had een zachte stem – maar zijn woorden hadden een bijzondere uitwerking op moeder. Na het praatje met vader was zij een paar dagen kalm en voor haar doen mildgestemd gebleven, tot het volgende incident. En dan was het feest weer van voren af aan begonnen.

Adriana keek naar de handen van moeder op het laken. De huid was geel en gerimpeld. De blauwe aderen schenen er dwars doorheen. De verpleging had haar ringen afgedaan. Het was een vreemd gezicht: moeder zonder trouwring. Zelfs na de dood van vader was zij die ring halsstarrig rechts blijven dragen, want ze wilde absoluut geen weduwe zijn. Robert zou eeuwig met haar blijven oplopen, met zijn linkerhand in haar rechter.

Na het overlijden van vader was moeder ontroostbaar geweest. Hij was haar grote en enige liefde geweest, en haar redder. Waarom dat zo was, dat wilde zij niet vertellen. Ze glimlachte slechts en aaide Tom over zijn bol. Adriana was dan jaloers op haar broer geweest.

Nadat de rouwsluier was opgetrokken, was moeder door het gemis van het zachte tegenwicht van vader teruggevallen in haar oude patroon. Er viel geen land meer met haar te bezeilen. En de taal die zij uitsloeg was vreselijk. Zo rechts, radicaal en racistisch; zo teleurgesteld, bitter, triest en eenzaam. Gelukkig waren zij en Tom al het huis uit. In die periode had Adriana haar moeder slechts sporadisch bezocht.

Zeven jaar geleden werd bij moeder Alzheimer geconstateerd en moest zij naar het verpleeghuis. Voor Adriana en haar broer was dat een opluchting geweest. De zorg voor moeder kon worden uitbesteed, er waren vaste bezoektijden en, wat misschien nog wel belangrijker was, het verleden zou langzaam maar zeker uitdoven. Oma's rare praatjes, zoals Adriana haar kinderen had voorgehouden, zouden een ziekteverschijnsel worden, en geen kans op een ongewenste opening van een fout familieverleden. Alzheimer als effectieve doofpot.

Tegelijkertijd had Adriana compassie gevoeld met deze oude vrouw die behoorlijk wat voor haar kiezen had gekregen in haar leven en desondanks, samen met haar vader, hun kinderen had weten op te voeden tot goede mensen. Die dankbaarheid maakte dat Adriana na de opname in het verpleeghuis moeder weer trouw ging bezoeken en praktische zaken voor haar regelde.

Nu Adriana erover nadacht, had heel haar leven bestaan uit de tweestrijd tussen de loyaliteit aan moeder en de schaamte voor haar foute verleden. Dat heen en weer schudden tussen die twee onverenigbare uitersten had haar gevormd voor het leven.

Terwijl zij naar moeders gezicht keek, streken haar handen denkbeeldige rimpels in de omslag van het laken glad. Moeder kreunde zachtjes.

Moeder kon niet altijd zo geweest zijn, zo streng en bitter. Een keer, ze moest toen zestien zijn geweest, had Adriana ergens op zolder een koffer met foto's gevonden. Moeder was daarop te zien als een knappe meid, ongeveer zo oud als zij toen was. Ergens midden jaren dertig. Vrolijke kiekjes in zwart-wit van uitstapjes met de hele familie naar de bossen bij Apeldoorn. Moeder in haar badpak op het Scheveningse strand, in haar nette jurk met haar vriendinnen ergens op een terras in de stad, samen met Walter en Hendrik bij de ijssalon, in sportkleding op de atletiekbaan. En altijd die mooie warme glimlach. Adriana vroeg zich af hoe het moeder vergaan zou zijn als Hitler niet aan de macht was gekomen. Hoeveel leed zou haar dan bespaard zijn gebleven? En haar kinderen?

Adriana pakte moeders hand in de hare en streelde deze zacht.

'Moeder, hoort u mij? Ik ben het, Adriana.'

Geen reactie.

Adriana probeerde het nog een keer, maar nu iets luider. Met haar vrije hand streek ze over moeders klamme voorhoofd.

'Ik heb uw favoriete koekjes meegenomen. Roomboter gesorteerd. Voor bij de thee.'

Ze hield de koektrommel vlak voor moeders gezicht en opende het deksel in de hoop dat de vertrouwde geur haar uit haar slaap zou wekken. Op moeders gezicht verscheen een paar tellen een zweem van een glimlach, maar haar ogen bleven dicht.

'En ik heb een mooie bos bloemen voor u meegenomen. Zal ik die voor u in een vaas zetten?'

Moeder mompelde iets in haar slaap, maar werd niet wakker. Adriana vond in een van de kasten een lege vaas, vulde deze aan het kraantje van de wastafel en deed het boeket erin.

'Zal ik de vaas hier neerzetten, bij het raam? Dan kunt u de bos goed zien en komen de kleuren beter uit. Of wilt u het boeket liever dichterbij hebben zodat u de bloemen kunt ruiken? U mag het zeggen, moeder.'

Adriana koos voor het raam. Terwijl zij de plastic zak en het cellofaan van het boeket tot een prop verfrommelde en in de prullenbak gooide, hoorde zij op de gang het bekende gerammel. De huishoudelijke dienst kwam het avondeten ophalen. Waarschijnlijk zouden zij de patiënten en hun bezoek nog wat te drinken aanbieden.

'Hoort u dat, moeder? Kunnen we samen nog gezellig een kopje thee drinken. Met een koekje erbij. Is dat niet fijn?'

Moeder antwoordde niet, maar onder het laken bewogen haar voeten. Eerst zacht en daarna steeds wilder.

'Vuile schoft, blijf met je poten van mij af!'

Haar voeten kregen versterking van haar handen. Met een woest gebaar trapte moeder het laken van haar af. Haar ogen waren wijd open gesperd en keken met een lege blik naar het plafond. Op haar kin lagen vlokjes schuim.

'Smerige zak, kun je wel, kun je wel…'

Moeders hoofd draaide van links naar rechts, haar armen maaiden in de lucht. Adriana schrok van het verwrongen gezicht. Ze zag pijn en angst.

'Moeder, je droomt weer, word wakker, word wakker,' riep zij in moeders oor, terwijl ze haar knokige schouders heen-en-weer schudde.

'Ga weg... ik smeek je... ga weg... doe het niet... in Godsnaam... doe het niet...'

Moeders handen maakten een afwerend gebaar. Ze huilde zonder het zelf te weten.

'Moeder, alstublieft, word wakker. Ik ben het, Adriana!'

'Ik wil dat niet... neen... wil dat niet... au, au, au... arme Tommie...'

Zo onverwacht als die nare droom was gekomen, zo plotseling was die weer voorbij. Moeders ogen waren weer gesloten en haar armen en benen bewogen niet meer.

'Rustig maar, moeder, rustig maar. Het is voorbij.'

Adriana streek zachtjes over moeders haren en neuriede een wiegeliedje. Precies zoals ze vroeger bij Bartjan had gedaan, als die in zijn slaap weer eens was bezocht door de enge draak. In haar ooghoeken voelde zij tranen opwellen.

In haar handen voelde Adriana moeder langzaam ontspannen. Haar lichaam schokte weliswaar nog licht na, maar haar ademhaling werd steeds rustiger. De nachtmerrie ebde weg.

De droom met Tommie erin had zij al zo vaak aangehoord. Tom wist ook niet waarover die ging. En als zij moeder tijdens een van haar heldere momenten vertelden over haar droom dan deed zij die af als een nachtmerrie die elke ouder wel eens had over zijn kinderen. Dat je een kind zou verliezen of dat het ernstig verminkt zou zijn na een ongeluk. Dat soort dromen, die hadden zij toch ook wel eens gehad? was dan steevast haar tegenvraag. Daarna ging zij over op een ander onderwerp.

Adriana had het daar dan maar bij gelaten. Moeder weerspreken leverde immers geen prettige zondagmiddag op. En de kinderen zagen oma toch al niet zo vaak.

Adriana pakte het laken van de grond en stopte moeder opnieuw in. Met een washandje veegde zij de tranen van haar wangen. Daarna schudde zij het kussen goed op en kamde

181

moeders haren door met een borstel die zij in de lade van het bijzettafeltje vond.

Op haar horloge zag zij dat het bijna half acht was – einde van het bezoekuur. Adriana stond op, deed haar jas aan en keek de kamer rond of iets nog haar aandacht nodig had. Dat was niet het geval. Na een vluchtige kus op moeders voorhoofd liep zij naar de deur. Met een beetje geluk kon zij de tram van kwart voor acht nog halen.

'Adriana, ben jij het? Fijn dat je kon komen. Zullen we thee drinken? Ik heb bij de bakker koekjes besteld. Gemaakt van echte roomboter, niet van die vieze margarine. Je weet wel hoe vader dat noemde: wagensmeer. Ga zitten, Adriana. Vertel moeder wat je vandaag op school hebt meegemaakt.'

Adriana aarzelde even voordat zij de gang in stapte en de deur zacht achter zich sloot.

Dit had geen zin meer.

30. Duinpan

Het was druk op het Binnenhof. Baldadige pubers met badges op kregen een rondleiding terwijl een buslading Japanners zich liet fotograferen op de trap naar de Ridderzaal. In de schaduw van een hoek van het plein, vlakbij de poort naar Buitenhof, stond een politiewagen stationair te draaien. De agenten, een man en vrouw, waren verwikkeld in een geanimeerd gesprek. Voor de ingang naar de Eerste Kamer werd iemand geïnterviewd voor de camera. Ze kende hem niet.

Jeannette likte aan een ijsje van de vaste Italiaanse ijscoman: chocola en banaan. Meestal liep zij bij mooi weer in de lunchpauze een rondje met collega's, maar vandaag waren de meesten thuis om voor hun kinderen te zorgen. Ze vond het niet erg om even alleen te zijn. Lekker genieten van de zon en toeristen kijken.

Op een van de beste bankjes, vol in de zon, kwam een plekje vrij. Jeannette versnelde wat, won het van een Japanse man en ging zitten. Ze dacht aan gistermiddag.

Om één uur hadden ze elkaar getroffen bij de tramhalte, even verderop aan de Kneuterdijk. Bartjan was natuurlijk ruim op tijd geweest, zij niet.

183

Haar 'lunch date' met een senior-beleidsmedewerker van dé belangenbehartiger van de kinderopvangsector was uitgelopen en dat was maar goed ook. In de staart van het gesprek vonden ze een gedeeld belang om de kinderopvangregeling juist in deze economisch mindere tijden overeind te houden. Het recessiekannibalisme van dit kabinet zou haar tanden niet in hun regeling zetten, hadden zij lachend, met een glas witte wijn in de hand, uitgesproken. Ze zouden de argumenten gescheiden, zonder naar elkaar te verwijzen, op de juiste momenten in het beleidsproces inbrengen. En als de wederzijdse belangen zouden gaan wijken, dan zouden ze niet aan elkaar gebonden zijn.

Met een tevreden gevoel was Jeannette om tien over een vertrokken naar Bartjan. Het middagje aan het strand was verdiend.

Jeannette wist dat Bartjan stipt was. Tot haar verbazing maakte hij geen opmerking over haar vertraging. Aan zijn ogen zag zij dat hij blij was om haar te zien, aan zijn zoen merkte ze gretigheid.

In de tram hadden ze dicht tegen elkaar gezeten, arm over schouder, hand in hand. Zelfs het ongemakkelijke rode plastic bankje met kauwgomvlekken kon hun innigheid niet bederven. Achter het glas was de zon warm geweest.

Zij hadden gezoend, eerst kort op de mond, daarna langer en dieper. Jeannette had de verliefdheid van toen weer gevoeld. Onder haar handen voelde zij Bartjan kalm worden en zich overgeven aan het moment. Zo had zij hem het liefst.

Bij het Zwarte Pad waren ze uitgestapt. Op de plankieren hadden zij hun schoenen uitgedaan; Bartjan had zijn broekspijpen opgerold. Jeannette had hem gerustgesteld dat het alleen maar zand was, dat hij kon uitkloppen. En als dat niet zou helpen, dan was er altijd de stomerij nog. Morgen zou hij toch dat andere pak aantrekken voor het benoemingsgesprek? Haar pietje-precies, had zij hem genoemd, terwijl ze door zijn haar woelde. Een beetje ruiger, Bartjan, we zijn niet op kantoor, maar op het stránd! En ze was voor hem uit naar de zee gerend.

Langs de vloedlijn — de zee was koud — waren ze naar hun strandtent gelopen. Daar hadden ze een fles rosé besteld, met brood en tapenade, voor een stevige bodem.

In een luie bank, uit de wind, zij met haar hoofd op zijn schoot, rolden zij loom door wat hen zoal bezig hield: Eva, de verhuizing, haar regeling, zijn droomauto, Jan-Kees, en natuurlijk, het gesprek van morgen.

Naarmate de wijn meer grip had gekregen op hun gedachten, verkleinden hun woorden zich tot jij en ik. Zee en strand waren een prettig decor van licht en geluid geworden, de zon een warme straalkachel en de alcohol een fijne 'enabler'.

Hun verkeringstijd was voorbijgekomen, over het hoe en waarom van hun wederzijdse aantrekkingskracht, over wie nu wie had veroverd, over liefdescapriolen in hotels en auto's. En over dat hotelletje in Rome waar zij vast en zeker Eva verwekt hadden.

Jeannette was gesmolten toen hij ik-ook-van-jou in haar oor gefluisterd had. Het had warm en oprecht geklonken, niet als verplichte tegenzet.

En ze zoenden en luierden.

Tegen vieren bestelde zij een fles mineraalwater om te ontnuchteren. Bartjan voegde daar een bittergarnituur aan toe — had niet gehoeven van haar, maar smaakte toch lekker. Jeannette zag Bartjan naar haar kijken, zoals alleen mannen kunnen kijken. Zij speelde zijn spel mee: haar lippen benadrukten de vorm van de bitterbal, haar tong draaide langzaam de ragout uit de krokante korst. Frituurvet als verleidelijke lipgloss.

Jeannette hoorde hem seks voorstellen, in een van de duinpannetjes, even verderop, voorbij het naaktstrand. Ze had hem ook graag gewild, graag zelfs, maar niet daar. Of hij nog wist van die rare kerels daar?

De laatste keer dat zij in een pannetje hadden gelegen, had Eva gewezen naar blote mannen die over de zandbaan achter het duin heen en weer paradeerden. Gatverdamme, had zij luidkeels geroepen.

Ze hadden Eva's aandacht weten af te leiden naar de zandvormpjes die ze aan het bakken waren.

Wat later had een naakte natuurvorser — ringbaard, groene tas op heup en Jezus-sandalen — hun pan geïnspecteerd op zoek naar mannelijk lekkers. Het scheelde niet veel of deze homoseksuele vogelaar had zijn handen in zijn heupen geplaatst en hen een standje gegeven. Dat zij daar op het verkeerde moment op de verkeerde plaats waren en of zij niet wisten dat dit de plaats voor herenliefde was en niet voor keurige gezinnetjes. Hooghartig keurde hij van bovenaf de vleeswaren in de pan af. Zelfs Bartjan was zijn type niet.

En het enige wat Jeannette zag was zijn verschrompelde piemel, die bij elke beweging half achter zijn weitas verdween. Ze had haar handen voor Eva's ogen gehouden. Wat een griezel!

Met een stuk afvalhout had Bartjan die kabouter Plop weggejaagd. Bovenop het duin had hij met zijn handen in zijn zij de angsthaas nagekeken, als een koene ridder die zijn jonkvrouw zojuist van de woeste draak had gered. Toen hij weer op de handdoek naast haar lag, had hij lachend verteld over mannenhoofden die als stokstaartjes uit andere duinpannen om-

186

hoog hadden gestoken. Hij was gekeurd. Die kerels dachten vast dat hij ook homo was. Echt niet. Om zijn woorden kracht bij te zetten had hij haar billen gestreeld. Daarna was Eva gaan huilen. Het gele vormpje van Nijntje-met-een-schepje-in-haar-hand lukte niet.

Ze hadden afgesproken voortaan niet meer in de duinpan-netjes te bivakkeren, maar onderaan het duin, aan de zeezijde.

Jeannette had lichte teleurstelling in Bartjans ogen gezien. Wat zou hij ervan vinden als zij hem vanavond eens lekker zou verwennen? Geen seks voor de wedstrijd was toch een achter-haald trainingsconcept? Hij had haar tegenvoorstel geaccepteerd. Met een slok rosé in haar mond had Jeannette hem vurig gezoend. Hij had de druppels van haar kin gelikt en zij had zijn kruis gevoeld – het formaat was veelbelovend.

Tegen half vijf waren zij teruggeslenterd naar de tramhalte. Jeannette was uitgestapt bij haar werk om haar fiets op te ha-len. Hij was doorgereisd naar huis en zou alvast beginnen met het eten. Ook zou hij de vaatwasser alvast uitruimen want dat scheelde tijd, had hij in haar oor gefluisterd.

Toen Eva eenmaal sliep, waren zij direct naar hun slaap-kamer gegaan. De seks was fijn geweest.

Jeannette zoog het laatste restje ijs uit het hoorntje. De Japanse man naast haar was verdwenen. Het hele bankje nu voor haar-zelf.

Op haar horloge zag ze dat het tien voor half een was. Bart-jan was vanochtend op tijd vertrokken naar Amsterdam. Om elf uur had hij zijn afspraak met de raad van bestuur gehad. Het verbaasde haar dat hij nog niets van hem gehoord had, zelfs geen sms'je. Jeannette maakte zich geen zorgen over de uitslag. Waarschijnlijk was de afspraak later begonnen of waren de heren zo geanimeerd in gesprek met elkaar dat zij de tijd uit het oog hadden verloren.

Ze zou hem rond enen een sms'je sturen. Want nieuwsgierig was ze wel naar de uitkomst. Jeannette wist hoe belangrijk de promotie voor Bartjan was. En er hing nog meer vanaf dan alleen zijn loopbaan. Hun nieuwe woning, zijn auto van de zaak.

In een paar happen had zij het krokante hoorntje opgegeten. Ze veegde haar handen af aan het servetje en stak het plein over naar haar werkkamer.

31. Getsewoud

Bartjan keek op zijn horloge. Het was al kwart voor negen en alleen Ans, zijn receptioniste, was binnen.

Hij zou de heren adviseurs er bij binnenkomst op wijzen dat het kantoor om half negen opende en dat hij van hen verwachtte – neen, als kantoorleider erop stond – dat zij dan achter hun bureaus zouden zitten om de cliënten te woord te kunnen staan. Het zou ook fijn zijn als zij hun bureaus dan opgeruimd hadden. Koffiekopjes in de vaatwasser, cellofaantjes en zakjes in de prullenbak en dossiers van de cliënten in de kast, veilig achter slot en grendel. En een stropdas hoorde op het boordje van het overhemd aan te sluiten, niet vijf centimeter scheef eronder te hangen. Zij waren hypotheekadviseurs, geen autoverkopers.

Bartjan zuchtte diep, keek door het raam naar buiten en zag dat het winkelcentrum langzaam tot leven kwam. Voor de drogist stonden al mensen te wachten, evenals voor de warme bakker. Bij de winkel met huishoudelijke artikelen probeerde een jong meisje met een verlengstok een oranje vlag in de houder boven de etalage te steken. Ze was te klein of de stok te kort, maar hoe het ook zij, de combinatie slaagde er niet in de klus te klaren. Het gemopper en geklaag dropen van haar af, terwijl het meisje onverrichter zake de winkel in slofte. Een paar tellen later beende een rossige man in een jasje met een te kort gestrikte oranje stropdas – net André van Duin – naar buiten en ramde de stok in de houder. Daarna draaide hij zich met zijn handen in zijn zij naar het plein alsof hij het argeloze publiek hoogstpersoonlijk de winkel in wilde trekken. Vroeger zou Bartjan om deze man gelachen hebben, maar nu voelde hij slechts begrip voor deze persoon, die tegen de stroom in zijn brood probeerde te verdienen in dit kleine winkelcentrum. Geen grote verhalen, geen heldendaden, geen glimmende telefoons en snelle pakken, alleen hard werken voor weinig geld en nauwelijks waardering. Dat was de werkelijkheid in deze kleine winkeliersgemeenschap en dat wist Bartjan nu ook.

Getsewoud, Gatsiewoud!

Bijna alle winkels openden om negen uur, alleen Hypotheekmannetje™, de apotheek en het medisch centrum een halfuur eerder. Bartjan keek naar de nog lege tafeltjes op het terras voor het grand café annex steakhouse. Een vreemde combinatie, vond hij, maar wel een die aansloeg bij de gemiddelde Nieuw-Venneper. Zeker bij mooi weer zat het terras vanaf tien uur goed vol, met een piek rond de lunch en diner. Zelf had hij er ook wel eens gegeten, op vrijdag, als het koopavond was in het winkelcentrum Getsewoud. Het was weliswaar geen haute cuisine wat men serveerde, maar van een goede kwaliteit en veel. En belangrijker voor hem: ze waren snel en stipt.

'Koffie, Bartjan? Alles erop en eraan?'

Voor hem stond Ans uitnodigend met een leeg dienblad te zwaaien. Deze maandagochtend had zijn receptioniste annex administratief medewerker annex commercieel assistent annex zonnetje in huis gekozen voor een laag uitgesneden en strak zittend zwart T-shirt op een witte minirok; daaronder zwarte stilettohakken met een glimmende stalen hak. Geheel in stijl droeg zij witte oorbellen en een stalen duimring. En dat alles op een natuurlijk gebruinde ondergrond: het resultaat, naar haar zeggen, van jarenlange training op het strand, het terras en in haar achtertuin. Niks zonnebank, allemaal puur natuur hoor! schaterde zij door het kantoor als de adviseurs haar te zonnebankbruin vonden. Als de zon maar even scheen, dan was zij buiten. Onder de adviseurs circuleerde het gerucht dat zij nudist was. Nergens witte plekken, gniffelden zij achter hun beeldschermen.

In haar personeelsdossier had Bartjan gelezen dat Ans zevenentwintig en gescheiden was en sinds haar middelbare school bij Hypotheekmannetje™ werkte. Ze was gestart op de hoofdvestiging in Hoofddorp. Toen de verkoop van nieuwbouwwoningen in de Vinex-locatie Getsewoud goed op gang was gekomen, in 2000, was Ans overgeplaatst naar kantoor Nieuw-Vennep.

'Lekker, Ans. Voor mij graag een café crème.'

Op haar linkerenkel lachte een getatoeëerde roos hem toe. Onwillekeurig moest Bartjan aan de horecameisjes op de terrassen aan de Grote Markt denken. Alleen had Ans meer kilometers op haar teller, en meer rondingen op de juiste plaatsen.

Haar benen waren haar trots, en die moesten regelmatig uitgelaten worden, had zij geantwoord toen hij haar een keer had gevraagd of de textiel op de bon was op het moment dat zij dat ultrakorte rokje kocht. Net boven de knieën was voor het merendeel van de mannelijke gasten van het kantoor al meer dan genoeg, had hij daaraan toegevoegd. Die kerels moesten nog wel bij hun volle verstand zijn als ze hun akkoord gaven op ons hypotheekadvies, nietwaar? En dan liet hij de heren adviseurs gemakshalve buiten beschouwing.

191

Ans had hem een vette knipoog gegeven en in het midden gelaten of ze zijn vriendelijke verzoek zou opvolgen. Terwijl hij haar had zien wegwiegen, had Bartjan bijna spijt gekregen van zijn opmerking.

'Zo, doe maar sjiek, Bartjan. Wil je een Haags bakkie of een royale... Nieuw-Vennepse kop?' bood zij hem gul aan. Hij kon haar parfum ruiken: zwaar, zoet en een tikkeltje kruidig. De rokjes waren na zijn ingreep niet minder spannend geworden. Bartjan had het gevoel dat zij hem uitdaagde en besloot het bij die ene opmerking te laten. Ans deed haar werk goed en zij was immers het eerste wat cliënten zagen als zij het kantoor binnen stapten. Zij was hét visitekaartje van Hypotheekmannetje™. Klachten had hij niet gehad over haar, slechts complimenten en niet alleen van mannen.

'Dat laat ik aan jou over, Ans? Beoordeel jij maar of jouw baas een extra shot cafeïne nodig heeft.'

Ans boog wat voorover – een flinke cup-D rolde mee –, keek hem met haar bruine ogen onderzoekend aan en concludeerde dat haar baas wel een flinke opkikker kon gebruiken. Bartjan moest zijn best doen om niet in haar decolleté te kijken. Een heer bracht een dame nooit in verlegenheid, hoe moeilijk de omstandigheden ook waren. Hij concentreerde zich hard op deze les van zijn moeder, terwijl hij langs Ans naar buiten keek.

Voor de keurslager zag hij een fiets omvallen. Wat verderop bij de uitgang van het winkelcentrum zette de bloemist emmers met boeketten voor zijn bloemenstudio. Een hond deed zijn plas tegen de bebording van het terras (waarop reclame voor een Duits bier stond), terwijl de eigenaar schijnheilig de andere kant op keek en slapjes aan de riem trok.

Ans wachtte niet op zijn instemming, draaide zich om en liep met een trage, doorhangende tik naar de pantry. Het leek

192

wel of zij met elke stap de stalen punten dieper het laminaat in wilde stampen. Het harde geluid wond hem op.

Bartjan zou Jeannette bij gelegenheid voorstellen ook van die stiletto's te kopen, voor in de slaapkamer weliswaar. Dat koude staal op zijn billen, terwijl hij haar nam, dat leek hem wel wat. Hij schudde even met zijn hoofd om van beeld te wisselen en klikte daarna op zijn agenda.

'Ans, mag ik van jou het dossier van de familie Ketelaar? Die komen om tien uur langs.'

In de pantry siste de koffieautomaat en klapten kastdeurtjes open en dicht. Even later stond een dampende kop koffie op zijn bureau. Met de complimenten van zijn persoonlijke assistent, terwijl ze met haar slanke hand subtiel over de nette stapel links op zijn bureau had gestreken om daarna haar duim op het werkblad te laten vallen. Tik zei de ring.

Bartjan keek en zag Ketelaar liggen. Alles zat erin. Goed gedaan, Ans.

In de korte tijd dat hij hier nu werkte – maandag 6 april was zijn eerste werkdag geweest –, was hij gesteld geraakt op Ans. Niet zozeer vanwege haar mooie figuur, maar vooral omdat zij altijd opgewekt was en voor iedereen een vriendelijk woordje overhad. Als er iemand voor de goede werksfeer zorgde, dan was zij het wel. Haar aanblik en aanstekelijke lach hadden hem in zijn zwartste momenten gemotiveerd om vol te houden en te proberen toch iets van dit kantoor te maken. Want veel was het niet, en zo anders dan de vestiging Den Haag.

Natuurlijk kon Ans niet aan Nathalie tippen – dat zou zoiets zijn als de Formule 1 vergelijken met de autocross op Koninginnedag –, maar als hij het overige materiaal in ogenschouw nam, dan bofte hij met haar. Het laagste salarisniveau presteerde het beste van allemaal. Bizar, maar waar.

193

De heren adviseurs waren aartslui geworden na de zeven vette jaren van de Vinex-locatie Getsewoud en ondernamen nauwelijks actie om zelf cliënten en adviesopdrachten binnen te halen. En dat terwijl dat soort gedrag juist nu, met de economische recessie, hard nodig was.

Lijdzaam had Bartjan ze achter hun bureau zien zitten, wachtend totdat de telefoon of de deurbel zou gaan. Verzekeringen en financieringen verkochten zij mondjesmaat. In de cijfers van het kantoor was dat terug te zien: Nieuw-Vennep liep fors achter op de gebudgetteerde omzet. Alle vlaggetjes stonden op rood, behoudens die van het ziekteverzuim. Blijkbaar was thuisblijven voor de adviseurs nog saaier dan nietsdoen op het werk.

Naast ondernemerschap had het aan advieskwaliteit geschort. Dat was zijn conclusie na een ruime steekproef in de afgesloten dossiers. Of het advies was achteraf niet reconstrueerbaar op basis van de stukken in het dossier en/of het gegeven advies paste niet bij het klantprofiel (als dat al te herleiden was uit het dossier). Bartjan had sterk de indruk gekregen dat de adviseurs, om het positief te zeggen, een zeer optimistische kijk op de toekomstperspectieven van hun cliënten – door hen categorisch klanten genoemd – hadden. Hij zou het in Den Haag ontoelaatbare overkreditering genoemd hebben. En als hij dat kon vaststellen, dan zou de Autoriteit Financiële Markten dat ook kunnen. Bartjan rilde bij de gedachte van een negatief oordeel van deze toezichthouder. Niet goed voor zijn cv, en dat terwijl hij daar niets meer aan had kunnen doen. Het verleden lag vast in de dossiers en de hypothecaire geldleningen waren verstrekt. Hij hoopte dat de autoriteit de uitkomsten van hun onderzoek op vestigingsniveau zou bepalen en dat Hoofddorp het beter voor elkaar had dan Nieuw-Vennep.

Uit hun personeelsdossiers was Bartjan ook al niet veel wijzer geworden. Allemaal hadden ze van de vorige kantoorleider de afgelopen jaren een voldoende beoordeling gehad, terwijl in de standaardformulieren de argumenten daarvoor ontbraken. Alle drie droegen ze, aldus zijn voorganger, wel bij aan de goede werksfeer. Ook hadden ze een positieve werkhouding en waren ze bereid tot overwerken als dat nodig was. Niets over de inhoud van hun werk, alleen gelul eromheen. Mooie boel.

Toen hij daarover sprak met Christiaan Buitenhof, de vestigingsmanager Hoofddorp en zijn direct leidinggevende, kreeg hij het veelgehoorde antwoord dat hij zelf ook had kunnen verzinnen. Eerst het zoet en dan het zuur: een natuurgetrouwe kopie van zijn benoemingsgesprek.

Een gesprek waar hij liever niet meer aan terugdacht, zo teleurgesteld en geschoffeerd voelde hij zich na afloop ervan.

Hij was een senior-adviseur met voortreffelijke kwaliteiten als ondernemer, manager en vakman. Zijn benoemingsdossier bevatte in overwegende mate positieve oordelen. Hulde, hulde en nog eens hulde. En daarom had het de raad van bestuur van Hypotheekmannetje™ verheugd hem met ingang van 1 april, of zo spoedig mogelijk daarna, tot kantoorleider Nieuw-Vennep te benoemen. Het bestuur deed in deze benoemingsronde een dringend beroep op hem en anderen aspiranten om kantoren met verbeterpotentieel, zoals Nieuw-Vennep, op een hoger niveau te brengen. In deze tijden ging het om onderlinge solidariteit en volharding, nietwaar? Goede vestigingen zoals Den Haag mochten daarom hun talenten niet voor zichzelf houden, vond de heer Jelgersma dat ook niet?

Op zijn brandende wedervraag antwoordde de voorzitter dat zij hem nog niet zwaar genoeg vonden voor de functie van vestigingsmanager Den Haag. Hij moest eerst een paar jaar rijpen op een kleiner kantoor waar de nood hoger was en de omstandigheden slechter. En had hij ook nog niet een aantal te ontwikkelen punten om aan te werken? De voorzitter las ze een voor een voor. Jan-Kees had hem een kunstje geflikt. De klootzak! Na drie kwartier stond hij verdwaasd buiten. In plaats van Jeannette te bellen − dat durfde hij niet − had hij drie uur lang doelloos rondgereden, met de cd-speler voluit en het gaspedaal ver naar beneden. Dat had hem twee bonnen van CJIB opgeleverd. Ook dat nog.

De reactie van Christiaan had hetzelfde patroon gevolgd. Dat zijn baas ervan op de hoogte was en dat de vorige kantoorleider niet voor niets was ontslagen was. Dat ze daarom een zware adviseur met leidinggevende capaciteiten − pardon? − zoals hij hard nodig hadden om Nieuw-Vennep weer op orde te brengen. En dat Christiaan zich daarom keer op keer hard had gemaakt bij de raad van bestuur om een van de beste kandidaten van de benoemingsronde 2009 toegewezen te krijgen.

Bartjan moest het vooral als een uitdaging zien en Christiaan had er natuurlijk alle vertrouwen in gehad dat het hem zou gaan lukken. Hij stelde het echter wel op prijs als Bartjan binnen een maand na zijn benoeming met een actieplan zou komen voor de broodnodige prestatieverbetering van Nieuw-Vennep. Want als het hem niet voor het einde van dit jaar zou lukken om de boel rigoureus om te turnen, dan zou Christiaan met pijn in zijn hart genoodzaakt zijn om het bestuur voor te stellen het kantoor te sluiten, in het belang van Hypotheekmannetje™.

Kort daarop had Bartjan een afspraak in zijn agenda zien verschijnen. Vrijdag 9 mei 2008 van twaalf tot half twee (inclusief lunch): bespreken actieplan Nieuw-Vennep. Dat was volgende week vrijdag al. De ruwe lijnen zaten al in zijn hoofd, hij moest ze alleen nog even op papier zetten.

Bartjan zou voorstellen de marktbewerking en het netwerken in relevante kringen voor zijn rekening nemen. Ans en een van de junioren zou hij vrijspelen voor de ontwikkeling van de digitale nieuwsbrief voor bestaande cliënten en het marktonderzoek naar trends en ontwikkelingen, gedrag van de concurrenten, behoeften en wensen van de (potentiële) huiseigenaren in Nieuw-Vennep en omgeving. Dit onderzoek zou moeten leiden tot een actielijst (wie benadert wie, wanneer en hoe, voor welke diensten?).

In de tussentijd zou hij de overige twee adviseurs laten bellen met cliënten om hen te vragen of zij tevreden waren over hun hypotheek. Op basis van een door hem te ontwikkelen checklist en na wat droogoefenen zouden de beide medewerkers in staat moeten zijn om de mensen op een natuurlijke wijze (vooral niet te opdringerig want dat stootte af) langs de diensten van Hypotheekmannetje™ te voeren en hen te verleiden tot een concrete afspraak op het kantoor, of als zij dat prettiger vonden, bij hen thuis. Van hun gesprekken zouden ze korte verslagen maken die zij eenmaal per week in een teamoverleg met elkaar zouden gaan bespreken. Ook zou Bartjan een aantal keren meeluisteren met een telefoongesprek om hen te kunnen coachen.

De advieskwaliteit zou hij verbeteren door een kwaliteitstoets vooraf op de uit te brengen hypotheekadviezen. Adviezen zouden alleen nog de deur uitmogen na zijn beoordeling en paraaf.

Naar zijn mening kon het kantoor wel met twee junioradviseurs volstaan. De senior zou moeten vertrekken. Niet alleen omdat hij in kwantitatieve zin boventallig was − het kantoor was te klein voor een senior en een kantoorleider –, maar bovenal omdat de beste man het verkeerde voorbeeld had gegeven aan de junioren. Bartjan zou de jeugd nog wel kunnen ombuigen in de goede richting, maar hem niet meer. Dat zou zonde zijn van zijn kostbare tijd.

Daar kwamen ze aangelopen op hun dooie gemak. Gerard de senior voorop – praatjes voor tien, zo te zien – en daarachter William en Johan, de junioren.

Even later ging de deurbel en stapten ze binnen, in dezelfde volgorde.

'Goedesmorgens allemaal!' Alles goed met mijn meissie?'

Bartjan zag dat Ans even haar lippen tuitte, maar dat haar handen doorgingen met hun typewerk. Gerard draaide zich nu naar hem.

'Zo, baas, jij bent er ook vroeg bij. Geen file vandaag? Ruzie met het vrouwtje?'

Met een triomfantelijke blik keek Gerard naar zijn junioren, die op hun beurt ongemakkelijk teruglachten. Want wat Gerard niet kon zien, was het gezicht van Bartjan.

'Heren, fijn jullie weer te zien. Vanmiddag tijdens de lunchpauze is ons eerste werkoverleg. Ans zal voor broodjes en melk zorgen.' Bartjan keek naar Ans, zij begreep hem en knikte terug, duidelijk zichtbaar voor de drie, terug.

'Ik kijk ernaar uit om de cijfers over maart met jullie te bespreken. En vooral hoe we die in mei gaan verbeteren. En nu aan het werk heren, want de cliënten wachten.'

Beduusd schoven William en Johan langs hem heen op weg naar kapstok, koffieautomaat en werkplek. Gerard was blijven staan, op een paar passen van de deurmat waarop in koeienletters Welkom bij Hypotheekmannetje™ stond. Het leek alsof hij nog aan het broeden was op een als een goedkope grap verpakte, maar niet minder sarcastische tegenzet op het zojuist geïntroduceerde overleg. Maar Bartjan was hem voor.

'O, Gerard, voordat ik het vergeet. Ik heb net een afspraak in jouw agenda gezet voor vanochtend half twaalf.'

Bartjan pauzeerde even zodat hij zeker wist dat iedereen meeluisterde.

'Gaan we samen het werkoverleg voorbespreken. Ik ben benieuwd naar jouw ideeën over het kantoor. En daarbij heb ik gedachten die ik graag met je wil delen.'

Gerard mompelde iets wat op een ja leek en beende naar zijn werkplek. De stand was 1-1 en na de rust zou het 2-1 worden, daarvan was Bartjan overtuigd. De beste verdediging was nog altijd de aanval. Erop en erover.

Bartjan nam een slok koffie, glimlachte naar Ans en sloeg het dossier-Ketelaar open.

32. Oranienbaumkessel

Woensdag 12 januari 1944
Oost west, thuis best! Buiten vriest het veertig graden en er ligt een dik pak sneeuw. In bunker Weltevree(ten) loeit de potkachel dat het een lieve lust is. Het houten naambord, dat ons avontuur in Kroatië wonderwel heeft overleefd, hangt weer op zijn vertrouwde plaats, boven de toegangsdeur.

Onze voorraad šljivovica neemt in rap tempo af. Uscharf. Lobbestaal schrijft ons na iedere buitenwacht een glaasje voor om te ontdooien. Zijn mannen moeten 'immer Einsatzbereit sein' om de Russen terug te slaan. Tevens doet deze pruimenbrandewijn het enorm goed in de handel.

11. Kompie ligt in stelling voor Oranienbaum, een stadje op 40 kilometer ten westen van Leningrad. Het is maar goed dat er in de winter geen appeltjes van oranje aan de bomen hangen, anders was de situatie ronduit hilarisch te noemen. Een Hollandse brigade in haar strijd tegen de stad der appelsienen! Komt allen in het geweer tegen het Oranje Gevaar!

Sinds Donja Stubica hebben we geen vers fruit meer gegeten. Van die grote appels kan ik slechts dromen. Ons (te) karige menu is weer als vanouds: oud, koud en niet te vreten. Hoewel we schelden op de veldkeuken, verbazen we ons iedere keer weer over de vindingrijkheid van onze koks. Wat die mannen allemaal niet van kool weten te maken! Ik neem mij voor om na de eindzege, als ik weer thuis ben, uit protest geen zuurkool meer te eten. Geef mijn portie maar aan Fikkie!

Bijgevolg moeten we onze dagelijkse portie voeding wederom bij elkaar sprokkelen door ruilhandel en rooftochten. Dat lukt, maar het houdt niet over. Ook de Russen vechten op een lege maag. Wat dat betreft, is er weinig verschil.

Aan het gebruikelijke ongedierte in onze bunker stoor ik mij niet want dat hoort er nu eenmaal bij aan het front. Je zou kunnen zeggen dat de jacht op de kleine partizanen veeleer een aardige onderbreking is van de dagelijkse routine in de stelling. Het is een sport om ze allemaal te vinden en te doden. Op een stuk karton houden we de standen bij. Wie de meeste heeft, voert de ranglijst aan. Ik sta op een gedeelde tweede plek met Jut. Geurts, onze Limburger, staat op nummer 1 met het indrukwekkende oogst van 490 gasten (gemiddeld meer dan 40 per dag!). Knap hoor.

Neen, het zijn die millioenen muggen, waar ik als een berg tegenop zie. Tegen die kleine smeerlappen is geen enkele verdediging opgewassen. Om die reden hoop ik vurig dat de oorlog voor het invallen van de dooi is afgelopen.

Overdag was er in onze sector (weer) niets te doen.

Donderdag 13 januari 1944
Vannacht hebben we voor de vierde dag op een rij aan de overkant verhoogde activiteit waargenomen. Ofschoon we niets kunnen zien in het pikkedonker, horen we des te meer: vrachtwagens die af en aan rijden en het overbekende gepiep, geratel en geknars van rupsbanden. De Rus is bezig iets op te bouwen. Vreemd genoeg nemen we overdag niets waar van die nachtelijke drukte, behoudens talrijke sporen in de sneeuw. Is het een schijnbeweging om ons te misleiden of weten zij hun versterkingen zo goed te kamoufleren dat wij die

met onze kijkers niet weten te ontdekken? Hoe het ook zij, er broeit iets.

Vanochtend heb ik 2 Russen op 800 meter afgeschoten. Hoewel er geen berg te bekennen is, zijn de lessen van Oscharf. Metzenbauer in dit bosrijke gebied eveneens van nut. Sinds we hier op nieuwjaarsdag zijn aangekomen, bedraagt de stand 15 Russen (allen met kopschot). Voorwaar niet slecht voor een Haagse jongen!

Overigens was er vandaag voor onze stelling weinig te beleven. Zij zitten in goede bunkers en wij ook. Op dat punt heeft de brigade het beter voor elkaar dan het Legioen in Selo-Gora. We hebben thans de beschikking over een pioniersbataillon dat van wanten weet. Er zouden zelfs Turkmenische vrijwilligers meehelpen met de graaf- en bouwwerkzaamheden. Niemand van ons weet waar Turkmenistan ligt. Ook Jut en Jul niet.

Nog een punt in het voordeel van de brigade: in onze rug worden we gedekt door een heuse afdeling Panthertanks en een Panzerwerferbatterij. Hoeven we niet lijdzaam toe te zien wanneer de T-34's op ons af komen rijden en kunnen we 'endlich' die verdomde Stalinorgels van katoen geven. Wat een luxe!

Als ik deze pluspunten op een rij zet, dan moet een zomer in Scheveningen er dit jaar zeker inzitten. Nog nooit zijn wij zo dicht bij de Endsieg geweest!

Vissers meldde bij het avondeten (droog brood met koude cichoreikoffie) dat een zware aanval op komst was. De Rus zou willen uitbreken uit de omsingeling, meende hij. De 'Wikingers' lachten hem uit, maar na 'enige' uitleg van mijn kant over ons orakel en een dreigende blik van Vissers zwegen zij wijselijk.

Om negen uur kregen we het parool om dubbel te posten, 1 uur op en 1 uur af. Bij twijfel moesten we schieten en 'sofort' alarm slaan. Ook de leiding vermoedde blijkbaar een aanval. Als het zover komt, dan zullen onze berichten door een ordonnans naar de staf moeten worden gebracht, want Nachrichten heeft haar zaakjes hier

niet voor elkaar. De telefoonlijnen functioneren niet en seinappara-
tuur hebben we evenmin. Een minpuntje, dat moet gezegd! Al naar
gelang de druk op onze stelling, besluiten we wie aan te wijzen voor
dit hoogst gevaarlijke klusje. Niemand staat te springen om loopjon-
gen annex schietschijf te zijn, zelfs Jut en Jul willen liever vechten
dan rennen (!).

Tijdens mijn wacht, samen met Groenink, was het onwerkelijk
stil aan de overkant. Het enige wat we hoorden was de wind door de
bomen. Een voorbode van het aanruisende onheil? Om de tijd te
doden hebben we elkaar moppen verteld. Het meeste plezier beleefden we evenwel aan het bedenken van woordspelingen. De naastgelegen Luftwaffe-Felddivision bleek een dankbare bron van inspiratie!
Voor de rest was het slechts bitterkoud.

Ik heb zo mijn twijfels over de gevechtskracht van deze 'infante-
risten tegen wil en dank'. Zijn het Stehers oder Gehers?

33. Lakefield Capital Partners

Hoewel al enige weken de meest wilde verhalen hadden gecirculeerd in het geruchtencircuit – de halfjaarcijfers zouden desastreus zijn, vestigingen zouden worden gesloten of afgestoten en massaontslag zou dreigen –, was voor Bartjan het filmpje op het intranet toch als een verrassing gekomen.

Hypotheekmannetje™ zou per 1 september overgaan in Britse handen, en wel in die van Lakefield Capital Partners, een investeringsmaatschappij uit Londen, aldus de trotse voorzitter van de raad van bestuur. Lakefield kreeg door deze meerderheidsparticipatie toegang tot de Nederlandse hypotheekmarkt, een markt die beter bestand was gebleken tegen de recessie dan de Britse. De forse kapitaalinjectie stelde Hypotheekmannetje™ op zijn beurt in staat om deze uitdagende tijden beter het hoofd te kunnen bieden. De koers zou ongewijzigd blijven: de beste in hypotheken, financieringen en verzekeringen, om dromen waar te kunnen maken. Niet alleen die van huizenbezitters, maar natuurlijk ook die van onze medewerkers, benadrukte de voorzitter, terwijl de camera inzoomde op zijn gezicht. Met een oproep aan iedereen, om een tandje bij te zetten zodat het jaar 2009 naar tevredenheid kon worden afgesloten, besloot hij zijn boodschap. Links in het beeldscherm kwam het olijke, hip geklede mannetje aanstappen, terwijl aan de rechtzijde, eerst wazig en dan steeds scherper, het logo van Lakefield verscheen. Het was een witte zwaan, half verscholen achter een lichtgele rietkraag, in een rechtopstaand donkergroen ovaal. Hieronder had iemand het nummer 'The Final Countdown' van Europe gemonteerd.

Bartjan had het volume uitgezet en naar het scherm getuurd. Van welke hoek hij ook naar het plaatje keek, het wilde maar niet kloppen. Het contrast tussen de beide logo's was hem te groot.

Het was op dat moment geweest, tijdens deze 'still' dat het kwartje was gevallen. Project Lakenveld (hoe origineel), highly confidential, de hints aan de statafel tijdens de strategy summit, de veelvuldige afwezigheid op de vestiging, alles viel voor Bartjan op zijn plaats. Jan-Kees moest ruim voor zijn benoeming geweten hebben van de op handen zijnde samenwerking met Lakefield. Sterker nog: dat project had hem vast en zeker een bestuurszetel opgeleverd.

Daarna was het snel gegaan.

Een week na de bekendmaking van de samenwerking ging er een persbericht uit over de wisseling in de raad van bestuur. De voorzitter en de vicevoorzitter traden per direct af. Het was nu aan anderen om Hypotheekmannetje™ door deze uitdagende tijden te leiden, lieten de oudgedienden optekenen. De raad werd tegelijkertijd teruggebracht van vier naar drie leden. Jan-Kees werd vicevoorzitter, het andere overgebleven lid de voorzitter. Namens Lakefield zou mr. Ian Ferguson MBA in het bestuur zitting nemen, en wel als chief financial officer.

In vijf maanden tijd van vierde wiel aan de wagen naar vicevoorzitter en eindverantwoordelijke voor de dagelijkse operaties van de hele groep. Bartjan moest het toegeven, met lichte tegenzin weliswaar, maar toch: Jan-Kees was een klootzak, maar wel een handige.

Twee weken daarna, in de laatste week van augustus, werd een roadshow langs de vestigingen aangekondigd. Eerst zou het bestuur met het vestigingsmanagement spreken over de taakstelling voor 2010 en de resultaten over 2009, om daarna een presentatie aan het personeel te geven over dezelfde onderwerpen, maar dan op hoofdlijnen.

Op woensdag 9 september was de vestiging Hoofddorp aan de beurt geweest. Christiaan had Bartjan de maandag ervoor gevraagd om bij de bespreking met het bestuur te zijn. Bartjan had tegengesputterd want op woensdag werkte hij niet, maar zijn baas had erop gestaan dat hij erbij zou zijn. Wilde hij immers niet het bestaansrecht van kantoor Nieuw-Vennep verdedigen? Toen vond Bartjan dat hij niet anders kon dan ja te zeggen.

Gelukkig had het thuisfront meegewerkt. Jeannette kon na wat geschuif in haar agenda de ochtend voor haar rekening nemen, en zijn moeder de middag.

De bespreking met Jan-Kees en mr. Ferguson − zeg maar Ian − was uitgelopen op een flinke schrobbering aan het adres van Christiaan. In de benchmark liep Hoofddorp behoorlijk achter op de vestigingen in steden met een vergelijkbaar cliëntenpotentieel, aldus Ian, die Bartjan deed denken aan een Britse acteur in een detectiveserie. Hoe heette die ook al weer, die botte inspecteur met de kop van een bulldog? Het puntje van zijn tong wilde de naam van de CFO's evenknie echter niet prijsgeven.

Op alle key indicators deed Hoofddorp het slechter dan het gemiddelde, vervolgde Ian. De omzet liep mijlenver achter, de brutowinstmarge was te laag en nettowinstmarge stelde fors teleur. En dat slechte nieuws werd op Christiaan afgevuurd in een mengelmoes van Engels en gebroken Nederlands, met een veelvuldig gebruik van *at the end of the day this or that*.

Zelfs op de key indicator Kwaliteit van het adviesproces, benadrukte Jan-Kees, scoorde Hoofddorp een dikke onvoldoende. Wat dacht hij te gaan doen aan de conclusies en aanbevelingen in het rapport van het interne reviewteam van april 2009?

Bartjan keek opzij (rapport?) en zag Christiaan rood worden. Zijn baas keek niet terug, maar concentreerde zich op een punt op de muur achter de beide bestuursleden alsof hij daar steun kon vinden voor zijn verweer.

Hoofddorp stond er slecht voor, slechter dan Bartjan had kunnen vermoeden. Het dringende appèl van Christiaan op hem om de slechte prestaties van Nieuw-Vennep binnen een korte tijd – absurd kort gezien de geschiedenis van dat kantoor, daar was hij inmiddels wel achter – om te turnen, kon hij nu beter plaatsen. Blijkbaar beschikte Hoofddorp zelf niet over potentieel om dat voor elkaar te krijgen, was zijn stille conclusie. Minder te spreken was hij over de wijze waarop hij hierachter moest komen.

Terwijl Christiaans oren werden gewassen, had Bartjan zich veroordeeld gevoeld tot de rol van een stomme sidekick – al was het alleen maar omdat Jan-Kees zich aan het begin hardop afvroeg waarom de kantoorleider Nieuw-Vennep aan tafel zat –, die zich moest beperken tot zijn fysieke aanwezigheid, met zo nu en dan een plichtmatig knikje naar de overkant van de tafel dat hij hen wél begrepen had.

Dus werd het gesprek voor hem een gedachteoefening. Op elk hard verwijt of bijtende vraag had hij snel het beste antwoord of een passende wedervraag bedacht. Slechts een of twee keer zou een ruiterlijk excuus van Christiaan op zijn plaats zijn geweest. Vervolgens had hij opzij gekeken in de hoop dat Christiaan tot dezelfde reactie was gekomen of dat zijn baas zijn gedachten had kunnen lezen. Noch de eigen actie, noch de telepathie werkte. Helaas.

Daarom was het beter geweest als Christiaan open kaart met hem had gespeeld, zodat ze samen hun verdediging hadden kunnen voeren. Zeker (en daar was hij veel minder over te spreken) nu Bartjan had ontdekt dat Hoofddorp het povere kwaliteitsgemiddelde van Nieuw-Vennep niet ging opkrikken. Hij zag het vernietigende AFM-rapport al voor zich liggen. Dat was een echt probleem, al die andere opmerkingen van de heren bestuursleden waren te verhelpen, met de juiste mensen en wat geld en vooral... tijd.

Na de reprimande van het bestuur was Christiaan niet meer te genieten. Hij was humeurig en blafte zijn bevelen rond. Tegenspraak duldde hij niet en zelfs positieve feedback verdroeg hij niet meer. Het enige wat hij angstvallig in de gaten hield waren zijn key indicators. De sfeer op Hoofddorp was hierdoor tot een absoluut nulpunt gedaald. Het ziekteverzuim nam toe en personeel ging weg. Hoofddorp is going downhill, zou Ian gezegd hebben.

Bartjan stond erbij en moest noodgedwongen toekijken. Christiaan accepteerde zijn goedbedoelde adviezen, of soms zelf waarschuwingen, niet. Als kantoorleider was hij niet in de positie om de urgente zaken, die om een kordate aanpak schreeuwden, aan te pakken. Bartjan besloot het nog even aan te zien en zich te concentreren op zijn kantoor. Ieder zijn verantwoordelijkheden.

Ondertussen werden de eerste voorzichtige successen van zijn actieplan zichtbaar.

De digitale nieuwsbrief zag er gelikt uit, met dank aan Ans, en had inmiddels al driehonderd abonnees, wat neerkwam op ongeveer 5% van het totale koopwoningbezit in Getsewoud. Niet gek, voor een eerste editie. Het belteam begon steeds beter te functioneren. Steeds vaker konden de junioren in hun agenda's afspraken noteren voor een oversluiting van een hypotheek, een persoonlijke lening voor de verbouw van de badkamer of een inkomensverzekering. Johan was de eerste die via deze aanpak een dienst wist te verkopen, wat gevierd was met een flinke slagroomtaart van de warme bakker.

Gerard was daar niet bij geweest. Kort nadat Bartjan hem had aangepakt, had hij zich ziek gemeld. Sindsdien zat er geen schot meer in de zaak.

Van de personeelsadviseur van het hoofdkantoor had hij niet de gezochte steun gekregen. Integendeel, ze had hem dringend verzocht in te binden. Zoals hij wist was er geen dossier van Gerard met daarin twee tot drie negatieve beoordelingen op een rij (inderdaad, en aan wie lag dat?). Tevens ging het gerucht dat hij goede contacten had met de voorzitter van de centrale ondernemingsraad. Bartjan zou ermee moeten leren leven dat Gerard nog wel een tijdje aan zijn fiets zou hangen, besloot zij huiselijk.

Maar dat was een dikke streep door zijn actieplan, had hij zich verweerd. Of zij daar in Amsterdam wel wisten hoeveel nieuwe omzet hij moest weten te vinden in deze moeilijke markt om alleen al de loonkosten van een disfunctionerende senior-adviseur goed te maken?

Vast veel, maar dat was hun verantwoordelijkheid niet, schoof zij de aap terug op zijn schouders. Wel waarschuwden zij hem, voor zijn eigen bestwil, dat als hij het toch op de spits zou drijven en het tot een gang naar de kantonrechter zou komen, hij daar persoonlijk op aangekeken zou worden. Het bestuur wilde de relatie met de ondernemingsraad en de vakbonden zo goed mogelijk houden, gezien de op handen zijnde maatregelen in het personeelsgebouw. Of hij dat kon begrijpen? had zij hem op strenge toon gevraagd.

Hij had geantwoord dat *zijn* begrijpen niet het probleem was, dat het eerder schortte aan *haar* begrip.

Godverdomme!

De dag daarop had Ans een spannend setje aangetrokken (een zwarte Marlies Dekkers, strak rood truitje met zicht op navelpiercing met glimsteentje, kort leren rokje met uitnodigende split opzij en rode naaldhakken). Alsof zij besefte dat haar baas een zetje in de goede richting nodig had.

Haar goddelijke benen en billen verrichtten het gewenste wonder: Gerards disfunctioneren werd een gegeven, Ans en de beide junioren het perspectief op een beter kantoor.

Voor de zekerheid had Bartjan een notitie gemaakt van het gesprek met de personeelsadviseur en die haar gemaild ter bevestiging (maar nooit een antwoord gekregen). De printversie had hij opgeborgen in Gerards personeelsdossier.

Sinds Gerard thuis zat, kreeg Bartjan automatisch alle adviezen van William en Johan te zien. William was wat beter dan Johan, maar beiden hadden het in zich om een goede allround-adviseur te worden. Hun drang om te verkopen in combinatie met een verfrissend optimistisch toekomstbeeld (iedereen kwam natúúrlijk snél hogerop in het leven en ging daardoor véél meer verdienen) herinnerde hem aan zijn eerste jaren in het vak. Met een glimlach besprak hij met hen zijn opmerkingen bij het advies en corrigeerde hij hun berekeningen neerwaarts, naar wat redelijkerwijs te verwachten was. Soms viel daardoor een advies negatief uit (beoogde huis kon niet gefinancierd worden), maar meestal beperkten zijn aanpassingen zich tot een geringere ruimte voor mee te financieren verbouwingen.

Hoe graag had hij de eerste tekenen van herstel van kantoor Nieuw-Vennep kort en bondig toegelicht aan het bestuur. Maar na de flinke veeg uit de pan aan het adres van Christiaan, die zeker driekwart van de beschikbare tijd in beslag had genomen, was daar geen gelegenheid meer voor geweest. Jan-Kees wilde met alle geweld en met zevenmijlslaarzen door de presentatie aan het personeel rennen. Zeer slechte halfjaarcijfers, noodzaak tot forse maatregelen om het tij te keren, meer en agressievere marktbewerking, efficiënter werken en ingrijpende kostenbesparingen op het personeel en de huisvesting. Het bestuur rekenende op de steun van de vestigingsmanager – geen oogcontact met Bartjan – tijdens het brengen van deze slechte boodschap. Natuurlijk, had Christiaan gemompeld.

Tijdens de eigenlijke presentatie had iemand achter in de vergaderzaal gevraagd wat het bestuur precies had bedoeld met die bezuinigingen op de personeelskosten. Jan-Kees was begonnen met de Bartjan zo vertrouwde omtrekkende beweging dat hij daar nog niet heel concreet in kon worden omdat deze kostenreductie, naar zij vast zouden begrijpen, nog onderwerp van gesprek was met de centrale ondernemingsraad. Maar die zouden in het belang van haar achterban, zo nam Ian naar de smaak van Bartjan het stokje iets te gretig over van zijn collega-bestuurder, ook begrijpen dat costcutting nu onvermijdelijk was geworden. At the end of the day moest er wel voldoende verdiend worden. No clients, no salary. It was as simple as that, had deze Brit op barse toon gezegd. Bij nader inzien had deze Brit ook wel iets van Louis van Gaal, vond Bartjan.

De man in de zaal had hiermee geen genoegen genomen en bestuursleden gevraagd of zij concrete getallen wilden noemen. Zij, het personeel, waren immers leidend voorwerp van die voorgestelde draconische bezuinigingen en hadden recht op duidelijkheid. Bartjan zag Jan-Kees naar Ian knikken. Daarop rolden de maatregelen en percentages in hoog tempo de zaal in. Geen satellietkantoren meer, 10% bezuiniging op kantoorkosten en overige personeelskosten (leaseauto's, mobiele telefoons, reiskostenvergoeding en opleidingen), 10% reductie op de directe personeelsformatie van de vestigingen, 15% op de centrale stafeenheden, 5% reductie op de brutosalarissen en daarbinnen een groter deel afhankelijk van de prestaties van een werknemer en ten slotte 10% productiviteitswinst.

Een geroezemoes was door de zaal gegaan.

Dus, zo was de man onverschrokken verder gegaan, Hypotheekmannetje™ verwacht van haar medewerkers dat zij bij een fulltime dienstverband 4 uur langer werken voor 5% minder salaris, waarvan een deel ook nog onzeker is en afhankelijk van door anderen, in volstrekte willekeur vastgestelde prestaties. Kortom: hij kon niet anders dan concluderen dat het personeel weer de pineut was en dat alleen om de aandeelhouder tevreden te stellen. Dat was kortetermijnpolitiek en dus ontoelaatbaar!

Het rumoer in de zaal was toegenomen en hier en daar werd zelfs voorzichtig boe geroepen.

Natuurlijk had de aandeelhouder recht op rendement op zijn forse investering, een die in verhouding stond tot het risicoprofiel van de onderneming, zo had de afgezant van Lakefield geantwoord. Maar de spreker had gelijk, the board verwachtte inderdaad van iedereen een redelijk offer om het faillissement van de onderneming te voorkomen.

Ian had een paar tellen gewacht en de zaal had deze leemte opgevuld met een ademloze stilte.

Faillissement? Hoorde Bartjan dat goed? Was het echt zo erg? En wie was verantwoordelijk voor dit verlies? Hoofddorp toch zeker niet, want volgens Christiaan draaiden ze goed, hoewel het natuurlijk altijd beter kon.

Voordat Ian verder ging, keek hij een paar tellen naar Christiaan die op de voorste rij zat. Bartjan zag dat zijn baas zijn uiterste best deed om vriendelijk terug te kijken, maar de geforceerde glimlach kon niet verhullen dat een goede luisteraar en kijker nu wist dat Hoofddorp in de ogen van het bestuur medeverantwoordelijk was voor deze maatregelen.

En dat, zo had Ian zijn betoog hervat, wilde the board met alle macht voorkomen. In de overtuiging dat Hypotheekmannetje™ zijn voortbestaan aan zijn cliënten verplicht was, in de overtuiging dat de formule goed was en, zeker niet in de laatste plaats, in de overtuiging dat de medewerkers het meer dan waard waren. At the end of the day bepaalden de medewerkers immers het succes van de onderneming.

Bartjan zag Jan-Kees instemmend naar Ian knikken, om daarna met een strakke blik de zaal in te staren.

De board had vertrouwen, lef en moed van de medewerkers gevraagd. Vertrouwen in the board dat zij ook in hun belang handelden, lef om achter cliënten en omzet aan te jagen en moed om tegenslag met opgeheven hoofd te doorstaan in het besef dat eens weer betere tijden zouden aanbreken.

Amen, had Bartjan gedacht.

Ten slotte had Ian de mensen gevraagd hun offers als een verstandige investering in de onderneming te zien, een die zou renderen in een mooie baan, fijne collega's en een goed inkomen. Zij konden op the board rekenen, the board ook op hen?

De vakbondsman had een wegwerpgebaar gemaakt en was mopperend gaan zitten.

Terwijl de zaal de heren bestuursleden met een mager applausje naar buiten begeleidde, ging Bartjan staan. Op de tweede rij zag hij Ans, William en Johan zitten. Ze zagen er niet al te bezorgd uit, maar toch zou hij morgen een extra werkoverleg inlassen om hun meningen over de maatregelen te peilen. Als zijn actieplan zou slagen, dan zaten zij goed. Alleen die opmerking over satellietkantoren zou roet in hun eten kunnen gooien.

Op weg naar het toilet had Bartjan nagedacht over het verhaal van Ian. Als leidinggevende kon hij de redenatielijn van Ian goed volgen (wat moest dat moest, in het belang van de zaak), maar als medekostwinner zou alleen de korting op het salaris al tot problemen thuis leiden. Hij hoopte dat het voorgenomen besluit in deze vorm zou stranden in de gesprekken met de ondernemingsraad. Wat hem betrof, werkte hij liever wat langer, dan dat hij salaris inleverde. Gelukkig was in zijn arbeidscontract opgenomen dat hij na een jaar goed functioneren als kantoorleider zou doorstromen naar de salarisschaal voor assistent-vestigingsmanager. Per saldo zou hij er hoe dan ook op vooruit gaan, hoewel het minder was dan waarop en waarmee hij gerekend had.

Terwijl Bartjan zijn straal op de vlieg onderin het urinoir had gericht, had de naam zich bij het plaatje gevoegd. Die Ian Ferguson leek sprekend op hoofdinspecteur Dalziel uit de detectiveserie 'Dalziel and Pascoe', alleen dan een maatje kleiner. Jammer dat Jan-Kees geen enkele overeenkomst vertoonde met brigadier Pascoe. Te vadsig en te zonnebankbruin.

Tijdens het handenwassen had hij iemand in één van de toilethokjes zijn ontbijt eruit horen gooien. Aan de schoenen en de broekspijpen herkende hij Christiaan. De arme sloeber. De andere dag zou Bartjan hem bellen om nogmaals zijn hulp aan te bieden.

34. Walchummoor

Des te dichter Bartjan in de buurt van zijn bestemming kwam, des te rustiger werd hij. Het kalme herfstweer – windstil, mistig en aangenaam koel – en de weidsheid van het landschap hadden een kalmerende uitwerking op hem.

Bartjan merkte het aan zijn rijgedrag. Had hij donderdagavond op de weg naar het hotelletje in het centrum van de stad Groningen nog sportief gereden (volgens Jeannette té), deze vroege zaterdagmorgen veranderde stevig doorrijden als vanzelf in rustig toeren. Na een stukje A7 in oostelijke richting, bleef de automaat na de afslag Winschoten in drive staan.

Terwijl uit de luidsprekers de vrolijke klanken van Milow klonken, dacht Bartjan na over de afgelopen maand september.

Hoewel Ans en de junioren hun stinkende best hadden gedaan en bewonderenswaardig veel telefoontjes hadden weten om te zetten in afspraken, waren de cliënten terughoudend gebleven. De hand stevig op de knip.

Zelfs hun kraampje op de jaarlijkse, door de ondernemingsvereniging Getsewoud georganiseerde braderie had weinig opgeleverd. Tenzij het aantal aan de plaatselijke jeugd weggegeven stickers en badges met het olijke hypotheekmannetje erop een betrouwbare voorspeller zou zijn voor het toekomstige succes. Tot overmaat van ramp had het die hele zaterdag geregend.

De maandag daarop waren ze allemaal verkouden geweest, op Ans na. En dat terwijl zij zich voor hét evenement van het jaar op haar voordeligst, dus met ruim uitzicht op haar sterke punten, had aangekleed. Hoezo het zwakke geslacht?

Tijdens het werkoverleg had Bartjan zijn mensen opgeroepen om vooral vol te houden, want eens zou het tij keren −zeker weten. Later zouden ze tijdens de welverdiende vrijdagmiddagborrel bij het grand café lachen om deze moeilijke periode en elkaar onder het genot van een glas wijn of een Duits biertje grappige anekdotes vertellen. Dus, zo had Ans triomfantelijk vastgesteld, zouden ze zich eerst allemaal het snot voor de ogen moeten werken. En haar jongens waren al goed op weg, had ze gekird, met in haar hand een doos Kleenex...

Zelf was hij het goede voorbeeld blijven geven. Als eerste op kantoor (de crèche ging gelukkig al om half acht open, dat was mazzel), als laatste naar huis (avondeten uit de magnetron, dat was minder geslaagd), alle koopavonden en zaterdagen meedraaien en tussen alle kantoorwerkzaamheden door op pad om Hypotheekmannetje™ voorgoed op de Nieuw-Vennepse kaart te zetten.

Maar wat Bartjan ook sleurde en duwde en hoeveel uren hij ook maakte, de omzet kwam nauwelijks van zijn plaats. Het was dat hij heilig in de goede afloop geloofde, want anders zou hij het niet hebben kunnen opbrengen om er elke dag voluit tegenaan te gaan.

Het voorstel van Jeannette om zijn bezoek aan Groenink te combineren met een weekendje weg in een hotelletje, was

217

precies op tijd gekomen. Bartjan kon wel wat rust en ontspanning gebruiken.

Bij de volgende rotonde moest hij van de vriendelijke vrouwenstem de tweede afslag nemen – waarom niet gewoon rechtdoor rijden? – en Oude Pekela aanhouden. Op het schermpje zag Bartjan dat het nog drieëntwintig kilometer was tot de eindbestemming, en dat hij iets voor negenen zou zijn. Mooi op tijd dus.

Een Jelgersma kon wel degelijk een kwartje worden en dat zou hij zijn vader bewijzen. Ook al had hij die extra vijftien cent liever nu en ergens anders verdiend dan in Nieuw-Vennep.

De verbouw (Jeannette sprak van een complete renovatie) en de inrichting van hun nieuwe huis waren op zichzelf al een flinke aanslag op zijn spaarrekening, maar door zijn vrijwillige loonsuppletie liep die nog sneller leeg.

Bartjan had al zijn munten gezet op een volledige realisatie van zijn prestatieafspraken, zodat hij zijn volledige salaris zou krijgen plus een bonus. Zuiver beschouwd was zijn aanvulling tot 120 procent een voorschot op een zeker succes.

Hij had Jeannette niet lastig willen vallen met dat geneuzel. Voor haar gold slechts het afgesproken bedrag dat Bartjan trouw elke maand op hun gezamenlijke bankrekening stortte. Daarmee moesten ze het kunnen redden.

Op zijn linkerwang voelde hij zon warmer worden. Nog even en de mist zou verdwenen zijn.

Hoewel hij zei de verbeteringen te waarderen, was het voor zijn baas niet voldoende. Echte nieuwe klanten wilde hij, en harde omzetprovisie en beide zag hij nog niet terug in de cijfers van kantoor Nieuw-Vennep. Zijn baas was oostindisch doof geworden voor Bartjans tegenargumenten. Dat zijn voorgangers aanzienlijke schade hadden aangericht aan de markt en de medewerkers van het kantoor, telde niet voor hem. Dat hij daardoor het kantoor vanaf de grond weer moest opbouwen en dat de kost ver voor de baat zou uitgaan, deed Christiaan af met de overbekende dooddoener dat Bartjan hiervoor was geselecteerd, opgeleid en benoemd. Iemand uit het managementdevelopmenttraject, waar de organisatie héél veel tijd, geld en energie (hier had de irritatie zijn intrede gedaan) in had gestoken, zou zijn hand toch niet omdraaien voor een klus als deze? Christiaan had zich toch niet vergist in hem?

Bartjan had gezegd dat hij het zeer waardeerde dat zijn baas hem zo hoog had staan, maar dat zelfs in het hipoklasje niet aan witte magie werd gedaan. Mogelijk dat Harry Potter met toverstok en Nimbus 2000 het beter en sneller zou kunnen, maar voor hem restte slechts het ambachtelijke handwerk. Eén stap naar voren en twee naar achteren.

Dat kon allemaal wel wezen, maar toch wilde Christiaan voor het einde van het jaar een significante verbetering zien, anders... nou... dan wist hij het wel.

Met een zo neutraal mogelijke glimlach had Bartjan zijn baas gevraagd of hij dan tips had om het opbouwproces van Nieuw-Vennep te versnellen. Veel verder dan lege spierballentaal (meer, harder, agressiever en sneller) was Christiaan niet gekomen. Of het moest de geniale opmerking zijn om maximaal mee te denken met cliënten als zij hun huis of verbouwing wilden financieren en tegen de grenzen van de leenmogelijkheden aanliepen. De media maakten immers melding van de voorzichtige tekenen van economisch herstel. Waarom zou

Bartjan dat niet alvast verdisconteren in zijn adviezen? Was hij nu niet al te voorzichtig? Mits goed onderbouwd en duidelijk vastgelegd, was er immers toch nog veel mogelijk in het gebied tussen zwart en wit?

Het leek wel of Bartjan Jan-Kees hoorde praten.

Op zijn vraag of dit een persoonlijke opvatting van Christiaan was, of officieel beleid, had zijn baas minzaam op hem neergekeken (ook hier was sprake van hoogteverschil tussen de bureaustoelen) om vervolgens te beweren dat Bartjan zich niet van den domme moest houden. De schoorsteen moest roken, ook die van hem, en zonder vertrouwen in de goede afloop kwam het nooit meer goed met de economie. Iemand moet de eerste positieve stap zetten, en als de banken het niet waren, dan zij wel. Daar zou zelfs de AFM oog voorhebben. Daarna had Christiaan het gesprek abrupt beëindigd.

De zon brak definitief door. Bartjan draaide de zonneklep voor het portierraam en zette zijn zonnebril op.

Een in bruin en wit uitgevoerd bord vertelde hem dat hij was aangekomen in de streek Westerwolde. Op de wegbewijzeringsborden zag Bartjan plaatsen waar hij nog nooit van gehoord had: Blijham, Wedde en Veele. In Vlagtwedde, na de zoveelste rotonde, verliet hij de N368 om rechtdoor de N976 naar Ter Apel op te rijden.

Ondertussen zeilde Marc Knopfler naar het land waar Milow zo graag heen wilde om het Neil Young te vertellen. Het onmiskenbare gitaargeluid sloot naadloos aan op de omgeving: een mooie weg, heerlijke bochten, veel bomen en kapitale boerderijen.

Bartjan ging er eens goed voor zitten.

Het dossier Gerard begon steeds zwaarder om zijn nek te hangen. Bartjan had zich aan het dringende *corporate* advies gehouden en niets meer gedaan, maar Gerard had uit eigen beweging een advocaat in de arm genomen die het hoofdkantoor (en in afschrift hem) bestookten met schriftelijke beschuldigingen aan zijn adres.

Hij zou Gerard vanaf het begin al niet hebben zien zitten, hem geen eerlijke kans hebben gegeven, systematisch naar fouten hebben gezocht om Gerard op te pakken, de collega's tegen hem hebben opgezet en hem hebben laten verkommeren tijdens zijn ziekte. En dat terwijl de anderen wel bij Gerard op bezoek kwamen om hem een hart onder de riem te steken (Hè?).

De raadsman legde zelfs een verband met de aangekondigde bezuinigingen. Bartjan zou de druk op Gerard hebben verhoogd tot een on-ac-cep-ta-bel niveau om zo zijn reductietaakstelling te halen. De man vroeg zich af of de raad van bestuur van Hypotheekmannetje™ dit wenselijk vond en Bartjan dus slechts beleid uitvoerde of – en dat achtte deze jurist aannemelijker – deze overijverige kantoorleider op eigen initiatief handelde. In het eerste geval zou hij zich genoodzaakt zien om een signaal af te geven aan de ondernemingsraad; in het laatste geval drong hij aan op kordaat ingrijpen van het bestuur.

Wat de advocaat betreft was een constructieve samenwerking tussen zijn cliënt en de heer Jelgersma niet meer mogelijk, want daarvoor had laatstgenoemde de werkrelatie teveel beschadigd. Overplaatsing naar een andere vestiging was niet aan de orde, want de advocaat zag niet in waarom zijn cliënt onevenredig nadeel moest ondervinden van – en dat stond er echt, godverdomme, de klootzak! – een onervaren kantoorleider aan wie de ins and outs van goed werkgeverschap overduidelijk voorbij waren gegaan.

En daarom was de raadsman van mening geweest, had Bartjan in de laatste brief gelezen, dat een passende vertrekregeling voor Gerard op zijn plaats zou zijn. Hij ging er namelijk gemakshalve van uit dat het bestuur de kantoorleider niet zou vervangen, alhoewel dat mogelijk wel het beste was voor kantoor Nieuw-Vennep. Gerard zou niet de enige zijn die moeite had met de werkwijzen van de heer Jelgersma.

Zuiger.

Bartjan sloot als tweede aan in de rij achter de voortsukkelende tractor met giertank, die een spoor van stront en klei op de weg achterliet.

Bartjan minderde vaart en stuurde zijn auto naar links om de bonken klei te vermijden. Hij had geen trek in een smerige wagen of erger: een beschadigde wielophanging.

In een slakkengang reed Bartjan door Weende, Jispinghuizen en Leemdobben. Zijn geschatte aankomsttijd liep gestaag op, van twee voor naar vijf over negen. Net toen hij overwoog om Groenink te bellen en zijn vertraging te melden, sloeg de combinatie met een bruuske zwaai en zonder te knipperen rechtsaf.

Die paar minuten zou hij wel inlopen, dacht hij, en drukte het gaspedaal naar beneden.

Op elk schrijven van Gerards raadsman volgde een telefoontje van de personeelsadviseur van het hoofdkantoor; in eerste instantie op koele zakelijke toon (wat te verwachten was na hun eerdere telefoongesprek) maar later ronduit beschuldigend, op het vijandige af.

Bartjan was uit zijn slof geschoten toen zij hem de uitkomst van de eerste berekening van de afkoopsom had genoemd.

Zagen zij niet in dat deze senior-adviseur een slaatje uit de situatie wilde slaan? Dat deze volstrekt incompetente man wel inzag dat de personeelsreductie niet aan zijn deur voorbij zou gaan en dat hij nu alvast met een platina parachute ertussenuit wilde knijpen? En dat hij, Bartjan Jelgersma, daarvoor misbruikt werd. Hij moest de zondebok worden in ruil voor een onbezorgde toekomst van die waardeloze kerel. Dat lag er duimendik bovenop. Dat zag zij toch ook wel?

De Hassebergerweg ging eerst in noordoostelijke richting, dan loodrecht naar het zuiden om ten slotte naar het oosten af te buigen. Een gestileerde hoofdletter S, haaks en houterig, zonder de vriendelijke ronde vormen. Het stratenplan van Sellingen was vast door een fantasieloze ingenieur HTS Weg- en Waterbouw ontworpen, dat kon niet anders.

Bartjan verliet de bebouwde kom en passeerde een ophaalbrug. Even later stopte hij in de berm van de weg. Volgens de vriendelijke vrouwenstem zou het hier moeten zijn. Maar hier was alleen weiland.

Langzaam reed hij verder, spiedend naar een zijweggetje dat niet was opgemerkt door de satellieten, of dat was weggelaten door de digitale kaartenmaker vanwege het onbeduidende karakter – of dat domweg over het hoofd was gezien.

Hoewel het landschap nagenoeg identiek was, merkte Bartjan even later aan de bewegwijzering dat hij niet meer in Nederland was. Op de weg naar Walchummoor keerde hij om en reed hij het traject in omgekeerde richting.

En nu zag hij het wel. Verscholen achter een rij bomen, op ongeveer tweehonderd meter van de weg stond een huis. Wat het westen niet wilde prijsgeven, deed het oosten wel. Op de groene plastic postbus las Bartjan het juiste huisnummer.

223

Langzaam hobbelde en gleed Bartjan over het onverharde modderige boerenpad dat halverwege, bij een openstaand gietijzeren hek, overging in een strak grindpad. Hij werd verwacht.

Zijn auto parkeerde hij op het erf, naast een mosgroene Audi Allroad, met modder tot halverwege de flanken. Op het klokje was het kwart over negen.

Bartjan had Jeannette beloofd voor het middageten weer terug te zijn in hun hotel om daar de lunch te gebruiken. Het programma vanmiddag bestond uit een bezoek aan het Gronings Museum en op tijd frietjes eten. Als Eva daarna lief ging slapen, dan zou er hopelijk nog wat tijd voor hen overblijven.

Bartjan verwachtte niet de volle twee uur nodig te hebben om Groenink uit te horen over zijn oudoom. Maar je wist het nooit met die oude mensen. Voor de zekerheid zette hij de wekker van zijn mobiele telefoon op kwart voor elf. Met zijn lederen map in de hand stapte hij uit.

Terwijl hij een inspectierondje om zijn auto maakte, hoorde hij de voordeur open gaan.

'Meneer Jelgersma? Komt u toch vooral binnen. Uw auto is van goede komaf, die overleeft het Groningse platteland wel.'

In de deuropening zag Bartjan de rijzige gestalte van Groenink staan. Flinke kop met wit haar en een gezond bruine huidskleur van het buitenleven. Boven de deur hing een gebeitst houten bord. Toen hij op zijn gastheer afliep om hem de hand te schudden, kon hij de zwarte tekst erop lezen.

35. Huize Weltevree(ten)

In Huize Weltevree(ten) rook het naar zoete pijptabak. Terwijl Groenink deuren voor hem opende en weer achter hen sloot, had Bartjan in het voorbijgaan op de muren, kasten en tafels gezocht naar aanwijzingen van de vriendschap van deze man met zijn oudoom, maar er geen gevonden. Geen kiekjes uit de oude doos, geen spullen die herinnerden aan hun tijd in Duitsland, niets van dat alles.

Eenmaal aangekomen in de ruime woonkamer zocht Groenink naar steun op de leuning van een bruinleren chesterfield. Hij hijgde en piepte als een astmapatiënt. Op de schoorsteenmantel zag Bartjan een zilveren fotolijstje staan, met daarin een foto van een vrouw. Naast haar prijkte een vaasje met verse bloemen. Van ouders, broers, zussen, kinderen en kleinkinderen was geen spoor te bekennen.

Toen Groenink hard hoestte, moest Bartjan aan Eva denken. Die blafte ook als een zeehond als zij zwaar verkouden was. Alleen liep zij niet zo paars-rood aan als Groenink. Nadat Bartjan een paar keer zijn keel had geschraapt, wees zijn gastheer naar de schoorsteen.

'Mijn vrouw Ingeborg. Ze is vorig jaar overleden...'

225

'O, dat spijt mij... uhh... u woont hier mooi, meneer Groenink.'

Op het gezicht van de oude man verscheen een glimlach.

'Dank u. Zullen we buiten op het terras gaan zitten? Van een mooie dag als deze moeten we profiteren, nietwaar?'

Zonder zijn antwoord af te wachten, duwde Groenink de tuindeuren open. Daarna draaide hij zich om en bukte naar de salontafel om het dienblad met koffiekopjes en thermoskan te pakken. Bartjan zag dat zijn handen trilden. Het piepen was weer overgegaan in hijgen.

'Zal ik dat voor u doen?' bood hij aan. Na de rit van een uur had hij wel trek in een kop koffie en aan de koffievlekken op het tapijt te zien had Groenink wel eens vaker iets uit zijn handen laten vallen.

Groenink negeerde zijn aanbod en zei: 'Gaat u alvast buiten zitten, dan zet ik de terrasverwarming voor ons aan. Optrekkende kou is slecht voor een mens.'

Bartjan volgde het vriendelijke armgebaar van zijn gastheer en stapte naar buiten, de zon in. In de gemakkelijke leunstoel had hij goed zicht op een schitterend aangelegde en goed onderhouden tuin van zeker tweehonderd meter diep. Door een opening in de beukenhaag waren de weilanden te zien. Rechts achterin stond een houten chalet. Van zijn moeder wist Bartjan hoeveel werk hun tuintje – een postzegel vergeleken bij deze lap grond – haar kostte. Dat zag hij Groenink niet meer doen, met zijn astma.

Het terras was overkapt en tussen de balken waren twee straalkachels gemonteerd, die langzaam rood begonnen te kleuren. Voor Bartjan had de buitenverwarming niet aan gehoeven, want de zon alleen was warm genoeg. Maar hij kon zich voorstellen dat iemand van de leeftijd van Groenink meer moeite had met kou en vocht.

Oom Hendrik had het altijd koud gehad en als tante To uit het zicht was geweest had zijn oudoom de verwarming een paar tandjes hoger gedraaid. Even wat kolen in de potkachel gooien, placht hij handenwrijvend te zeggen. Bartjan en de andere kleinkinderen begrepen hem dan niet, maar genoten wel van de gespeelde ruzie tussen oom en tante nadat het vergrijp door haar was ontdekt.

Bartjan hoorde een gesmoorde vloek achter zich. Even later landde het dienblad met luid gerammel op de tuintafel. Groenink plofte al zuchtend in de tuinstoel tegenover hem. Uit zijn zakken toverde de oude man een pijp, een rager, een stopper, een doosje lucifers en een zakje tabak. Bartjan zag dat het dienblad blank stond en dat een oude smoezelige mok de plaats van één van de koffiekopjes had ingenomen.

Waarom waren oude mensen zo koppig en eigenwijs? Oma wilde ook nooit dat je haar hielp, terwijl zij moest beseffen dat ze niet meer tot alles in staat was.

'Mooie tuin heeft u. Dat kost u vast en zeker veel werk.'

'Het was de liefhebberij van Ingeborg. Zij heeft de tuin bedacht en aangelegd. Ik hielp haar bij het zware werk. De laatste jaren, toen het slechter met haar ging, hebben we een hovenier uit het dorp ingehuurd.'

Bartjan wist niet wat te zeggen.

'U wilde mij spreken over Hendrik, uw oudoom, nietwaar?' doorbrak Groenink de ongemakkelijke stilte.

'Inderdaad, u bent de enige die oom Hendrik gekend heeft tijdens de oorlogsjaren, en vlak erna, die nog in leven is.'

Groenink, die druk was met het stoppen van zijn pijp, gebaarde verder te gaan. Bartjan vroeg zich af of het onbeleefd zou zijn om zelf de koffie in te schenken. Wie weet hoe lang geleden zijn gastheer de koffie had gezet.

'Door de sleutel, die naderhand van u bleek te zijn, ben ik meer te weten gekomen over zijn oorlogsverleden. De tewerkstelling in Duitsland, de Russische gevangenschap, jullie vriendschap en de munitiekist met... uh... herinneringen aan die tijd. En nu—'

Een zware rokershoest onderbrak hem. Bartjan wachtte beleefd totdat Groenink weer op adem was.

'Ik zou er eigenlijk mee moeten stoppen, met die slechte longen van mij, maar zoals in vele gevallen is het genot sterker dan het verstand. Rookt u, meneer Jelgersma?'

'Neen.'

Groenink gromde goedkeurend, nam een trek en knikte uitnodigend naar hem.

'Ik vroeg mij af of u mij meer zou kunnen vertellen over oom Hendrik. Of in uw munitiekist ook informatie over hem zat,' pakte Bartjan de draad van zijn verhaal weer op.

Om zijn verzoek kracht bij te zetten, klapte hij zijn lederen conferentiemap open. Met zijn pen in de aanslag en een leeg velletje papier voor hem was hij klaar voor Groeninks verhaal.

'Ik zie dat ik een slechte gastheer ben. Wilt u koffie?'

'Zal ik dat eens voor ons inschenken, meneer Groenink? Dat is toch wel het minste wat ik kan doen voor iemand die zijn zaterdagochtend opoffert aan een wildvreemde die hem naar zijn overleden oudoom Hendrik de Jongh vraagt. Melk en suiker?'

Zwart dus.

Anderhalf uur later was zijn mobiele telefoon afgegaan en had hij vier blaadjes vol gepend.

Groenink kon boeiend vertellen en had aan één woord voldoende voor een uitweiding met vele zijwegen, die bijna altijd amusant waren en soms erg interessant.

Zo wist Bartjan niet dat oom Hendrik, evenals vele andere studenten, al eind 1941 verplicht tewerk was gesteld door de Duitsers. Groenink echter was halverwege 1942 vrijwillig in Duitsland gaan werken. Zijn vader was werkeloos, zoals bijna iedereen in Oost-Groningen in die zwarte jaren dertig, en als oudste zoon had hij zich medeverantwoordelijk gevoeld voor het onderhoud van het gezin.

Op Bartjans vraag of hij dat niet als verraad had gevoeld, had Groenink geantwoord dat de mensen in deze streek zich voor hun werk en eerste levensbehoeften al van oudsher naar het oosten hadden gericht. Grenzen waren voor hen slechts strepen op door anderen getekende landkaarten, stelde Groenink nuchter vast, en hadden weinig te maken met hun dagelijkse leven. Veel jongelui uit Sellingen en de omliggende dorpen waren uit eigen beweging naar Duitsland gegaan.

Los van het geld, had Groenink zijn uiteenzetting vervolgd, had hij nog een andere, zo niet betere reden gehad om naar het oosten af te reizen. Hij had een bloedhekel aan het communisme gehad – nog steeds overigens, want we moesten ons niet vergissen in de ambities van de meedogenloze Poetin en zijn rechterhand – en zijn aandeel in de Duitse oorlogsmachinerie gezien als zijn bescheiden bijdrage aan de overwinning op het rode gevaar uit Rusland. Want een ding had voor hem vastgestaan: Stalin en zijn bolsjewieken moesten worden verslagen, tegen elke prijs en met alle middelen die voorhanden waren.

Of Bartjan wist dat Hendrik zijn haat tegen het communisme deelde en mogelijk nog fanatieker was? Het was een sport geworden om iedere werkdag de door de werkmeester opgedragen dagproductie aan tankgranaten te overtreffen. Soms was dat gelukt, zeker in hun begintijd, maar na verloop van tijd, toen de omstandigheden slechter werden, had dat er niet meer ingezeten. Regelmatig moesten zij de schuilkelders in als de Engelsen de fabriek bombardeerden. Op het laatst hadden ze zo weinig voedsel gekregen dat zij nog niet de helft van de taakstelling haalden. Hendrik was regelmatig flauwgevallen tijdens het werk, om van zijn chronische diarree nog maar te zwijgen. Stadsjongens waren nu eenmaal minder gewend, had Groenink droogjes geconstateerd.

Maar hadden zij er dan niet mee gezeten dat zij door hun tankgranaten de Tweede Wereldoorlog nodeloos hadden verlengd? En erger nog: dat zij Hitler en zijn afschuwelijke naziregime hadden gesteund?

Groenink had aan zijn pijp gelurkt maar meer dan speeksel had hij niet opgezogen. De brand was eruit, had hij opgemerkt, om vervolgens tot tweemaal toe tevergeefs te proberen die er weer in te krijgen. Bij de derde poging was het gelukt en had hij met een tevreden blik wolkjes rook de tuin in geblazen.

Na een lange stilte was Groenink met zijn antwoord gekomen. Achteraf keek men een koe in zijn hol en dat was nooit een smakelijk gezicht. Bartjan moest zijn beslissing om in Duitsland te gaan werken in de context van die tijd zien. Achteraf oordelen was gemakkelijk, maar meestal met een verkeerde en vooral ongenuanceerde uitkomst.

Zonder geld zou het gezin Groenink een zekere hongerdood zijn gestorven en in een communistische staat zou een mensenleven niets waard zijn of zou het niet waard zijn om te leven. Daarom hadden zijn doelen de middelen geheiligd. Hitler was inderdaad een rare snaak geweest, met krankzinnige ideeën, maar hij handelde tenminste, daar waar Frankrijk en Engeland niets deden. Die kleine korporaal wilde het communisme met wortel en tak uitroeien in plaats van oeverloos te overleggen en te onderhandelen, zonder enig tastbaar resultaat. De Rus verstond maar één taal en dat was die van het geweer. Zo zat dat volk nu eenmaal in elkaar, had Groenink met een strak gezicht beweerd.

Over hun tijd in het Siberische strafkamp wilde Groenink niet veel meer zeggen dan dat de bewakers extreem wreed waren en de omstandigheden bar slecht. Een vreselijke tijd die hij het liefst zou vergeten, maar waaraan hij elke dag nog herinnerd werd, in zijn dromen en door de leegte dáár. Groenink had naar de schoorsteenmantel geknikt en gezegd dat het hem speet dat daar niet meer foto's konden staan. Wat dat betreft deelden Hendrik en hij hun smart, met dien verstande dat zijn oudoom nog een zus, kinderen en kleinkinderen zoals Bartjan had. Zijn broer en zussen waren allemaal in de oorlog overleden, aan hongeroedeem en oorlogsgeweld.

Toen Bartjan hem had gevraagd naar hun terugkomst in Nederland, in 1952, was Groenink kwaad geworden. Niet op hem, maar op die fijne landgenoten van toen. Een koudere ontvangst hadden zij zich niet kunnen voorstellen. Iedereen was druk met de wederopbouw en niemand had ook maar enige belangstelling voor een paar tewerkgestelden (veel waren er niet meer over, daar was wel voor gezorgd) die zeven jaar na de capitulatie terugkwamen uit Russische gevangenschap. Niets was er voor hen geregeld: geen hulpverlening, geen sociale zekerheid, geen onderdak, geen opleiding, geen werk, helemaal niets. Ze moesten alles zelf maar uitzoeken. En alleen maar omdat hun fabriek door de verkeerde overwinnaar was bevrijd.

Door sommigen, zo was Groenink verbitterd verder gegaan, door sommigen werden wij uitgemaakt voor landverraders. En dat terwijl de Koude Oorlog al in volle gang was en de Russen door het Westen als dé grote vijand werd beschouwd. De Amerikanen hadden het beter gedaan bij de vrijlating of bevrijding van hun krijgsgevangenen uit Vietnam. Een heldenontvangst kregen die kerels, om jaloers op te worden.

Dat, die ijskoude ontvangst en die slechte behandeling, had hem zo gekrenkt dat hij naar Duitsland was teruggekeerd om daar een bestaan op te bouwen. En Bartjan kon het geloven of niet, maar in dat verslagen en zwaar beschadigde land had hij een warm welkom gekregen. De ironie wilde dat zijn eerste baan in de staalfabriek was, waar hij eerder tankgranaten had gemaakt. Een paar jaar later was hij Duits staatsburger geworden en getrouwd met Ingeborg.

Na een lange loopbaan in de fabriek van Thyssen-Krupp was hij in de jaren zeventig overgestapt naar Audi. Hij wilde wel eens van dichtbij zien wat er van zijn staal werd gemaakt, probeerde hij te grappen. Daar was hij eindverantwoordelijk geweest voor de kwaliteitscontrole van de geproduceerde auto's, tot aan zijn pensionering toe.

Groenink had Bartjans oudoom altijd bewonderd om zijn doorzettingsvermogen. Ondanks alle kilte, tegenwerking en hoon had Hendrik standgehouden in zijn onvriendelijke vaderland. De studie rechten zat er niet meer in voor hem (te oud, te hoge toelatingseisen, teveel weerstand), maar gelukkig kon hij in de zaak van zijn schoonvader aan de slag. Voor zover Groenink het van afstand kon beoordelen, had zijn oudoom al met al een redelijk goed leven gehad.

Groenink had de inhoud van zijn munitiekistje niet aan Bartjan willen laten zien. Dat waren persoonlijke spullen die niets bijdroegen aan zijn verhaal over Hendrik. Meer kon hij hem niet vertellen over zijn oudoom.

Wist Groenink dan of zijn oudoom ook een dergelijk kistje had gehad?

Vast wel, was zijn laconieke antwoord geweest, want iedereen bewaarde in die tijd zijn waardevolle spullen achter slot en grendel. Er werd door de gevangenen gestolen als de raven. En waarom zou Hendrik daar een uitzondering op zijn? had Groenink zich hardop afgevraagd. Maar hij had geen idee waar een dergelijk kistje zou zijn.

Natuurlijk zou Groenink, als Hendrik het gevraagd zou hebben, de sleutel of het kistje voor hem bewaard hebben, want ze waren kameraden voor het leven. Maar dat had Hendrik niet gedaan en dat hoefde hij ook niet van Groenink. Zij hadden elkaar genomen zoals zij waren en vooral geen moeilijke vragen gesteld.

'De plicht roept, meneer Jelgersma?' vroeg Groenink terwijl hij op Bartjans mobiele telefoon wees.

'Inderdaad, over een uur word ik weer in Groningen verwacht.' Bartjan sloeg zijn map dicht en stond op. Om zijn hoofd zoemde al een tijdje een mug. Knap irritant. Hij sloeg ernaar maar zijn onbehouwen zwaai trof geen doel. Het beestje verdween even uit zicht om daarna in volle hevigheid opnieuw de aanval op zijn blanke huid te openen.

Groenink vond dat de neetjes nog behoorlijk actief waren voor de tijd van het jaar. Een goede nachtvorst zou die kleine duiveltjes wel leren, meende hij. Of een rake klap met de vliegenmepper.

'Neefjes?'

'Verontschuldiging. Bij jullie in de Randstad heten ze muggen.'

'Natuurlijk... uh... mag ik gebruik maken van uw toilet? Al die koffie ook.'

'Vanzelfsprekend. Ut hoeske is in de hal.' Die term begreep Bartjan weer wel.

In het toilet hing een verjaarsdagkalender. Bartjan kon de verleiding niet weerstaan en wapperde stilletjes door de maanden. Zoals hij al verwacht had, stond oom Hendrik erin, met een kruisje en sterfdatum achter zijn naam.

Wat had hij graag ooms verhaal uit de eerste hand gehoord. Maar dat zat er niet meer in. Iedereen was overleden, Groenink was uitgepraat en oma kon geen zinnig woord meer uitbrengen. Een munitiekistje met bijpassende sleutel was niet gevonden in de spullen van tante To. Jeannette had gelijk gehad: hoog tijd om zijn zoektocht af te sluiten. Hoe hij het ook wendde of keerde, het was een nazisleutel geweest die hem de weg had gewezen naar een tot dan toe onbekend deel van zijn familiegeschiedenis. Bizar maar waar.

Bartjan had in de deuropening een stevige handdruk van Groenink gekregen. Op weg naar zijn auto kon hij de oude man zo hard horen piepen en hijgen dat hij het er haast benauwd van kreeg.

Toen hij wilde instappen, herinnerde Bartjan een vraag die hij vergeten was te stellen. Hij gooide zijn map en mobieltje op de voorstoel en liep terug. Het is dat hij wist dat hij al op bezoek was geweest, want het beeld van die lange man met grijs haar in de deuropening, met daarboven het houten bord was exact gelijk aan dat bij zijn aankomst. Zelfs het zonlicht leek vanuit dezelfde hoek te schijnen.

Even dacht Bartjan aan zijn Groundhog Day, maar met een blik op zijn horloge − het was vijf voor elf − verwierp hij die gedachte. Groenink hielp hem door zijn lichaam van de linker- naar de rechterdeurpost te verplaatsen.

'Meneer Groenink, wat ik u nog vragen wilde. Waarom bent u weer gaan wonen in het land waarin u zich destijds zo onwelkom voelde?'

Groenink keek hem aan. Om zijn mond speelde een milde glimlach.

'Wat ik geleerd heb, is dat men uiteindelijk zijn oorsprong, of zoals u wilt, zijn wortels niet kan negeren. En een mens moet kunnen vergeven en verzoenen. De oorlog ligt al meer dan zestig jaar achter ons, weet u.'

Terwijl Bartjan dit antwoord op zich liet inwerken, viel zijn oog op het naambord. Zo van dichtbij kon de beits de vele beschadigingen in het hout niet verhullen. Het leek wel alsof het beschoten was, zoveel opgevulde gaten zaten erin. Dat en de letters tussen haakjes intrigeerden hem.

'Als u om twaalf uur bij uw gezin in Groningen wilt zijn, dan mag u wel opschieten.'

Bartjan beaamde dat, maar bleef dralen.

'Wat een bijzondere naam voor een huis: Huize Weltevree(ten),' en hij wees naar het bord.

'Ach, meneer Jelgersma, het is maar een naam, het is maar een naam,' had Groenink op zachte toon gezegd. Met een vriendelijk goedendag had de oude man afscheid genomen van Bartjan en de voordeur dicht gedaan.

Op de weg terug draaide Bartjan 'I only wanna be with you' van Hootie and the Blowfish. Het was immers hun weekendje weg. En licht verteerbare vrolijkheid kon hij wel gebruiken na die zware kost van Groenink.

36. Verborgen gebreken

Door het achterraam zag Jeannette Bartjan één voor één hun fietsen door het bouwafval naar het schuurtje dragen. Zijn gezicht stond op onweer. Het was dat het dubbele glas veel van het geluid van het drukke autoverkeer buiten hield, want anders had zij hem vast en zeker horen vloeken toen hij zich stootte aan een rondslingerende houten balk. Zijn lontje was de afgelopen maanden alsmaar korter geworden, en dat kwam niet alleen door het huis.

Zelf had Jeannette opluchting gevoeld. De verbouwing was eindelijk achter de rug, en hun nieuwe huis bewoonbaar. Elk vrij uurtje hadden ze in de verbouwing gestopt en een zomervakantie had er dit jaar niet ingezeten.

In het begin was het nieuwe huis voor Eva een spannend avontuur, maar na een aantal weken klussen wilde ze niet meer mee en ging ze moeilijk doen. Gelukkig konden de opa's en oma's inspringen om met hun kleinkind naar de speeltuin of de kinderboerderij te gaan. Ideaal was dat echter niet. Eva miste hen en zij haar.

En dan was er nog de aannemer, die bij de gunning van de offerte had vergeten te melden dat zijn personeel volledig uit

Oost-Europeanen bestond. Voor de deur van hun woning hadden maandenlang afgejakkerde bestelbusjes met Poolse, Slowaakse en Hongaarse kentekens gestaan.

Jeannette had zich er niet zo aan gestoord. Het was wel onhandig, want als er iets niet naar hun zin was, dan moest zij dat de voorman, die ook uit een van die landen kwam, met handen en voeten en in gebroken Duits duidelijk proberen te maken. Toen zij de aannemer hierop had aangesproken, had deze zijn handen ten hemel geheven. Waar dacht mevrouw dat hij anders werklieden vandaan kon halen die in de bouwvak, als iedereen met vakantie was, wilden doorwerken? En hoe hij anders tot die scherpe offerte had kunnen komen? Het moest uit de lengte of uit de breedte komen. Mevrouw wilde toch niet teveel betalen voor de verbouwing? Overigens, had de man opgemerkt, verstonden deze lui hun vak en waren het harde werkers.

Bartjan kon echter helemaal niet omgaan met deze 'lompe lui met hun vierkante koppen die de hele dag het goedkoopste bier dronken wat er te krijgen was, naar zuur zweet roken' en van zijn huis 'een klerezooi maakten'. Hij had erbij gekeken, alsof hij net in de hondenpoep had getrapt.

Woedend was hij geweest toen hij had ontdekt dat de hele werkploeg gebruik maakte van zijn net geïnstalleerde badkamer om vervolgens fris gewassen en geschoren en in de nieuwste kleding in hun busjes te stappen. Van een van zijn nieuwe buren had Bartjan gehoord dat die lui niet alleen tot diep in de nacht doorwerkten, met alle overlast van dien (en daar hielden ze in deze buurt niet van), maar soms ook bleven slapen. Bartjan was helemaal uit zijn dak gegaan. Wat de aannemer precies gedaan had na zijn scheldkanonnade dat wist ze niet, maar sindsdien hadden ze van de buren geen klachten meer gehad.

Daarna had Jeannette zich niet meer op haar gemak gevoeld tijdens haar dagelijkse inspectierondje door het huis. Ze had het gevoel dat de mannen anders naar haar keken dan voorheen. Een ongemakkelijke stilte was in de plaats gekomen van hartelijkheid. Dat had zij wel jammer gevonden.

Jeannette nam een slok van haar thee en zette de laptop aan. Bartjan was in het schuurtje verdwenen. Wat hij daar te zoeken had, was haar een raadsel. Het dak lekte, de deur hing scheef in de scharnieren en, wat zij nog erger vond, het wemelde er van de spinnenwebben.

Ze opende twee werkbladen in Excel en keek deze diagonaal door. Ze kon zo een-twee-drie geen fouten in haar redenering vinden. Het was hoog tijd dat zij haar bevindingen met Bartjan zou bespreken. Jeannette had dat al eerder bij hem aangekaart, maar dat had Bartjan weggewuifd met de opmerking dat hij haar vertrouwde en dat zij moest doen wat nodig was. Overigens, zo was hij in een adem verder gegaan, zou hij niet weten wanneer ze dat moesten doen, want het was druk op de zaak. En weg was hij weer, zowel in lichaam als in geest.

'Wat een heerlijk herfstweer. Zonde om binnen te zitten, Jeannette. Moet dit nu echt?' werd haar vanuit de keuken toegeroepen, terwijl ze hem zijn handen hoorde wassen. Jeannette vond hem iets te luchtig klinken, alsof hij zich groot wilde houden. Dat deed Bartjan wel vaker als hij met iets in zijn maag zat. In plaats van erover te praten, potte hij zijn gevoelens op – net als zijn vader.

'Kom zitten, dan krijg je een kop thee van mij.'

Jeannette klopte op de stoel naast haar. Bartjan schoof aan. Het viel haar op dat de twee bovenste knoopjes van de gulp van zijn spijkerbroek los zaten. Was hij aangekomen? Het zou haar niets verbazen, met die ongezonde levensstijl van hem.

'Je konijnen lopen weg,' grapte ze naar hem.

'O... uhh... dank je...' Met een snelle beweging sloot hij zijn konijnenhok af.

Jeannette leidde Bartjan rond door het werkblad 'Kosten nieuwe huis'. De renovatie van de keuken en de twee badkamers had meer gekost dan oorspronkelijk was begroot. Dat had ze Bartjan al eerder verteld, maar nu ze de definitieve cijfers voor zich zag, schrok zij toch − en hij ook. Ondanks de technische aankoopkeuring waren bij de sloop gebreken aan het licht gekomen. Lekkend leidingwerk had de houten vloeren van de badkamers zodanig aangetast dat deze vervangen moesten worden, evenals de aan-en-afvoerleidingen, en de door het vocht aangetaste elektrische bedrading, en ga zo maar door. Deden ze dat niet, dan liepen zij de kans, had de aannemer hen met een ernstige blik voorgehouden, dat de vloeren het gewicht niet zouden houden en zij er met ligbad en al doorheen zouden zakken. Om nog maar te zwijgen van het brandgevaar van een ondeugdelijke elektrische installatie. En, zo ging de man op bezorgde toon verder, er moest voldaan worden aan de asbestvoorschriften van de gemeente Den Haag. Als zij gingen slopen, dan mocht alleen een gespecialiseerd bedrijf de asbesten gresbuizen verwijderen en afvoeren naar de stort. En daarvoor hadden zij een vergunning nodig. Wilden zij dat zelf doen of zou hij dat uit hun handen nemen?

Zo waren ze van de ene in de andere bouwkundige tegenvaller gerold. Om toch binnen het budget te blijven, hadden ze fors moeten bezuinigen. De twee werkkamers zouden ze later zelf opknappen en de plaatsing van de badkamer op de tweede verdieping werd uitgesteld. Dat gold ook voor de slaapkamer, waskamer en strijkkamer op diezelfde verdieping. Feitelijk konden ze alleen de begane grond en de eerste verdieping gebruiken.

In de keuken moest de geplande Poggenpohl wijken voor een degelijke Bruynzeel. De tuinen zouden ze volgend jaar wel in orde maken. En Bartjan moest zijn twee voorwaarden voor de inrichting laten varen. De dure woonwinkels zaten er niet meer in en het oude bankstel verhuisde fijn mee naar de Wassenaarseweg.

Maar ondanks het strepen en schrapen was het Jeannette niet gelukt om binnen de begroting te blijven. De meerwerknota van de aannemer tezamen met de kosten van de raamdecoratie, de vloerbedekking en de verlichting deden hun de das om. Het bleef een groot en donker huis, met veel ramen.

Naast haar hoorde Jeannette gezucht en gesteun. Om Bartjan op te monteren, herinnerde zij hem aan de soepel verlopen verhuizing (met dank aan ouders en vrienden), de leuke buren, de speelkameraadjes van Eva en de boekwinst op hun oude huis. En die ene maand dubbele hypotheeklasten was haar meegevallen. Het had veel erger gekund. Toch?

'Jezus, dus ik moet nog eens een dikke zevenduizend euro bijpassen? Weet je zeker dat je geen rekenfout hebt gemaakt?'

Neen, dat had ze niet. Maar het stond hem vrij om het werkblad te controleren en de ordners met bestek, calculaties, offertes, opdrachten, leverbonnen en facturen ernaast te leggen.

Natuurlijk vertrouwde hij haar wel, maar het was het bedrag dat hem tegenviel. Zo bleef er van zijn spaarrekening niets meer over.

Na het eerste werkblad volgde het tweede met de huishoudbegroting.

Jeannette had uitgerekend dat hun beide bijdragen vanaf 2010 niet meer voldoende zouden zijn om de lopende kosten te dekken. Hun nieuwe huis was groter en om die reden alleen al duurder in de belastingen, de verzekeringen en de energiekosten. Daarnaast was zij ervan uitgegaan dat de kinderopvangtoeslag en de kinderbijslag met ingang van 1 januari zouden worden bevroren.

Dat waren onvermijdelijke kosten, stelde Jeannette vast, maar dat kon niet worden gezegd van de auto en de mobiele telefonie. De beloofde en goedkopere leaseauto van de zaak was er na zijn promotie niet gekomen en van de negentien cent per gereden kilometer die Hypotheekmannetje™ vergoedde, konden zij deze auto niet rijden. Sterker nog: ze moesten een flink bedrag bijleggen en dan spaarden zij niet eens voor de vervanging. Haar mobiele telefoonkosten werden gelukkig helemaal door de partij vergoed, maar die van hem niet meer. Weer een voorbeeld van de kruideniersmentaliteit van zijn bedrijf.

'Wat kan ik eraan doen dat wij moeten bezuinigen om te overleven? Ik heb de recessie toch niet veroorzaakt? En jij weet als geen ander dat ik veel liever hier in Den Haag vestigingsmanager was geworden.'

'Zeker,' bracht Jeannette daartegen in, 'maar dat wil niet zeggen dat we dit gesprek uit de weg moeten gaan. We hebben een duur huis, dat niet af is, en jij hebt een baan die je niet wilt, die slecht betaalt en waarvoor je veel te lange werkweken maakt. Wanneer ben jij voor het laatst op zaterdag vrij geweest, Bartjan? Of op tijd aangeschoven bij het avondeten? Nou?'

Ze was niet van plan om te wijken. Bartjan ontweek haar blik en staarde in zijn glas thee.

Bartjan verweerde zich met: 'Wat voor een keus heb ik dan, Jeannette? Heb jij een andere baan voor mij, dichter bij huis en met het salaris van een vestigingsmanager? Die liggen niet voor het oprapen, hoor, en zeker niet nu de werkeloosheid stijgt. Overigens wil ik helemaal niet weg want ik heb het altijd naar mijn zin gehad bij Hypotheekmannetje™. Ik zie kantoor Nieuw-Vennep als een tussenstation, als een opstap naar iets beters. Ik vind dat we het nog even moeten aankijken. Er komen betere tijden, daar ben ik van overtuigd.'

Jeannette hoorde machteloosheid in zijn stem. Hij kon er inderdaad niet alles aan doen, maar wel behoorlijk wat. Maar wat haar stoorde was zijn onverbeterlijke geloof in de goede afloop. Hoe hard moest hij door de werkelijkheid in het gezicht geslagen worden voordat hij wakker werd?

'Dat kan wel zijn, Bartjan, en natuurlijk heb je niet zomaar een andere baan gevonden, maar het feit blijft dat we vanaf januari niet meer uitkomen met onze huishoudbijdragen. En mijn financiële rek is er na de verbouwing wel uit.'

'Dus?'

'Dus... stel ik voor dat we op zoek gaan naar een goedkopere auto die we kunnen rijden voor jouw kilometervergoeding. Een van die hippe miniauto's met een A-label: goed voor het milieu, lekker zuinig en verkrijgbaar met vier deuren. En dat je een goedkoper abonnement voor je mobiele telefoon neemt en die niet meer voor de zaak gebruikt. Daar hebben die grutters recht op. En nog liever, Bartjan, had ik dat je een baan hier in de regio vond, een met normale werktijden. Want dit tempo ga jij niet volhouden, en wij trouwens ook niet.'

Toen zij Bartjan vertelde dat ze op het internet een leuke Peugeot 107 uit 2008 had gevonden, ontplofte hij.

Of hij dit allemaal alleen voor zichzelf deed? Neen, natuurlijk niet, hij deed het ook voor hen. Was dit nu de steun die hij van haar kreeg? Besefte zij niet dat zij het door haar starre opstelling alleen maar zwaarder maakte voor hem? En buffelen op het kantoor én gezeik thuis. Ze werd bedankt.

En hoe kwam zij erbij dat Nieuw-Vennep geen goed kantoor kon worden. Sinds wanneer had zij verstand van zakendoen! Als hij die klus had geklaard (en hij was al goed op weg, dankjewel), dan konden ze niet meer om hem heen. Die Christiaan Buitenweg zou het niet lang meer redden. En dan zou de raad van bestuur hem vast en zeker vragen om de vestiging Hoofddorp te gaan leiden. Ze konden niet anders.

Jeannette zei dat zij dat niet hoopte, want Eva en zij waren er ook nog. Hij moest kiezen: zijn werk of zijn gezin. Ze stond op, liep naar de schoorsteenmantel en pakte een envelop.

'Voordat je antwoord geeft, moet je deze brief van jouw bedrijf lezen.'

'Nou wordt ie helemaal mooi! Sinds wanneer maak jij mijn post open?'

'Sinds jij dingen voor mij achterhoudt.'

'Wat bedoel je daar nu weer mee? Ik heb niets voor jou te verbergen.'

'Waarom moet ik dan van Nathalie horen dat jouw raad van bestuur zeer ingrijpende bezuinigingen heeft aangekondigd? Zo ingrijpend, dat niemand de dans zal kunnen ontspringen. Ook jij niet.'

'Nathalie?'

'Ja, Bartjan, die liep ik op mijn vrije vrijdag tegen het lijf in de stad. En van het ene praatje kwam het andere. Maar lees die brief nu maar, dan weet je waarom ik mij zorgen maak over ons.'

'Ons?'

Jeannette zag Bartjan wit wegtrekken. Ze kende de inhoud uit haar hoofd, zo vaak had zij de koele mededeling gelezen. Dat de raad van bestuur het belangrijk vond om elke werknemer eerlijk uit te leggen wat de bezuinigingen voor hem of haar zouden betekenen. Dat zij in de brief de centrale ondernemingsraad bedankte voor hun constructieve opstelling. Dat ook de personeelsvertegenwoordiging ervan overtuigd was geraakt dat de nood aan de man was en dat de heilige arbeidsvoorwaardelijke huisjes (zo stond het er niet, maar zo legde Jeannette het wel uit) niet langer taboe waren. Dat de werkgelegenheid voor de medewerkers die konden blijven ook bij hen voorop stond, evenals natuurlijk een goed sociaal plan voor diegenen die noodgedwongen moesten vertrekken.

Bartjan behoorde tot de categorie die mocht blijven, weliswaar onder intrekking van hun eerder gedane aanbod om hem, uiteraard bij goed functioneren, per 1 april 2010 te benoemen tot assistent-vestigingsmanager. Hij zou ingedeeld blijven in de functiegroep van senior-adviseur. Op zijn salaris zou de generieke korting van 5% worden toegepast. Daar tegenover stond dat het variabele deel van zijn beloning aantrekkelijker worden gemaakt, van minus 15% tot maximaal plus 30%. Als kantoorleider werd van hem al verwacht dat hij op koopavond en op zaterdag werkte zodat hij de 10% productiviteitsstijging feitelijk al had gerealiseerd. Voor het overige bleven de arbeidsvoorwaarden ongewijzigd. Ten slotte maakte de brief de geachte werknemers erop attent dat hij of zij voor een nadere toelichting terecht kon bij zijn of haar vestigingsmanager. De nieuwe arbeidsvoorwaarden zouden op 1 november ingaan.

Het was slikken of stikken. De smeerlappen!

Na een lange stilte zei Bartjan: 'Dit... dit kan echt niet. Ik ga maandag direct met Christiaan praten. Het is vast een misverstand. Iemand op het hoofdkantoor moet zich vergist hebben.'

'Dat moet je zeker doen, Bartjan, maar ik zou er niet veel van verwachten. De OR is meegegaan met hun bezuinigingen, vergeet dat niet. En wat ik van Nathalie begrijp, zijn die Engelsen nietsontziend. Die kijken niet op een kantoorleider meer of minder. Voor hen telt slechts het rendement van de aandeelhouder.'

'Maar wat moet ik dan doen? Alles maar slikken?'

'Nee, je moet mij de waarheid vertellen en je niet flinker voordoen dan je bent.'

'Hè!'

'Je bent geen euro meer gaan verdienen toen je naar Nieuw-Vennep ging, Bartjan Jelgersma. *U blijft ingedeeld in de functiegroep van senior-adviseur.* Kijk, hier staat het, zwart op wit.'

Jeannette wees naar de passage in de brief. Bartjan frunnikte aan het etiket van een van de ordners.

'Ik wilde je niet lastigvallen met dat geneuzel. Wat zegt een functiegroep nu? Het gaat toch om wat ik werkelijk doe, welke verantwoordelijkheden ik draag, welke uitdagingen ik krijg toevertrouwd? Trouwens, als ik mijn prestatieafspraken dit jaar haal, dan verdien ik door de bonus bijna net zoveel als een beginnend assistent-vestigingsmanager. Dus...'

'Dus dan mag je zaken achterhouden?' vulde Jeannette voor hem aan.

'Maar... ik maak mijn huishoudbijdrage toch elke maand trouw over? Wij lopen toch geen schade op omdat ik vooruitloop... uhh... liep op mijn benoeming volgend jaar april?'

'Ik vind dat geliefden voor elkaar geen dingen mogen achterhouden, hoe triviaal die ook op het eerste gezicht mogen
lijken. En ik hou van jou, Bartjan.'

Haar liefdesverklaring en poging tot de-escalatie bleven
onopgemerkt en dus onbenut.

Bartjan opende de frontale aanval met: 'Hoezo triviaal? Ik
heb vertrouwen in mijn toekomst en financier mijn succes
voor. Dat heet ondernemerschap, Jeannette. Jij hebt lekker
praten met dat zekere ambtenarenbaantje van je. Verdomme,
dat gezeik van jou ook altijd.'

Dan moest hij het zelf maar weten.

'Gezeik, gezeik, nu moet je ophouden, Bartjan Jelgersma!
Sinds jij naar Nieuw-Vennep bent overgeplaatst, ben je niet
meer te genieten. Eva krijgt een grauw en een snauw en intimi-
teit, ho maar. Meneer wil alleen zijn vermoeidheid en frustratie
wegneuken. Geen tijd voor een goed gesprek en een lekkere
knuffel.'

'Wegneuken?'

Bartjan sprak het woord uit alsof het een enge dodelijke
ziekte was.

'Inderdaad, ik word geneukt door een lichaam waarvan het
hart en het hoofd ergens anders zijn. Als ik niet zo goed van
vertrouwen was, zou ik nog kunnen denken dat je klaarkomt
op de fantasie van een andere vrouw.'

'Dat slaat helemaal nergens op, Jeannette van der Moolen,
en dat weet jij dondersgoed. Ik ben jou nooit ontrouw geweest.
En wat ons seksleven in godsnaam te maken heeft met dit gesprek, is voor mij een raadsel. Is dat hogere vrouwenlogica of
zo?'

'Wat mis jij veel signalen, zeg. En dat is niet omdat jij een
man bent, want dat zou pas echt flauw zijn, maar omdat jij
altijd bezig bent met dat lullige kantoortje van je, in die sfeer-

loze nieuwbouwwijk, in Nieuw-Vennep, of all places. Daar stopt de intercity niet eens, Bartjan.'

Bartjan hield zich in en keek haar alleen kwaad aan.

'Ding, dong, word toch eens wakker. Ze hebben je gebruikt. Of beter gezegd: die viezerik van een Jan-Kees heeft dat gedaan. En jij maar loyaal blijven aan de zaak. Wanneer zie jij in dat je hen niets meer verschuldigd bent?'

Geen antwoord.

Jeannette stond erop dat hij deze week met zijn baas zou spreken. Als dat niets zou helpen, dan was er geen andere oplossing dan weg te gaan bij Hypotheekmannetje™. Want zo was het voor hem niet vol te houden, emotioneel noch financieel. Zij wilde haar oude Bartjan terug en hun oude leven. Als dat een kleiner en goedkoper huis betekende dan moest dat maar. Dit huis was veel te ruim en als ze in dit tempo doorgingen zaten ze nog jaren in de rotzooi. Als ze de woning al niet eerder moesten verkopen.

Natuurlijk moest hij weer het laatste woord hebben.

Verder praten had geen zin meer, dus stelde Jeannette hem voor om die stapel plastic zakken in de achtertuin wat kleiner te maken. Dan zouden ze niet meer struikelen over rondslingerend bouwafval. Met een zucht en een knik was Bartjan met haar naar buiten gelopen.

Toen zij aanstalten maakte om het schuurtje in te gaan (Stond daar de panschop niet?), pakte hij haar zacht bij haar arm. Hij zou dat wel doen want dat zware werk was toch niets voor haar mooie handen. Als zij de zakken zou openhouden, dan zou hij het afval erin scheppen.

Jeannette dacht dat hij een grapje maakte (een onhandige maar lieve poging om de lucht te klaren) en duwde het gammele deurtje open. Daar in het lage herfstlicht zag zij het liggen, op de werkbank, half verscholen onder een stapel schuurpapier: een seksboekje.

Ze duwde de verleidelijk glimlachende blonde vrouw met cup DD in zwart leer met zweep en rijlaarzen helemaal onder de stapel, pakte de panschop en liep naar buiten.

'Zullen we?'

2010

37. We are golden, we are golden

Buiten was het guur en stil.

Bartjan had het plein van het winkelcentrum de afgelopen maanden alsmaar leger zien worden. Op een gemiddelde vrijdagmorgen zou er meer winkelend publiek moeten zijn, wist hij uit ervaring. De meesten tweeverdieners met jonge kinderen hadden hun vrije dag en ook de senioren deden dan liever hun weekendboodschappen dan in de drukte op koopavond en op zaterdag. Maar vandaag blijkbaar niet.

Ook in de winkels van de overgebleven collega-ondernemers was het rustig geweest. Te rustig, want het reisbureau en de videotheek hadden hun deuren moeten sluiten, terwijl hij van de bloemenstudio en de kaasboer wist dat zij het moeilijk hadden. De een zijn dood is de ander zijn brood, had Bartjan gedacht, toen hij in de etalage van de makelaar, die recht tegenover zijn kantoor was gevestigd, foto's van de lege winkelruimten zag verschijnen. Te huur: toplocaties in een topwijk.

Bartjan keek op zijn beeldscherm. Op deze vrijdag 12 februari 2010 had hij drie afspraken staan. Twee aankoopfinancieringen en een oversluiting van een bestaande hypotheek. Dat was niet veel, maar gezien de economische situatie lang niet slecht, vond hij. Veel meer zat er gewoonweg niet in op dit moment. Een mening die zijn baas overigens tegen beter weten in niet met hem wilde delen. Maar wat wist die Christiaan eigenlijk van ondernemen?

Naar zijn overtuiging zou de rest van de dag zich wel vullen met zinnig werk. Op het kantoor was altijd wel wat te doen, als men het maar wilde zien. En een kantoorleider moest witte plekken in zijn agenda juist koesteren. Die vrije ruimten gaven hem de mogelijkheid om in te spelen op onvoorziene zaken. Op die ene bezoeker die 'zomaar' binnenliep en gelijk geholpen wilde worden bij de financiering van zijn huis. Op dat telefoontje van de bank die altijd moeilijk deed bij de kredietbeoordeling van hypotheekgevers. Of om zijn mensen te helpen bij een dossier waar zij niet uitkwamen. Of om hun functioneringsformulieren bij te werken met zijn recente waarnemingen zodat de voorbereiding van het eerste functioneringsgesprek op 1 april een fluitje van een cent zou zijn. Of om een praatje met Ans te maken om de temperatuur van het kantoor te peilen. Van dat soort dingen dus, investeringen die zich op de langere termijn zouden uitbetalen.

Maar hij kon natuurlijk ook samen met Ans het tweede deel van de oude dossiers van 'voor zijn tijd' doornemen en daar waar de vereiste documenten ontbraken, deze alsnog opvragen bij hun cliënten. Zo maakte hij van een professionele tekortkoming, die ook in het vervolgonderzoek door de AFM eind 2009 weer genadeloos was geconstateerd (zucht en mea culpa voor de getrokken dossiers van voor zijn aantreden, hoera voor die erna), een commerciële kans. Twee vliegen in één klap, daar hield hij van.

De meesten mensen waren bij de eerdere opvraagacties ingegaan op zijn aanbod om kosteloos en geheel vrijblijvend hun financiële plaatje te actualiseren en, als dat zinvol was, hun hypotheek te optimaliseren. Lagere maandlasten door dure doorlopende kredieten en persoonlijke leningen ineens af te lossen en mee te nemen in de nieuwe hypotheek, tegen een concurrerende rente. Wie wilde dat niet? En hij kon de risico's van verdere waardedaling van hun huis en van verlies van hun inkomen geheel voor hen afdekken door scherp geprijsde verzekeringen, uiteraard met een maandpremie. Wat wilden zij nog meer in deze tijden? Veilig en goedkoop lenen, zonder de bekende Wognumse trucs van Die Sneue Boeven, zoals William ze noemde.

Zo nu en dan hapte men (de succesratio lag op 20 á 30 procent) en dan had Bartjan een afspraak in zijn agenda staan. En 80 procent van die afspraken, zo had hij zijn baas voorgehouden, had hij weten om te zetten in harde omzet. Maar Christiaan was niet onder de indruk geweest. Tachtig procent van weinig is nauwelijks wat, was zijn dooddoener geweest. Nieuw-Vennep liep nog steeds hópeloos achter op de begroting, dus wilde hij sneller meer harde omzet, want anders…

Bartjan kende die grammofoonplaat nu wel. Altijd maar die lege eis op tafel, zonder zich te verdiepen in zijn situatie (laat staan om begrip te tonen), zonder enige vorm van hulp aan te bieden, maar met de directe dreiging van sluiting of erger ontslag. Christiaan had overduidelijk niet opgelet tijdens de module motivationeel leidinggeven van het management developmenttraject, als hij er al aan deelgenomen had. In welk onbewaakt moment had het bestuur de verantwoordelijkheid van de vestiging Hoofddorp, toch een van de grotere vestigingen van Hypotheekmannetje™, aan deze onbenul gegeven? Waarom men hem nog niet vervangen had door een capabeler manager, was Bartjan een raadsel. Hij was beschikbaar, als men hem zou vragen.

Het was dat Bartjan, ondanks alles en iedereen, nog steeds overtuigd was van de kansen van kantoor Nieuw-Vennep, want anders had hij de moed opgegeven en was hij nadrukkelijker om zich heen gaan kijken.

Op zijn profiel in de vacaturebank had hij sinds oktober drie reacties gehad (terwijl het wel vijftig keer bekeken was), maar die waren naar zijn mening allemaal onder de maat. Of het was bij een van directe concurrenten van zijn bedrijf (en dat wilde hij niet, want dat was meer van hetzelfde en voelde als verraad), of te ver uit de buurt, of in een te lage functie.

Jeannette had zijn verontwaardiging over de onderwaardering van zijn capaciteiten niet begrepen en gezegd dat hij beter senior-adviseur kon worden tegen een goed salaris en dichtbij huis (waar hij ook de markt veel beter kende) dan daar in Nieuw-Vennep te blijven. Later, als de economie weer aangetrokken was, zou hij altijd nog op zoek kunnen gaan naar een managementfunctie met normale werktijden. Nietwaar? Of waren er soms andere redenen waarom hij zich vrijwillig liet vernederen en leegzuigen door die Buitenweg?

De hint was duidelijk geweest. Sinds Jeannette Ans had ontmoet op de jaarlijkse indoorsportdag van Hypotheekmannetje™ en haar in sporttenue (en later bij de borrel in de kantine in korte rok met naaldhakken) had zien springen en duiken op het volleybalveld, was ze jaloers geworden. Zeker toen Ans hem, naar Jeannettes oordeel, iets te amicaal had gezoend na de overwinning (zeg maar gerust een walk-over) op de vestiging Den Haag. Bartjan had gezegd dat Jeannette spoken zag – Ans was gewoon een spontane en sportieve meid, meer niet – en dat hij echt van haar hield. Maar dat ze moest ophouden met afgeven op zijn werk, want dat werkte averechts bij hem.

Ze moest weten dat het gevecht om een groter marktaandeel veel van hem en zijn mensen had gevergd. (Ja, ook van

Ans. En niet alleen door met haar borsten te zwaaien, Jeannette. Ze kan echt wat.) Tegelijkertijd moest hij ook zijn rug gedekt zien te houden. Want voor hij het wist, had zijn baas er een bot en roestig mes in gestoken. Zoals bij zijn beoordelingsgesprek over 2009, een paar weken geleden.

Aan gedoe thuis had hij daarom helemaal geen behoefte. Of zij dat begreep? Neen, dus. Daarna had Jeannette weer ruzie gezocht (en gekregen) over het huis en de auto. Hij had haar een bange ambtenaar genoemd, zij hem een loonslaaf met hoogmoedswaanzin. Daarna was zij huilend naar een vriendin gefietst.

Volgens de procedure moesten vestigingsmanagers in oktober met al hun medewerkers beoordelingsgesprekken voeren.

Uiterlijk 15 november moesten de door de leidinggevende en medewerker ondertekende beoordelingsformulieren, samen met een passend promotie- en beloningsvoorstel, zijn ingeleverd bij de desbetreffende HRM-adviseur van het hoofdkantoor.

De periode tot en met 15 december zou dan worden benut voor de benchmark tussen de vestigingen, de toetsing van alle voorstellen aan de beschikbare loonruimte en bonuspot, de terugkoppeling met de vestigingsmanagers als het hoofdkantoor afweek van de gedane voorstellen en ten slotte de verzending van de salarisbrieven aan de medewerkers.

Zo stond het op de intranetsite en was het alle jaren in Den Haag ook gegaan. Hoewel Jan-Kees nooit stond te trappelen bij de voorbereiding van de beoordelingsgesprekken (het merendeel van de formulieren was door Bartjan ingevuld want die kende de mensen immers beter, aldus zijn voormalige baas), zorgde Nathalie er wel voor dat de procedure stipt werd nageleefd. Ruim voor de kerstvakantie wist iedereen waar hij of zij volgend jaar aan toe zou zijn.

Of het nu de gewoonte was van Christiaan zich vooral niet te houden aan regels en voorschriften (zijn adviesdossiers bleven ook na het tweede onderzoek door de AFM ver onder de maat), of dat hij alleen dit jaar voorrang had gegeven aan andere zaken (wat hij beweerde als Bartjan hem via de mail en later telefonisch herinnerde aan zijn verantwoordelijkheid), dat maakte hem niet uit. Een feit was dat noch Bartjan noch zijn mensen voor de jaarwisseling een salarisbrief hadden ontvangen.

Hij was daar pislink over geweest, maar had Jeannette verteld dat het waarschijnlijk door de bezuinigingen kwam dat men er nog niet aan toe gekomen was. Die forse bezuiniging op de centrale staf kon niet zonder gevolg blijven. Maar wat in het vat zat, dat verzuurde niet, nietwaar?

Jeannette had zijn sussende opmerking genegeerd en was verder gegaan met waar zij mee bezig was: het voorlezen van Eva uit haar lievelingsboek, *De Gruffalo*.

Op maandagmorgen 18 januari 2010 om negen uur was het dan eindelijk zover geweest.

Christiaan opende het gesprek met: 'Zo, Bartjan, hét moment waar we allemaal naar uitgekeken hebben, nietwaar? De personeelsbeoordeling 2009.' Zijn baas sprak het jaartal traag uit. Vast met opzet, meende Bartjan, om hem te neten. De lul.

In zijn hoofd noteerde Bartjan de missers: geen praatje om het ijs te breken, geen oogcontact met de medewerker, niets te drinken aanbieden en voortdurend op zijn horloge kijken. Hoe overtuigend moesten de bewijzen zijn voordat men deze nietsnut zou vervangen? Weg ermee.

'Inderdaad, Christiaan, waar ik en mijn mensen te lang naar hebben uitgekeken. Het is ronduit schandalig zoals jij—'

Zijn baas had hem afgekapt en op bitse toon gezegd dat hij nu wel wist dat Bartjan enorm van procedures hield zonder oog en gevoel te hebben voor de problemen waar hij als ves-ti-gings-leid-er elke dag mee te maken had. Of hij wel wist dat hij door het bestuur regelmatig op de pijnbank werd gelegd en dat hij tot op de dag van vandaag het bestaansrecht van kantoor Nieuw-Vennep gloed-vol had verdedigd? Dat hij het door hem vanzelfsprekend strak gemonitoorde actieplan voor de zoveel-ste keer aan de heren uiteengezet had? Dat hij ook vond dat de eerste resultaten nog niet om over naar huis te schrijven waren, maar dat hij ervan overtuigd was dat de nagestreefde prestatie-verbetering in het eerste kwartaal van 2010 duidelijk in de cijfers te zien zou zijn. En dat een dankjewel van Bartjans kant hem meer zou motiveren om hem de hand boven het hoofd te blijven houden dan dat constante gezeur en gezever.

Wat een slap verhaal. Het leek wel of Bartjan Jan-Kees hoorde praten. Als het goed ging als eerste de winst claimen en bij een verlies tegen iedereen die het maar hoorde wilde zeg-gen dat je er alles aan gedaan had, maar dat dit helaas niet had mogen baten. Het lag echt aan de medewerker, hoor. Bartjan moest zijn best doen om zijn walging over de laffe houding van zijn baas te verbergen. Het liefst had hij hem in zijn ge-zicht uitgelachen.

Maar hij haalde diep adem en zei: 'Dat kan wel zijn, maar het is mij niet alleen om mijn salarisbrief te doen. Ik heb ook nog drie medewerkers die recht hebben op duidelijkheid. En hun beoordelingen heb ik zelf geschreven en ruim op tijd bij jou ingeleverd. Ik begrijp dus niet waarom ook zij die brief niet voor de kerst hebben ontvangen.'

Hier had zijn baas geen trek in gehad. Dit was zijn beoorde-lingsgesprek en niet dat van zijn medewerkers. Om tien uur stond de volgende al weer voor zijn deur, dus als hij nu verder kon gaan met de beoordeling, dan zou hij dat op prijs stellen. En weer die snelle blik op zijn horloge.

'Natuurlijk, maar met de opmerking vooraf dat alles wat ik in dit gesprek ga zeggen onder voorbehoud is, en ik daar te allen tijde op terug kan komen.'

'Onder voorbehoud?'

'Ja, want volgens de procedure had jij mijn beoordelingsformulier een week voor het gesprek moeten toesturen, zodat ik mij goed had kunnen voorbereiden op dit gesprek. Nu weet jij alles en ik niets. Vandaar dus.'

Christiaan had zijn schouders opgehaald en gezegd dat het een medewerker vrij stond om in het onderdeel 'Visie beoordeelde' van het formulier op te merken wat hij of zij maar wilde. Het maakte niet uit of die opmerkingen inhoudelijk of procedureel waren. Na dit gesprek zou Bartjan een afschrift van het formulier meekrijgen. Dan kon hij alsnog zijn ei kwijt. Van een kantoorleider had hij overigens meer flexibiliteit verwacht. Als Bartjan zo aan procedures en zekerheid hechtte dan moest hij bij de overheid gaan werken. Hier bij Hypotheekmannetje™ hadden ze behoefte aan ondernemers die buiten speelden, in de markt waar het allemaal gebeurde en die een broertje dood hadden aan administratieve lasten.

Hij een ambtenaar? Nooit. Op het puntje van zijn tong lagen de woorden pot en ketel klaar om afgevuurd te worden, terwijl wat verder achterin het salvo menselijk kapitaal in plaats van kostenpost gereed werd gezet. Maar Bartjan wilde zich niet uit zijn tent laten lokken. Daarom nam hij een pauze, humde wat, deed alsof hij nadacht en antwoordde: 'Ik zou zeggen: kom dan maar op met die beoordeling.' Een blik op zijn horloge had hem geleerd dat het al vijf over half tien was.

257

Om vijf over tien had hij zijn demi regenjas van de kapstok gepakt en met een woest gebaar dichtgeknoopt. In zijn hand brandde het afschrift van het personeelsbeoordelingformulier 2009.

Die paardenlul had hem een voldoende gegeven, met de kanttekening dat het niet veel gescheeld zou hebben of het zou een onvoldoende geweest zijn. Bartjan moest in zijn handen knijpen dat zijn baas hem het voordeel van de twijfel had gegeven. Het was dat zijn medewerkers hem op handen droegen, dat hij veel uren maakte en dat hij een goed actieplan had weten te schrijven, want anders hadden de achterblijvende tastbare resultaten, het dossier Gerard (Wist hij hoeveel Gerard uiteindelijk had meekregen?) hem de das omgedaan. En dan had die eikel zijn gebrek aan diplomatie en sensitiviteit niet eens zwaar meegewogen.

Maar omdat Bartjan mogelijk het idee kon hebben dat hij onevenredig zwaar zou zijn getroffen door de bezuinigingen (én een generieke korting én geen promotie tot assistent-vestigingsmanager) had het hoofdkantoor, op advies van die knuppel, besloten hem eenmalig een bonus toe te kennen van 10% van zijn oude jaarsalaris (of bijna 11% van zijn nieuwe salaris, had de overkant triomfantelijk voorgerekend). Of hij daar maar even blij mee wilde zijn.

Godverdomme!

In het glas van de buitendeur had een getergde man hem aangekeken, met een scheef dichtgeknoopte jas. Terwijl hij lopende zijn fout herstelde zag Bartjan op het parkeerterrein een witte Opel Astra in de buurt van zijn Audi stoppen. De schokkerige manier van achteruitrijden beloofde niet veel goeds. Bartjan had zijn pas versneld.

Met een flinke klap op het dak van die auto had Bartjan weten te voorkomen dat haar achterbumper zich in zijn rechter voorspatscherm had geboord.

Op de weg terug was de automaat in de sportstand gebleven. Op de radio had Gerard Ekdom een gouden ouwe aangekondigd, want een beetje vrolijkheid konden we wel gebruiken bij dit gure weer. Al bij de eerste tonen herkende Bartjan dat zeikliedje van Mika. Nog voor die viezerik aan zijn refrein was begonnen (*We are golden, we are golden*, blah, blah, kots, kots.) had Bartjan op het schermpje vóór hem een cd aangeklikt. Even later begeleidden de scheurende gitaren van Pearl Jam de grommende tweeliter turbo.

Once upon a time I could control myself.

Once upon a time I could lose myself.

Fuck Hoofddorp, fuck Christiaan, fuck Gerard, fuck iedereen!

38. Mandeveld

Onder de overkapping voor de makelaar was het bekende groepje Marokkaanse raddraaiers weer verschenen. Boven het geknetter van hun scooters en de luide maroccoflavour uit hun mobieltjes, kon Bartjan hun geschreeuw en gejoel woordelijk verstaan.

Wat hem zo stoorde aan dat tuig was dat zij op hoge toon van iedereen respect eisten zonder dat zij dat op hun beurt toonden aan de winkeliers en hun publiek. Vooral vrouwen moesten het ontgelden bij dat zooitje ongeregeld. Zonder uitzondering kregen zij in gebrekkig Nederlands (altijd het verkeerde lidwoord, zo moeilijk is dat toch niet?) de smerigste voorstellen naar hun hoofd geslingerd, terwijl donkerbruine ogen hen onbeschaamd uitkleedden. Het gevolg was dat vrouwen, maar ook oudere mensen, deze onderdoorgang meden. En dat was niet goed voor 'de loop' naar de winkels.

Ans had zich van deze intimidatie niets aangetrokken en was bij slecht weer de droge passage naar het kantoor blijven gebruiken. Toen een van die gastjes haar in het voorbijgaan in haar billen had geknepen, had zij zich omgedraaid en hem een oplawaai met haar paraplu gegeven. Daarna had zij geen last meer gehad van die rotjochies, zoals zij die kleine hufters noemde. Dat de groep keer op keer 'hoer' scandeerde als zij weer eens voorbij liep, deed haar niets. Zij maakte dan haar kleine-piemeltjes-gebaar met haar duim en wijsvinger (niet meer dan drie centimeter lang, veel te weinig voor een vrouw als zij) en liep rustig verder, flink doorhangend op haar hakken. Onbereikbaar en ongenaakbaar, dat was ze.

Maar o zo lekker, had Bartjan gemijmerd.

Zowel de winkeliers als het bestuur van de ondernemersvereniging hadden de jongeren meerdere malen aangesproken op hun gedrag en hen vriendelijk gevraagd weg te gaan. Ze werden zonder pardon weggehoond. Nadat het bestuur een officiële klacht had ingediend bij de politie en deze de jongeren had gesommeerd het winkelcentrum te verlaten, was het een tijdje rustig geweest. Een paar weken later waren ze weer teruggekomen en was het kat-en-muisspel met de politie begonnen. Wegsturen en terugkomen, opnieuw wegsturen en weer terugkomen, enzovoorts.

Bartjan had de politie gebeld met de opmerking dat hun actie geen effect had (de overlast was in zijn beleving eerder toegenomen door dat komen en gaan), gevolgd door de vraag wanneer zij eindelijk van woorden naar daden zouden overgaan. De lange lat was naar zijn mening de enige taal die deze onaangepaste en oversekste Berbertjes zouden begrijpen.

De agent van dienst had geantwoord dat hij zijn boosheid begreep, dat hij soms ook wel wat ruimere bevoegdheden wilde hebben om zijn werk naar behoren te kunnen doen, maar dat alleen rondhangen onvoldoende reden was om de mobiele eenheid in te zetten. Zijn advies was om vooral te blijven bellen als die groep jongeren weer overlast bezorgde zodat de politie een dossier over hen kon opbouwen. Dat zou de kans op een strafrechtelijke veroordeling vergroten, ervan uitgaande

261

dat de winkeliers aangifte zouden doen, want tot op heden had hij alleen klachten van hen ontvangen. En of Bartjan wist dat voor hen altijd nog de weg naar de civiele rechter openstond. Leden de winkeliers geen schade door deze groep?

Bartjan had de diender vriendelijk bedankt voor zijn advies, maar kon niet nalaten op te merken dat hij teleurgesteld was in de daadkracht en de effectiviteit van de plaatselijke politie. In Den Haag was men gewend de bocht korter te nemen.

Waarom hij dan niet daar ging werken? had de agent droogjes opgemerkt om daarna met een vriendelijke goede-middag de verbinding te verbreken.

Zover was het in Nederland dus gekomen, was Bartjans conclusie geweest. Tuig kon zijn gang gaan en hardwerkende ondernemers waren de dupe. En die politici in de Tweede Ka-mer maar praten en praten. Alsof die te gretig in de aanwezige camera's uitgesproken pakkende éénzinners de maatschappij zouden veranderen in de door hen gewenste richting. Alsof die kutmarrokanen door zoveel verbaal geweld van de dames en heren Kamerleden van schrik met hun gestolen scooters naar het ROC zouden rijden, daar netjes hun opleiding met dikke voldoendes zouden afmaken, om daarna, geheel in overeen-stemming met een eerdere verheffingsdroom van Jeannettes partij, massaal door te stromen naar het hoger beroepsonder-wijs.

Over het kabinet had Bartjan helemaal geen goed woord over. Het enige waar dat mee bezig waren, was slappe com-promissen sluiten om de eindstreep in mei 2011 te halen. Lie-ver dat dan een economisch gezond en veilig Nederland. Het moest niet veel gekker worden.

Zelfs de VVD was te links geworden, dat had zijn vader goed gezien. Maar om nu op die Limburger met die witte lok te stemmen, dat ging zelfs Bartjan te ver. Maar wat dan? had hij zich meerdere malen afgevraagd.

Bartjan had maar weer eens gebeld.

Terwijl hij de afspraak van half elf verwelkomde en wilde voorgaan naar de spreekkamer, zag hij twee agenten op mountainbikes afstappen en het groepje toespreken. Geen gezicht.

Het echtpaar had hun oog laten vallen op een hoekwoning aan het Mandeveld, in Getsewoud-Zuid. Met tuin, had de man trots gezegd. Voor de kinderen, had de vrouw verduidelijkt, terwijl ze zacht over haar buik wreef – de tweede was op komst. Hij werkte in de beveiliging, zij in de kinderopvang. Ze hadden hem hoopvol aangekeken, alsof hij verantwoordelijk was voor het uitkomen van hun droom.

Er was grote behoefte aan beveiligers, zeker aan een met alle vereiste papieren (en voorbij vlogen de drieletterige afkortingen, die Bartjan niets zeiden), vooral nu het slechter ging met de mensen, had de man beweerd. De man maakte het universele graaigebaar terwijl hij veelbetekenend naar Bartjan knipoogde. En zijn baas had vertrouwen in hem, want die had hem op 1 januari ingedeeld bij de beveiligingsgroep politie, justitie en defensie, wat verantwoordelijker werk was (ernstig gezicht en vinger voor zijn mond) en dus beter verdiende. De zilveren vink op zijn uniform blonk in het tl-licht. De vrouw keek haar man vol bewondering aan.

Bartjan zag een magere man van midden twintig met een bleek gezicht. Zijn uniform slobberde. Waarschijnlijk veel onregelmatige diensten gedraaid, dacht Bartjan, en ongezond gegeten. Hij moest zich inhouden om de stropdas van de man opnieuw te knopen en de dubbele knoop netjes tegen het boordje aan te schuiven.

De man gaapte, met zijn mond open, en liet Bartjan volop meegenieten van een slecht gebit.

Bartjan wist het al: hij zou hen geen tweede kopje koffie aanbieden.

De vrouw vertelde dat ze pedagogisch medewerker (Pardon? Groepsleidster? O... u bedoelt juf?) was en dat ze 36 uur in de week werkte. Hun kind zat in haar groep en omdat dat een verticale was zou ook hun tweede daar geplaatst worden. Dan kon ze mooi werken en moederen tegelijkertijd. Nee, de vrouw had geen behoefte aan een mamadag.

Of een papadag, vulde haar man gevat aan.

De vrouw reageerde niet op deze kwinkslag en ging door met haar verkoopverhaal.

Met de werkgelegenheid zat het wel goed, want er was in Nederland nog steeds een tekort aan kinderopvangplaatsen. Of meneer ook kleine kinderen had op de kinderopvang. Ja, eentje, een meisje. Nou dat wist hij wel waarover zij sprak. Nou en of.

En haar man werkte alle dagen van de week, ook bij toerbeurt in de weekends en in de nacht, poetste zij hun sterke punten verder op. De man roerde in zijn kopje koffie en speelde een zucht. Het moest Bartjan vooral niet ontgaan dat hier hard gewerkt werd voor hun bestaan. Daarna nam de beveiliger een slok en schoof het lege kopje een paar centimeter in de richting van Bartjan.

De vrouw was door haar punten heen en keek hem nu aan vragend aan. Naast haar begonnen vingers te spelen met de verpakking van het koekje. Eerst verfrommelden deze de plastic folie luidruchtig tot een propje, dat daarna van de ene vinger naar de andere werd doorgegeven, van links naar rechts en dan weer terug. Zoals een goochelaar met pingpongballetjes doet. Zij stoorde zich er niet aan, maar Bartjan vond hem een zenuwenlijder. Terwijl zijn vingers in volstrekte autonomie hun spel speelden, keken doffe ogen naar een plek ergens achter Bartjan.

Het invoeren van hun gegevens was een fluitje van een cent geweest. Voor de zekerheid had hij hun antwoorden op zijn vragen herhaald.

Dus hij verdiende € 1.750 bruto per maand en zij € 1.950?

Ja, zei de vrouw.

Dit was hun eerste koopwoning?

Ja, in koor.

Ze brachten geen eigen geld in?

Een zachte nee van hem.

Geen andere verplichtingen? Leningen? Alimentatie?

Natuurlijk niet, meneer kon toch wel zien dat zij van elkaar hielden?

Dat was mooi. Geen schulden? vroeg hij nog eens.

De vrouw schudde een nauwelijks zichtbare nee, terwijl ze licht geërgerd opzij keek. In de hand van de man was een mobiele telefoon verschenen. Bartjan herkende het model meteen (net nieuw op de markt en met alle gadgets erop). Die nietsnut tuurde naar het schermpje terwijl zijn duimen gehaast toetsen indrukten. Mister Security zat toch niet te gamen?

Op basis van de andere vragen concludeerde Bartjan hardop dat een levenshypotheek in combinatie met een deel aflossingsvrij de beste oplossing voor hen was.

Meneer zou wel weten wat het beste voor hen was, had de kinderjuf geantwoord. De discrete beveiliger ging geheel op in zijn spelletje.

Wat zijn onderbuik al aangaf, werd bevestigd door de getallen op het beeldscherm. Er zat een gat van ruim € 28.000 tussen de benodigde en de maximale hypotheek. Veel te veel. En dan had hij al rekening gehouden met 50% aflossingsvrij.

Bartjan twijfelde wat hij zou zeggen. Door het raam van de spreekkamer heen zag hij Ans naar hem kijken. Ze hield lachend haar duim omhoog. Gelukt?

Voor haar, de junioren en voor de vrouw tegenover hem zette hij in zijn hoofd een knop om. Hij zou die Buitenweg eens wat laten zien. En Jeannette zou begrijpen dat zij zich onnodig ongerust had gemaakt. Een Jelgersma kon zich wel degelijk aanpassen aan gewijzigde omstandigheden. De omdraaiing – van zorgvuldige belemmeringen naar creatieve oplossingen – zorgde voor licht en ruimte in zijn hoofd, en enige opwinding.

'Mmm... beste mensen, we zijn er bijna uit, maar nog niet helemaal.'

De vrouw voelde zijn stemming goed aan en veerde op, maar de man gaf geen reactie. Blijkbaar had hij teveel narigheid in zijn werk meegemaakt om nog te geloven in het goede van de mens. Toen Bartjan het bedrag noemde waarvoor ze met elkaar nog een oplossing moesten zien te vinden, zuchtte het uniform diep. Het propje gleed tussen twee vingers uit en viel op tafel.

'Tegen welke prijs denkt u de woning te kunnen kopen?' was Bartjans eerste onderzoekende vraag.

De vrouw vertelde dat ze een bod hadden gedaan van tien procent onder de vraagprijs van € 229.500. De verkopers hadden dit nog niet geaccepteerd maar dat zouden ze vast wel doen, volgens hun makelaar. Echtelijke problemen, had de man met een boosaardige grijns aangevuld terwijl zijn duim en wijsvinger het internationale geldgebaar maakte. Bartjan negeerde hem en ging verder.

'Maar,' was de vrouw Bartjan voor, 'we hebben ook nog geld nodig om het huis naar onze zin te maken. En de babykamer moet ingericht worden.'

Daarop informeerde Bartjan naar hun carrièreperspectieven. Wat hij daarmee bedoelde? vroeg de man. Of zij hun salaris de komende jaren nog zagen stijgen. Of er nog een promotie of bevordering aan zat te komen?

De vrouw had deze vraag blijkbaar verwacht en las voor uit haar notitieblokje. Haar man zat nu in periodiek 2 van schaal 4 van de CAO-VPB en die schaal ging tot maximaal € 2.100. Haar functie was gewaardeerd op schaal 6 van de CAO-Kinderopvang en die liep tot iets boven de € 2.300. Ze scheurde het papiertje af en schoof het naar Bartjan, alsof zij er zeker van wilde zijn dat hij de goede maxima invoerde in zijn berekeningsprogramma. Bartjan zag achter haar naam een maximum van bijna € 2.400 staan. De vrouw wilde de gevoelens van haar echtgenoot sparen. Mannen verdienen niet graag minder dan vrouwen, wist hij.

Op het beeldscherm zag Bartjan de getallen verschijnen. Hij had hun droom bijna verwezenlijkt.

'Als ik ervan uitga dat jullie in drie jaar op het maximum van jullie schaal zitten, zit ik er dan ver naast?'

Bartjan hoorde een duidelijk nee van haar en een hum van hem. In het tekstblok voor zijn advies typte hij dat hij de verwachting van de cliënten over hun salarisstijging niet onredelijk achtte. Beiden zouden er dan de komende drie jaar € 115 per maand op vooruit gaan, bruto wel te verstaan.

Daarna noemde de Bartjan de nettomaandlast. Het getal werd beantwoord met een dubbele zucht.

'Zullen jullie de komende drie jaar goed op de kleintjes letten? Want wat je nog niet verdient, dat kun je ook niet uitgeven.'

'Vanzelfsprekend,' zei de vrouw, terwijl ze naar haar man keek. Bartjan meende een stille terechtwijzing te zien. Hij tikte dat hij hen, in het kader van zijn zorgplicht, erop had gewezen dat zij de komende drie jaar zuinig moesten omgaan met hun huishoudbudget. Zij zouden hun maximumsalaris immers pas in 2012 bereiken. Voor handige tips om geld te besparen zou hij hen verwijzen naar de website van het Nibud.

'En,' ging hij verder, 'het zou ook verstandig zijn om te kijken wat echt nodig is om het huis naar jullie zin te maken, en wat uitgesteld kan worden. Elke euro die jullie kunnen besparen op de hypotheek is mooi meegenomen en geeft jullie wat lucht.'

De vrouw bedankte Bartjan voor dit advies maar herhaalde, nu stelliger en in de richting van haar echtgenoot, dat ze dat bedrag echt nodig hadden voor het huis. De man keek haar schaapachtig aan en haalde zijn schouders op. Bartjan keek op zijn scherm bij de vraag over andere verplichtingen en zag dat zij beweerd hadden geen schulden te hebben die bekend waren bij het Bureau Kredietregistratie in Tiel. Zonder op zijn vingers te hoeven letten, verscheen op het scherm het zojuist door hem gegeven tweede besparingsadvies.

Wat hem betreft was de financiering rond, concludeerde hij. Als de verkopende partij, de banken en Tiel ook wilden meewerken, dan zouden zij de trotse eigenaren worden van hun droomhuis. En waar was het nu beter wonen dan op een toplocatie als Getsewoud?

Bartjan stond op en feliciteerde hen, eerst de vrouw, en nadat hij zich zuchtend uit zijn stoel omhoog had geduwd, haar man. Hij herinnerde hen voor de zekerheid aan de checklist die hij hen had gegeven. Alle aangekruiste documenten waren nodig om zijn advies af te maken, en nog belangrijker, om een offerte bij de banken te kunnen aanvragen.

Bij de receptie knipoogde hij naar Ans. Op zijn uitnodigende gebaar stapte de man als eerste naar buiten. Terwijl hij de vrouw in de ogen keek, drukte hij een folder van het Nibud in haar handen. Uit haar blik en knik leidde hij af dat hij er niet ver naast zat. Maar dat waren niet zijn problemen. Zijn advies was goed en passend en aan zijn zorgplicht had hij meer dan voldaan.

Bartjan keek hen na toen zij voor de makelaar langs liepen, het plein overstaken en achter het grand café uit het zicht verdwenen. Deze manier van adviseren beviel hem. Hij kreeg er energie van en het was goed voor het kantoor.

'Goed gedaan, Bartjan. Koffie?' Even raakte Ans zijn onderarm aan, maar lang genoeg voor Bartjan om haar warmte te voelen. Iets wat hij de laatste tijd zo miste, thuis. In de verte hoorde hij scooters knetteren.

Bartjan zei dat hij liever water met bubbels wilde en gaf Ans het dossier van het echtpaar.

De resterende tijd tot de lunchpauze benutte Bartjan om zijn mailtjes te beantwoorden. Een van die berichten was de digitale nieuwsbrief voor de medewerkers van Hypotheekmannetje™. De kop 'Raad van bestuur in debat met TOEN' trok zijn aandacht.

Jan-Kees was, samen met een aantal andere 'captains of industry', met Eveline Bruinsma-Mosterd (de charmante leider van deze politieke beweging, tevens oprichter en eigenaar van een succesvolle keten van behandelklinieken voor plastische chirurgie en winnaar van de verkiezing van de ondernemer van het jaar 2009) in discussie gegaan over ondernemerschap.

Van het bijgevoegde videofilmpje kon hij geen genoeg krijgen. Hij wilde ook weer Trots zijn Op zijn €igen Nederland. En daarvoor waren inderdaad maar vier zaken nodig, telde hij met de mooie vingers van Eveline mee: 1. sterke economie, 2. veel ruimte voor ondernemerschap, 3. daadkrachtige

269

maar kleine overheid en 4. veilige samenleving (geen plaats voor raddraaiers).

Na haar oproep (in close-up was zij nog mooier dan van een afstandje) aan alle Nederlanders met het hart op de juiste plaats om mee te denken bij de realisatie van deze punten, was Bartjan verkocht. Op de website van TO€N meldde hij zich aan voor de themabijeenkomst Economie en Ondernemen in de Haagsche Kluis in Den Haag.

39. Narva

Zaterdag 5 februari 1944
Gevechtspauze, voor zo lang als het duurt. Als een haas wat woorden in mijn dagboek krabbelen.

Drie weken zijn verstreken sinds de laatste aantekening. Het komt mij voor als een eeuwigheid. Er is teveel gebeurd om aan het papier toe te vertrouwen, maar om niet af te stompen, schrijf ik de belangrijkste gebeurtenissen op. Blijven die tevens voor mijn nageslacht bewaard.

<u>14 januari</u>: zwaar artilleriebombardement, gevolgd door golven infanterie. 11. Kompie slaat de aanvallen af. Russische lijken drie rijen hoog in het voorterrein. Russen breken door de linies van de Luftwaffe Felddivision (!). Bunker Weltevree(ten) heeft het gehouden. Geen verliezen, alleen materiële schade.

<u>29 januari</u>: bevel om stelling te verlaten en terug te trekken naar Luga-Stellung bij Kalmotka. Om de haverklap aangevallen door Russische jachtvliegtuigen en tanks. Veel rijdend materieel verloren. T-34 uitgeschakeld met Panzerfaust. Proviand geroofd van tankbemanning, genoeg voor 2 dagen. Verliezen: Kijlstra dood (granaatscherf in slagader) en Jut lichtgewond (schampschot hoofd), maar nochtans inzetbaar. Onze Roemenen doen het boven verwachting. Taal blijft weliswaar een probleem.

271

<u>30 januari</u>: Rivier de Luga overgestoken, Luga-stelling 'links' laten liggen. De Russen drukken hard en houden het tempo hoog. We moeten hergroeperen in de Pantherstellung bij vestingstad Narva, in Estland. Op de weg daarnaartoe 5 dagen lang afweergevechten gevoerd! Nauwelijks tijd voor rust en verzorging. Mannen zijn doodop. Völlig abgekampft. Alleen maar 'achteruit vechten' is niet goed voor ons moreel. 2 T-34's afgeschoten, weer goede 'oogst' gehad, genoeg voor 3 dagen. Bittere strijd, over en weer worden krijgsgevangenen afgeknald. Het is niet anders. We kunnen ons die extra hongerige monden thans niet veroorloven. Munitie raakt op, de laatste vrachtwagen is op 3 februari de lucht in gevlogen. Laatste kilometers te voet naar Narwa. Geen verliezen.

<u>4 februari</u>: aankomst in Narwa, direct in geforceerde mars door naar de Pantherstellung. Meer naam dan daad, maar met hulp van Pioniere en Hiwis de stelling versterkt en verdiept. Houten bord weer opgehangen. Weltevree(ten) is in bedrijf. Onophoudelijke aanvallen door Russische luchtmacht. Geen verliezen, plaats Kijlstra wordt opgevuld door derde Roemeen, Michaël (machinepistool). Spreekt redelijk Duits, dus wordt hij onze Dolmetscher. Mannen zien eruit als kolenboeren. Tijd voor wassen en slaap is er niet. De Rus zet door.

<u>Heden</u>: Veldkeuken heeft vandaag weer gekookt, eindelijk hebben we een fatsoenlijke warme hap gekregen (boerenkool, brood en hete thee met wat suiker).

Na het middageten heeft de Rus ons een uurtje met rust gelaten. Die tijd hebben we benut voor het in orde maken van de wapens en de uitrusting alsmede het tellen van de munitie. Die inventarisatie baarde mij zorgen en ik heb de mannen opgedragen spaarzaam te zijn.

Scharf. Lobbestaal kwam met een slecht bericht terug van de staf. Er is een groot tekort aan onderofficieren en hij zal met onmiddellijke ingang de groep van gesneuvelde Untersturmführer Baier gaan leiden. Volgens hem zou ik het bevel over de groep krijgen.

Wat later liepen de chef en Hscharf. Loidl de bunker binnen om Unterscharführer De Jongh te feliciteren met zijn bevordering! Het was een hele eer voor mij om deze moedige mannen te mogen voorgaan in de strijd tegen de vijand, aldus chef Piller. Daarna kregen we allemaal het Panzer-Kampfabzeichen in brons opgespeld. Onze Roemenen glommen van trots. Onze borstkassen zaten reeds behoorlijk vol.

Hschaf. Loidl klopte mij op de schouders en stoptc mij een flinke tablet chocolade toe. De mannen hadden dat wel verdiend. Daarna liepen ze weg, met Lobbestaal tussen hen in.

Merkwaardig om in mijn eentje verantwoordelijk te zijn voor het wel en wee van de jongens. Ik zal Lobbestaal enorm missen. Het spijt mij dat er geen tijd is om fatsoenlijk afscheid van hem te nemen. Het 'uitdrinken' zullen we voor een later moment moeten bewaren. Lobbestaal kennende, zal hij deze gelegenheid niet aan zich voorbij laten gaan. Wat in het vat zit verzuurt niet, zullen we maar zeggen. Dat geldt overigens niet voor zuurkool.

De telefoonlijn is zo dood als een pier. Dat wordt weer 'ordonnansen'. Mooi klusje voor de Roemenen.

Dinsdag 25 juli 1944

Door mijn kijker heb ik onze Pioniere de bruggen over de Narwa zien opblazen. De terugtocht is derhalve op handen. Hoog tijd want als wij hier blijven zitten, dan bloeden we langzaam dood. Elke dag opnieuw luchtaanvallen (waar zijn onze Stuka's gebleven?), artilleriebombardementen, tankaanvallen en prikacties van stoottroepen.

Van de 9 man van mijn groep zijn er 6 over (3 Nederlanders en 3 Roemenen). Schoenmaker, Geurts en neefje Kuipers zijn gesneuveld bij een tegenaanval in de buurt van Dolgaja Niwa, om de doorgebroken Russen terug te slaan. Helaas was er geen gelegenheid meer om hun lichamen te bergen, hetgeen wij zeer betreuren.

Groenink was de afgelopen dagen wat stiller dan normaal.

Vissers bedient thans de LMG en ik heb na de dood van onze Limburger Geurts de twijfelachtige eer om de ranglijst 'kleine partizanen' aan te voeren.

Ironisch genoeg doen wij het nog goed met een bezetting van 66%, want ons Regiment 49 'De Ruyter' had op 1 mei slechts een sterkte van 47% (was op 1 maart nog 86%). In twee maanden tijd 1.500 mannen gesneuveld! Je moet er niet te lang bij stil staan, want anders draai je door.

Nog een feitje, waar ik bij toeval achter ben gekomen tijdens een bezoek aan de staf (bedeltocht voor vrachtwagen). Volgens de statistieken heeft minder dan 1% van de sterkte (slechts 70 koppen) het afgelopen jaar geen lang verlof gehad. Statistisch verwaarloosbaar, maar een groot gemis voor hen die het treft. Ik ben verdorie 1 van die koppen!

Lange tijd lang ben ik behoorlijk kwaad geweest, maar thans heeft het geen zin meer om mij daarover druk te maken. Als het in dit tempo westwaarts gaat, kom ik vanzelf thuis.

Het is alweer een maand geleden dat mijn goede vriend Lobbestaal sneuvelde tijdens een Spahtrupp met zijn peloton. De leiding wilde het front wat oostwaarts opschuiven voor een beter schootsveld van onze kanonnen. Daarvoor moesten zij weten hoe sterk de troepen tegenover ons waren. Het parool was gevangenen maken en meenemen.

Inlichtingen had de zaak weer eens verkloot (om met wijlen Geurts te spreken), want onze jongens liepen regelrecht het mijnenveld in. Daarna hebben de Russische mortieren gehakt van hen gemaakt. Vreselijk.

Door onze kijkers zagen we Lobbestaal het restant van zijn Zug naar voren leiden om in de eerste loopgraaf (die leeg was) van de Russen in dekking te gaan. Nadat onze Nebelwerfer voor dekking zorgden, zijn ze teruggeslopen.

Bij terugkomst in onze stelling telden we 6 mannen. Lobbestaal was daar niet bij (voltreffer mortier). Chef Piller heeft een woordje gesproken ter nagedachtenis van de gevallen kameraden. Hij prees de moed van Hscharf. Lobbestaal en zijn mannen en betreurde de 'erheblichte Verluste' tijdens actie 'Sommerfest' (!).

Die avond hebben we Lobbestaal in kleine kring 'uitgedronken'. De volgende dag heb ik met een houten kop drie Russen op 800 meter afgeschoten met mijn geweer.

Van Lobbestaals lichaam was geen spoor meer te bekennen. Ik hoop voor hem dat het in de Soldatenhimmel aangenaam toeven is, met veel zang, humor en drank. Prosit, oude makker, gute Reise!

Michaël heeft geen goede uitwerking op Jut en Jul. Ze trekken meer naar hem toe dan naar ons. Wat hij hen allemaal vertelt, weet ik niet, maar het gevolg is dat de Roemenen zich, als het maar even kan, terugtrekken in een stil hoekje om daar te gaan zitten smoezen. Michael voert dan het hoogste woord. Als ik hem daarop aanspreek, doet hij of hij mij niet begrijpt. Het bevalt mij niets en ik heb Vissers gevraagd om tevens een oogje in het zeil te houden. We kunnen ons in de vuurlinie geen tweespalt veroorloven. De taal is al hindernis genoeg.

Geheel tegen onze verwachting in, hebben we een Flammen-werfer toegewezen gekregen. Na overleg met Vissers en Groenink heb ik Michaël aangewezen om dit wapen te bedienen. Hij stribbelde tegen, maar toen ik dreigde met het Kriegsgericht, bond hij in. Jut heeft zijn machinepistool van hem overgenomen en was daar blij mee. Zo zie je maar.

De PK'ers berichtten dat de Führer op 20 juli aan een aanslag van een Duitse officier is ontsnapt. In de laatste brief van Antoinette las ik dat de geallieerden op 6 juni in Normandië zijn geland en oprukken naar de Duitse grens. Wat is er aan de hand aan het thuisfront? Voor ons staat een overmacht aan Russen en thans is onze rug ook niet meer gedekt. Ik weet niet wat ik ervan moet denken. De kranten zijn eveneens gedraaid in hun berichtgeving. Niks glorieuze overwinning in het Oosten, niks 'das Tor Europas gegen die Flut aus der Steppen'. Zelfs de Teutonen kunnen ons niet meer helpen. Het is thans nur Heimatverteidigung wat de klok slaat. Kein Schritt zurück, das ist unsere Lösung. Mooie boel.

Ik praat over de situatie met Groenink en Vissers. Wij zijn het erover eens dat het tij definitief gekeerd is. Maar ons geloof in de Heilige Zaak is evenwel onaangetast. Daarom zullen we er alles aan doen om de opmars van de kommunisten naar het Westen te stuiten. Zoveel mogelijk Russen doden, dat is ons parool. Weg met het bolsjewisme. Hou Zee!

Zaterdag 29 juli 1944
Vanaf 06.15 uur heeft de Rus onze stelling onophoudelijk aangevallen. Eerst trommelvuur en daarna vier (!) frontale aanvallen door hun infanterie, ondersteund door tanks. Met alles wat we in ons hadden, hebben we die rode rotzakken teruggeslagen. In onze sector staan 4 uitgebrande T-34's (met dank aan Jul en Groenink). Helaas hebben we nog niet de gelegenheid gehad om die te plunderen.

Michaël heeft zich bij een tegenaanval in brand gezet nadat hij was geraakt in beide benen. Vissers heeft hem vervolgens uit zijn lijden verlost. Jul heeft bij de Nahkampf bajonetsteken in zijn onderbuik gekregen. Toen wij hem vonden, was hij reeds gestorven. Ik heb een schampschot aan mijn rechterdijbeen opgelopen. Nadat Groenink de wond had verbonden, kon ik weer verder, als hinkepoot.

Zojuist hebben we iets merkwaardigs meegemaakt. Terwijl wij in de bunker uitpuften van de laatste aanval, begon de luidspreker aan de overkant te raaskallen. Normaliter zouden wij niet opkijken van onze bezigheden, maar deze keer wel. De stem kwam ons vertrouwd voor. Toen deze kerel onze namen noemde, wisten we het zeker. Het was De Waal, de schoft.

Onze situatie was uitzichtloos en als wij niet hetzelfde lot wilden ondergaan als Lobbestaal, dan konden wij ons beter overgeven. Wij zouden een goede behandeling krijgen, net zoals hij.

Op slag waren wij onze smerigheid en vermoeidheid vergeten en zijn we naar buiten gestormd. Vanuit onze posities hebben we luidkeels de meest vreselijke beledigingen naar de overkant geschreeuwd. Ook de andere bunkers waren uitgelopen om hun bijdrage te leveren. Het was hartverwarmend om al die kameraden eensgezind en vol vuur te zien schelden. Dankzij de oproep van De Waal bereikte de Russen een averechts effekt. Iedereen was vastbesloten zich tot de laatste man en de laatste kogel te verdedigen. Nu maar hopen dat de Russen die smerige overloper, als dank voor zijn bewezen diensten, tegen de muur zetten. Ik schiet hem anders graag voor ze af.

Om 21.30 uur zijn chef Hoffmann en Hscharf. Loidl persoonlijk langsgekomen om het parool door te geven. We moesten ons klaarmaken voor vertrek naar de Tannenbergstellung. Regiment 48 'Seyffardt' zou de aftocht dekken. Alles wat we niet konden dragen en bruikbaar zou zijn voor de vijand moesten we vernietigen. Groenink vroeg zich hardop af of dat, met alle respekt voor de Obersturmführer, ook gold voor de telefoonlijnen. De chef antwoordde dat de geachte Sturmmann daarvoor wel kon vertrouwen op de 'kwaliteiten' van Nachrichten. Als hij voor de zekerheid de lijnen nog wilde doorknippen, dan was zijn chef er absoluut zeker van dat de vijand die niet meer kon gebruiken voor zijn telefoonverkeer. Hilarisch!

Tegen 22.00 uur zullen we onze stelling verlaten, aldus de chef, voor een mars van 15 kilometer in westelijke richting.

Hoewel we uitgeput zijn en sterven van de honger en de dorst, is de stemming opmerkelijk goed. We hebben teveel meegemaakt om een potje te gaan zitten kniezen. Thans leven we en daar gaat het om. Morgen zien we wel weer verder.

En met elke stap die we thans zetten, komen we dichterbij huis.

40. Kamp Vught

Adriana had de brief nu drie keer gelezen en nog altijd kon zij niet geloven wat daar in een bibberig mannenhandschrift voor haar stond geschreven. Maar de foto's logen er niet. En dan was er nog die sleutel.

Zou het dan nooit ophouden? vroeg Adriana zich vertwijfeld af. Hans sprak in zijn brief over vergeving van zijn oorlogsverleden en mededogen met de verliezer. Was er dan niemand die haar foute moeder kon vergeven en die mededogen had met dit onschuldige kind? Had zij al niet meer dan genoeg geleden voor het NSB-verleden van haar familie? En waarom moest zij nu voor de zoveelste keer boeten voor een politieke keuze van haar grootouders, die zij alleen van foto's had gekend? Als die mensen geen lid waren geworden van de NSB, dan was dit allemaal vast niet gebeurd en had zij een zorgeloze jeugd gehad. Geen schaamte, geen pesterijen, geen verdriet, gewoon erbij horen.

Adriana stopte het zakdoekje terug in haar mouw en nam een slok water.

Nadat ze vanuit haar gemakkelijke stoel een tijdje in de tuin had gestaard, stond Adriana op en liep ze naar de eettafel. Deze keer begon ze niet met de brief, maar met de foto's.

Op de ene foto zag zij twee soldaten in Duits uniform die lachend naar een bord boven de deur van een huis wezen. Wat erop stond, kon ze niet lezen. In de jongeman links herkende ze met moeite oom Hendrik. Dan moest die andere forse knaap Hans Groenink zijn, concludeerde Adriana. De jongens hadden hun armen op elkaars schouders gelegd en keken zoals alleen boezemvrienden kunnen kijken.

Op de andere foto zaten Hendrik en Hans aan een tafeltje op een druk terras, terwijl ze uitgelaten proostten naar de fotograaf, met in de ene hand een glaasje en in de andere iets wat op een worstje leek. Achter hen stond een knappe, donkerharige vrouw met een fles in haar hand hard met de jongens mee te lachen. Een echt zomers tafereel. Als ze het uniform wegdacht, had het een vrolijk vakantiekiekje kunnen zijn.

Adriana legde de foto's samen met de sleutel – met de inscripties van haar af – terug in de stevige kartonnen bruine envelop, die de aardige Marokkaanse koerier vanochtend had gegeven, pakte de brief van de tafel en haalde diep adem. Haar handen trilden.

Sellingen, 1 mei 2010

Beste Adriana,

Volgens de doktoren heb ik niet lang meer te leven. Hooguit drie maanden, mogelijk maar een paar weken. De longkanker reageert niet meer op de behandeling. Domme pech, maar ik klaag niet, want ik kan terugkijken op 87 goede jaren. En geluk bij een ongeluk: ik hoef niet meer naar het ziekenhuis in Groningen, maar mag lekker thuis blijven. Een aardige vrouw van de thuiszorg past op mij.

Bang voor de dood ben ik niet meer, die angst heb ik lang geleden verloren. Maar ik krijg het benauwd van de gedachte dat mijn verleden met mij mee het graf in zal gaan. Ik heb niemand meer om het aan te vertellen. Mijn vrouw Ingeborg is vorig jaar overleden en ook wij konden, om dezelfde reden als Hendrik, geen kinderen krijgen.

Vandaar dat ik jou mijn verhaal wil vertellen. Niet alleen vanwege ons prettige telefoongesprek, maar ook omdat dat wat ik te zeggen heb bij jou in goede handen zal zijn. Sommige passages uit mijn brief zullen pijnlijk voor jou zijn, maar dat kan helaas niet anders. Hendrik en ik zijn vanaf dat we elkaar hebben leren kennen, in 1942, goede vrienden geworden en altijd gebleven. Het is daarom onvermijdelijk dat hij een grote rol speelt in mijn verleden.

Om te beginnen moet ik een leugen om bestwil rechtzetten. Hendrik, Antoinette en Greetje wilden jou en je broer Tom beschermen tegen nog meer onbegrip en haat van de buitenwereld. Hun enige drijfveer was hun onvoorwaardelijke liefde voor jullie. Ik vraag je dat in je achterhoofd te houden als je deze brief verder leest.

281

Hendrik en ik zijn tijdens de Tweede Wereldoorlog niet te-werkgesteld in Duitsland, noch hebben de Russen ons na de capitulatie gevangen genomen. Wij hebben de gehele oorlog (hij vanaf eind 1941, ik kwam er halverwege 1942 bij) gediend bij het Vrijwilligerslegioen Nederland, een onderdeel van de Waffen-SS. De Amerikanen hebben ons (Godzijdank) gevan-gengenomen en overgedragen aan de Binnenlandse Strijd-krachten. Tot 1952 zijn wij gevangen gehouden, eerst in inter-neringskampen, later in gevangenissen. Dat van die mishande-ling met onvruchtbaarheid als gevolg, dat klopt wel. In Hars-kamp zijn wij door onze eigen landgenoten, die zich soldaten durfden te noemen, dagenlang geschopt en geslagen. En dat terwijl de Yankees ons met alle egards behandelden tijdens ons verblijf in het krijgsgevangenkamp bij Kraak, boven Berlijn.

Na de oorlog was ik klaar met Nederland en heb mij in Duitsland gevestigd. Hendrik wilde niet buigen voor dat tuig, zoals hij die zogenaamde verzetshelden en kwatta-soldaten noemde, en is gebleven. Zijn verdere verhaal ken je en daarvan is niets gelogen, kan ik met de hand op mijn hart beweren.

Van mijn aanmelding bij het Legioen heb ik tot de dag van vandaag geen spijt. Ik had een bloedhekel aan de communisten (zoals zovelen toen) en zag dit als een uitgelezen kans om ze tegen te houden. Daarnaast kon mijn familie de soldij goed gebruiken, want er was grote armoede in Oost-Groningen.

Hendrik en ik deelden onze haat tegen de bolsjewisten zoals we de Russen in die tijd noemden. Voor hem telde ook nog het nationaalsocialistische ideaal. Ik vond dat luchtfietserij, en dat wist hij. Ik denk achteraf dat de dood van zijn broer Walter, die diende bij het Regiment Westland van de Waffen-SS en in oktober 1941 sneuvelde in Rusland, voor hem de echte reden is geweest om zich te melden voor het Oostfront. Hendrik voelde de verantwoordelijkheid om zijn broer te wreken, en dat kon in

zijn ogen alleen door zelf de strijd aan te gaan. Van een door-
wrocht pleidooi voor een rechtbank zouden de Russen niet
schrikken, grapte hij, als we het daarover hadden. Ik heb hem
altijd bewonderd voor dat besluit, niet in de laatste plaats
omdat jouw oom bepaald niet het fysiek had van een soldaat.
Maar hij paste zich snel aan en is het gevecht nooit uit de weg
gegaan. Uiteindelijk heeft Hendrik het tot onderofficier weten
te schoppen. Jouw oom was een echte leider die voor niets en
niemand uit de weg ging en altijd voor zijn mannen opkwam.

Toen de oorlog vorderde werd de financiële kant van de
zaak voor hem belangrijker want zijn familie in Den Haag had
het zwaar. De winkel van jouw grootouders was op sterven na
dood, grotendeels door de boycot door de 'goede' Nederlan-
ders.

In maart 1945 zijn Hendriks ouders omgekomen tijdens het
mislukte Engelse luchtbombardement op Bezuidenhout. Geluk-
kig voor hem, heeft hij dat toen niet geweten.

Ik vind dat je de enige waarheid over de vrijwilligers zoals
jouw oom en ik moet weten. Na de oorlog is ons veel onrecht
aangedaan. Ik zal je alle details besparen, maar een aantal
opmerkelijke gebeurtenissen wil ik je niet onthouden, zodat je
niet al te hard over jouw oom zult oordelen. Context en nuance
waren woorden die in de naoorlogse jaren niet aan de gemid-
delde Nederlander besteed waren.

Wij hadden verloren en zij gewonnen, althans, de gealli-
eerden hadden dat voor hen bewerkstelligd. De ironie wilde,
bleek bij latere studies, dat er waarschijnlijk meer landgenoten
in Duitse krijgsdienst hebben gediend dan er echte verzetslie-
den waren. Zelfs de regering was achteraf van mening dat de
bevolking te passief was geweest tijdens de bezetting. Het
overgrote deel had nauwelijks iets tegen de bezetter gedaan en

was slechts gericht op overleven. Sommigen hadden dankzij de zo geroemde Nederlandse handelsgeest zelfs flink verdiend aan de Duitsers. En dan zwijg ik gemakshalve maar over de hulp-vaardigheid van de Nederlanders bij het verklikken van hun Joodse plaatsgenoten.

Mij heeft die hypocrisie altijd dwars gezeten. Anderen voor je laten vechten, nauwelijks iets doen tegen de bezetter en dan na de bevrijding het hoogste morele woord hebben. Terwijl de cijfers tegen hen spreken. Als ruim 20.000 foute Nederlanders voor de Duitsers hebben gevochten, waren de overige 8,8 mil-joen Nederlanders in die oorlogsjaren dan per definitie goed? Dat gaat er bij mij niet in. En toch ging de discussie langs die lijn.

Maar goed, alleen de overwinnaar kan zich rechtvaardigen (zelfs als die oorlogsmisdaden heeft begaan) en de verliezer trekt aan het kortste eind. Het is niet anders.

Een onwerkelijke gewaarwording was dat de ondervragers van de Amerikanen ons volledige rehabilitatie aanboden als wij per direct dienst zouden nemen in hun leger. Onze ge-vechtservaring met de Russen was van onschatbare waarde voor hen. Wij kenden hun tactieken, materieel en terrein als geen ander. Je moet weten dat de Koude Oorlog direct na de overgave was begonnen en de Yankees die verdomde commu-nisten (terecht) voor geen cent vertrouwden. Hendrik en ik zijn niet ingegaan op hun voorstel (voor ons was de oorlog defini-tief afgelopen), maar sommige van onze kameraden wel. Het kon in die chaotische periode na de capitulatie voorkomen dat wij legionairs en andere SS'ers tegenkwamen, die gekleed waren in het Amerikaans uniform. Toen konden wij daar har-telijk om lachen.

Overigens deed het Nederlandse gezag ons hetzelfde aan-bod, maar dan om in Indonesië tegen de opstandelingen van

284

Soekarno te vechten en later tegen de communisten in Korea. Als we daarvoor hadden getekend, zouden we per direct zijn vrijgelaten en ons Nederlanderschap inclusief kiesrecht hebben teruggekregen. Uiteraard hebben we de heren weggehoond om hun laffe voorstel. Fout was blijkbaar een rekbaar begrip voor hen. Communisme was een erger kwaad geworden dan dienen in de Waffen-SS. Aan die ommezwaai wilden wij uit principe niet meewerken. Daarnaast zou het Nederlandse leger nooit kunnen tippen aan de Waffen-SS. Zo radicaal waren we wel, toen.

Achteraf bezien hebben Hendrik en ik de domme pech gehad dat wij vrij snel na de oorlog zijn veroordeeld door Bijzondere Rechtspleging. Het was algemeen bekend dat na verloop van tijd de houding van de rechters tegenover ons vrijwilligers milder werd. Ook scheelde het wie je oppakte en berechtte. Ik heb na de oorlog in Vlagtwedde kameraden gesproken die nooit voor de rechter zijn verschenen, maar rechtstreeks naar huis zijn gestuurd. Na een tijdje was het ook mogelijk je paspoort terug te kopen tegen een percentage van je loon. Kortom: volop willekeur en wederom die Nederlandse hypocrisie. Het hoogste vergrijp, want zo werd landverraad toen gezien, kon een paar jaar later worden afgekocht voor een schijntje. Typisch.

De vooringenomenheid over wie goed en fout was in de Tweede Wereldoorlog zit diep in de Nederlandse cultuur. Daar weet je moeder alles van, en jij waarschijnlijk ook.

De dodenherdenking op 4 mei was ieder jaar opnieuw een bezoeking voor mij. Ook nu weer. Wat Ingeborg ook probeerde, om mij af te leiden — uitstapjes, klusjes enzovoorts—, het mocht niet baten. Grote onrustgevoelens, misselijkheid en nachtmerries.

Ieder jaar hoopte ik dat ook de gevallen kameraden werden genoemd tijdens de plechtigheid op de Dam, en dat zij eveneens een krans en een eresaluut kregen, al was het van de Duitse ambassadeur. Wat deze soldaten allemaal wel en niet gedaan mochten hebben aan het front, het waren en blijven gesneuvelde Nederlanders.

Alle jaren was deze hoop tevergeefs, totdat een journalist van de Volkskrant begin 2008 een paginagrote advertentie plaatste van de slachtoffers van de Tweede Wereldoorlog waarin de gevallenen in vreemde krijgsdienst (wij dus) voor het eerst werden genoemd. Daarna brak in de media de hel los. Oud-verzetslieden organiseerden een rel en de hoofdredacteur bood zijn verontschuldigingen aan voor de fout van de journalist. Slappe hap.

Dat akkefietje heeft mij veel pijn gedaan. Waarom is het Nederlandse volk niet in staat om over haar vooringenomenheid heen te stappen en ons te vergeven? Gestraft zijn we al genoeg. Is mededogen niet juist een teken van een beschaving? En dat terwijl de oorlog meer dan zestig jaar achter ons ligt en het merendeel van de mensen die dat hebben meegemaakt al overleden zijn. Ik begrijp het domweg niet. In ieder geval was ik er elke keer weer kapot van.

Ik verwacht niet dat er in deze onverteerbare situatie nog verandering zal komen. Wij legionairs zullen in vergetelheid moeten sterven, terwijl onze hardnekkige strijd tegen de oprukkende Russen er juist toe heeft geleid dat zij slechts de helft van Duitsland konden bezetten. Zonder deze vertragingstactiek, die met enorme verliezen aan onze kant gepaard is gegaan, had Nederland een communistische buurman gehad. Zou men dat gewild hebben?

Een klein lichtpuntje was de verzetsman die vorig jaar toegaf een man te hebben geliquideerd die achteraf onschuldig bleek aan collaboratie met de Duitsers. Wat een moed! Maar ook deze handreiking werd niet opgepakt als opstap naar een breder gesprek over goed en fout. Helaas niet.

Ik ben wel klaar met schrijven. Alles wat mij dwars zit, staat nu op papier. Rest mij nog één verzoek aan je.

Wees zacht voor jouw moeder zolang ze nog leeft, want Greetje heeft een bewogen leven gehad. Haar ouders en oudste broer verloren in de oorlog, de ontberingen na Dolle Dinsdag, haar jongste broer Hendrik in gevangenschap en dan die vreselijke periode in kamp Vught.

Zij en vele andere NSB-vrouwen waren daar geïnterneerd. Het is algemeen bekend (en na te zoeken) dat de mannelijke kampbewakers daar veelvuldig misbruik hebben gemaakt van hun positie. Greetje was een van hun slachtoffers, heeft Hendrik mij verteld, en je broer Tom is er het gevolg van. En toch heeft zij hem, mede dankzij haar echtgenoot, volledig geaccepteerd en met liefde opgevoed.

Het enige waar Greetje zich nooit overheen heeft kunnen zetten is het verlies van haar ideaal, een nationaalsocialistische samenleving. Daarin was ze rechter door zee dan Hendrik. Maar vergeet niet dat zij ook jonger was en gemakkelijker te beïnvloeden door grootse (waan)ideeën en mooipraterij. En zij heeft niet de ontnuchterende werking van het Oostfront mogen smaken. Tegen die waanzin en ellende is geen enkele ideologie opgewassen.

Bij het opruimen van onze slaapkamer heeft de thuishulp de sleutel van Hendriks kistje gevonden. Die behoort jou toe. Om een indruk te geven hoe wij er toen uitzagen, heb ik wat foto's van toen bijgevoegd.

Ik hoop op jouw mededogen na het lezen van deze brief en wens je verder een goed leven toe.

Met vriendelijke groet,

Hans Groenink

P.S.: Zoals je wellicht weet, heeft jouw zoon mij een tijdje geleden bezocht. Ik heb hem vanzelfsprekend de leugen verteld.

41. Peet

Bartjan liep een rondje door zijn flat en controleerde de sloten op de ramen en bovenlichtjes. Allemaal dik in orde.

Nadat bij hem was ingebroken (en zijn iPod met favoriete liedjes was gestolen) en hij tijdens de training daarover gemopperd had, had een van zijn mensen hem aangeboden zijn hut te beveiligen zodat die klootzaken er niet meer in konden. Uiteraard voor weinig. Vrienden onder elkaar, nietwaar?

Op een zaterdag was Gerald langs gekomen met een arm vol met dozen en een gereedschapskoffer. Een paar uur later had Bartjan op alle ramen en deuren dievenklauwen en extra opbouwsloten (of hij had gezien dat deze het hoogste keurmerk hadden?) en een beveiligingsinstallatie. Daarna hadden ze contant afgerekend.

Bartjan pakte zijn sporttas van de bank, keek door de openstaande badkamerdeur in de spiegel en zag een afgetrainde kop. Terwijl het alarm geruststellend piepte, trok hij de voordeur achter zich dicht. De harde klikken van de drie sloten (boven, midden en onder) gaven hem het vertrouwen dat zijn spullen, hoe weinig ook, veilig waren.

Tussen zijn appartement en het trappenhuis passeerde hij op de galerij zeven voordeuren en even zoveel nationaliteiten. In zijn hoofd telde hij mee: Polen, Turken, Roemenen, Nigerianen, Somaliërs, Marokkanen en Surinamers. Luie smeerlappen, dat waren het, die ook nog eens geen respect hadden voor hun buren. En wat die lui aten, dat wist Bartjan niet, maar stinken dat het deed. De hele dag zat hun smoezelige vitrage dicht en als Bartjan, na een dag hard trainen, met een biertje op de bank naar de televisie keek, kwamen die gasten pas tot leven. Schreeuwen, huilen en lallen, en dat tot ver na middernacht.

Gelukkig was hij vaak op pad voor TOƐN, anders zou hij gek worden in deze woonbunker voor onaangepast uitschot en er eentje op zijn bek slaan. Maar wat hem bovenal tegenstond was de rommel. Overal was het smerig: op de galerij, in het trappenhuis, in de lift, in de hal bij de postbussen, in het plantsoentje en op het parkeerterrein. Bevlekte tissues, condooms, lege bierblikjes (halve liters van dat goedkope merk), opengescheurde vuilniszakken en, en dat geloofde zijn moeder niet toen hij het haar vertelde, menselijke ontlasting. Die Afrikanen waren thuis geen toilet gewend en scheten waar het hen zo uitkwam. Stelletje bavianen.

Voorlopig zat er echter niets anders voor hem op dan stug vol te houden.

Bartjan had na zijn gedwongen vertrek uit zijn huis aan de Wassenaarseweg op stel en sprong onderdak nodig gehad. Zijn moeder had hem natuurlijk zijn oude kamer aangeboden, maar dat wilde hij niet. Weg is weg. Daarbij kwam dat hij zijn handel en wandel niet wilde uitleggen aan zijn ouders. Vooral zijn vader zou steigeren als hij wist wat hij nu deed.

Werkeloosheid was iets voor slappelingen, volgens pa, en daarmee was elke discussie bij voorbaat kansloos. En TOƐN was de hergeboorte van iets wat we (dan bedoelde zijn vader ik en alle andere rechtschapen Nederlanders) niet nodig hadden in Nederland. Dat die Limburger op kosten van de belastingbetaler zijn onzin mocht uitkramen op de televisiezenders was al erg genoeg, maar een beweging van teleurgestelde middenstanders en andere sneue lui vond zijn vader gevaarlijker. Daar waar die Limburger luid de confrontatie opzocht (en zichzelf uitholde), werkten die geelmannen en hun leider in stilte aan hun foute idealen. Alleen van hun logo zouden de alarmbellen al moeten gaan rinkelen.

In die litanie had Bartjan dus geen trek. Hoe zijn moeder erover dacht, wist hij niet. Meestal ging zij wat anders doen als pa tekeerging tegen zijn beweging.

De vriendelijke baliemedewerksters van de woningcorporaties hadden hem op de wachtlijst gezet. Over een jaar zou hij aan de beurt zijn, want zijn geval was niet urgent genoeg (geen asielzoeker, geen vrouw, geen kinderen, geen uit de hand gelopen thuissituatie) Dankzij zijn contacten bij de beweging was hij aan deze flat gekomen. Het was droog, schoon, warm... en vooral goedkoop. En dat was voldoende voor hem geweest.

Een nieuwe baan op zijn niveau had Bartjan nog niet gevonden. Zijn werkcoach bij het UWV vond dat hij te weinig solliciteerde en zijn lat te hoog legde.

Waarom was meneer Jelgersma niet ingegaan op zijn aanbod om voor een halfjaar bij een verzekeraar te gaan werken als specialist inkomens- en zorgverzekeringen? De man had hem gewaarschuwd dat hij na een halfjaar WW — en of hij wel besefte dat het zo februari 2011 was? — geen passend werk meer mocht weigeren. Dat postbezorger ook onder die definitie zou vallen? En dat als hij dan weer zou weigeren, hij op zijn uitkering gekort zou worden? Of hij dat besefte?

Ja, zijn oren waren nog steeds goed, en met zijn hersens was ook niet mis, maar had de werkcoach al eens in zijn dossier gekeken? Vast niet, want dat had hij geweten dat hij het tot assistent-vestigingsmanager bij Hypotheekmannetje™ had weten te schoppen en dat meneer Jelgersma niet van plan was deze investering in zichzelf na tien zware jaren zomaar door de plee te spoelen door een of ander lullig baantje te accepteren. Niet in de laatste plaats omdat hij geheel buiten zijn schuld door die Engelse klootzak op 1 augustus, zonder een dankjewel of een ontslagvergoeding, op straat was gezet. En naast manager was hij hypotheekadviseur in hart en nieren. De huizenmarkt zou vast weer aantrekken en dan hadden ze ervaren mensen zoals hij hard nodig.

De werkcoach had zijn stok achter de deur herhaald en hem, voor zijn eigen bestwil, aangeraden om langs ene Gerdine te gaan. Zij was een van de onafhankelijke arbeidsadviseurs, die (heel gemakkelijk voor hem) bij het UWV inhuisden. Zij zou Bartjan vast en zeker verder kunnen helpen bij zijn re-integratie.

Pardon?

Bartjan stapte over een opengescheurde vuilniszak heen, drukte op het knopje van de lift en wachtte. Dat het lampje niet ging branden, verontrustte hem niet, want dat was al zo sinds hij hier moest gaan wonen, na de gedwongen verkoop van het huis en de breuk met Jeannette.

Naast hem verscheen een buggy. Het donkere meisje in het karretje zag eruit als een roze bonbon en had een fles met appelsap of iets dergelijks in haar mond. Op haar wangen zag Bartjan opgedroogd vuil zitten. Haar moeder was druk met telefoneren en besteedde geen aandacht aan haar dochter. In een voor hem onbegrijpelijke taal kakelde ze luidkeels naar de onzichtbare ander.

Eva had Bartjan de laatste weken niet meer gezien. Als hij naar haar foto in zijn portefeuille keek, dan kreeg hij het te kwaad. Vooral als hij alleen in bed lag en aan zijn dochter dacht, dan kwamen de stille tranen van verdriet en onmacht. Tranen die uiteindelijk plaats moesten maken voor woede, blinde woede op haar moeder.

Hoeveel pijn wilde die trut hem nog aandoen? Door haar toedoen was hij zijn droomhuis kwijtgeraakt en met een rest-schuld blijven zitten. En nu ontnam zij hem ook zijn dochter nog? En zijn moeder was het contact met haar kleinkind even-eens verloren.

Wanneer was genoeg genoeg voor haar?

In het bijzijn van de vrouwelijke mediator had Jeannette be-loofd mee te werken aan een bezoekregeling (van co-ouderschap kon wat haar betreft geen sprake zijn aangezien de vader werkeloos was). Maar die ene dag doordeweeks schikte nooit in haar agenda. Te druk met haar werk en de opvoeding, liet zij dan weten.

In het begin had Bartjan Eva in 'zijn' weekend nog wel meegekregen, maar nadat Jeannette zijn dochter een keer afge-leverd had voor de deur van zijn flat, was het voorbij geweest. Volgens de mediator zou de moeder haar dochter niet willen blootstellen aan een dergelijke omgeving. In de lift zouden lege heroïnespuiten op de grond hebben gelegen. De moeder vreesde voor de gezondheid van haar kind, zei de vrouw, in een afzonderlijk gesprek waarin zij beide echtelieden probeer-de door de zoveelste impasse in de onderhandelingen te hel-pen.

De lift kwam maar niet en over tien minuten zou zijn tram naar Centraal Station vertrekken.

Of het nu het geschreeuw van het roze bonbonnetje en haar moeder was of de zure lucht van het net aangeschoven groepje kettingrokende Polen die hij rook, dat wist hij niet, maar Bartjan kreeg ineens enorm zin om erop in te hakken, het slecht verlichte halletje voor de liftdeur leeg te vegen en de lompe koppen alle veertien trappen naar beneden te slaan. Hij zou de telefoon uit die Afrikaanse mama te rukken en de lege zuigfles van haar dochter tot ver achter in haar keel te rammen.

Zijn jongens zouden wel te porren zijn voor zo'n dolletje. Ze hadden hem immers al eens eerder geholpen, toen een groepje Marokkaanse jongens voor de zoveelste keer brand had gesticht in de hal met de postbussen en Bartjan een belangrijke brief van de mediator had gemist.

Maar Bartjan wist zich te beheersen. Eveline had gelijk: onze tijd komt nog. Hij drong zich door de Polen heen en trok de deur naar het trappenhuis hard open. Terwijl hij achter hem iemand hoorde vloeken in gebroken Duits (hij zou een Schwein en een Arsloch zijn), sprong hij het donkere gat in, de zure pislucht tegemoet.

Eenmaal buiten op het parkeerterrein haalde hij een paar keer diep adem om de vuiligheid van de flat kwijt te raken. De koude lucht prikte aangenaam in zijn luchtwegen.

Ergens, aan het einde van de eerste rij auto's, gilde een alarm en knipperden panieklichten. Bartjan sloeg er geen acht op en liep verder in de richting van de tramhalte. Zijn Audi stond immers veilig bij zijn moeder in de straat geparkeerd.

In zijn eerste week in de flat had het tuig zijn linkerbuitenspiegel ervanaf getrapt. Tonnie van de Kwikfit, zo noemden de jongens hem, had die voor een matsprijs vervangen, maar zelfs dan nog was het een rib uit zijn lijf geweest. Bartjan kon zijn geld wel beter gebruiken.

Gelukkig voor Bartjan was tram 6 weer eens te laat.

Toen hij zijn strippenkaart terug stopte in zijn portefeuille, zag hij zijn fel oranje lidmaatschapskaart. B. Jelgersma, nummer 8579, maart 2010. Van de pasfoto keken felle ogen hem aan. Die blik had hij nog, maar die dikke kop niet meer. Waar vroeger vet had gezeten, vielen zijn wangen nu in. En ook die kleine onderkin had het veld moeten ruimen. Bartjan voelde zich topfit en sterker dan ooit.

Loopbaan en geld zeiden Bartjan niet zoveel meer, want hij had een hoger ideaal om voor te strijden en dat waren de beweging, zijn mannen en natuurlijk Eveline.

In het echt was Eveline Bruinsma-Mosterd nog indrukwekkender geweest dan in het filmpje. Knap, welbespraakt en inspirerend. De leider deed Bartjan aan zijn Haagse dame denken.

Blijkbaar was hij haar ook opgevallen, want na een aantal themabijeenkomsten over economie en ondernemen, waar hij zich goed op voorbereid had en dus behoorlijk aan het woord was geweest, was Bartjan na afloop van een avondbijeenkomst in Hotel Van der Valk Schiphol benaderd door iemand van de Haagse afdeling.

Volgens deze Peter (zeg maar Peet) hield de leider ervan als mensen initiatief toonden, zeker als die gekoppeld ging aan inhoudelijke kwaliteit. Mevrouw Bruinsma had bij het secretariaat zijn gegevens opgevraagd en was onder de indruk geweest van zijn loopbaan, beweerde die Peet. De beweging had grote behoefte aan iemand met aantoonbare leidinggevende kwaliteiten, zeker als die gewend was met alle lagen van de bevolking om te gaan. En zijn Haagse achtergrond was een pré.

Bartjan had gezegd zeer vereerd te zijn met Evelines waardering, maar dat het fijn zou zijn als Peet ter zake zou komen. Het was al laat en hij moest nog naar huis rijden.

Het kon Bartjan niet ontgaan zijn, zo nam Peet aan, dat na het succes bij de gemeenteraadsverkiezingen de kritiek op de beweging feller was geworden. TOEN was immers een reële dreiging geworden voor gevestigde partijen bij de Tweede Kamerverkiezingen begin 2011. De leider voelde zich niet overal veilig meer en toch wilde ze naar de kiezers toe blijven gaan. Nu had zij wel beveiligers ingehuurd voor openbare optredens, maar die hadden, als het erop aankwam, te beperkte bevoegdheden. Daarnaast waren die zo zichtbaar, met hun uniformen en glimmende insignes.

Soms had mevrouw Bruinsma behoefte aan een discrete en effectieve oplossing voor een acuut veiligheidsissue, als Bartjan begreep wat hij bedoelde. Daarom had zij hem, Peet, gevraagd een persoonlijke lijfwacht samen te stellen die haar overal zou beschermen tegen de vijanden van de beweging. De mannen had hij al gevonden maar hij was nog op zoek naar iemand die hen in goede banen wist te leiden, zodat de leider niet in verlegenheid gebracht zou worden. Het waren doodgoede jongens (lief voor hun moeder), alleen een beetje hardhandig, moest hij weten.

Als hij interesse had dan hoefde Bartjan niets meer te doen dan de volgende dag om tien uur in de ochtend op het aangegeven adres te verschijnen. Peet had hem een briefje in zijn hand gedrukt. Als hij er niet zou zijn, dan was het aanbod nooit gedaan.

Na het gesprek met Peet was Bartjan naar de bar gelopen voor de nazit met aangeklede borrel. Zijn verbazing was groot toen hij daar Ans zag zitten. Op zijn vraag of zij hier ook voor de beweging was, had ze nee geschud. Ze was hier voor haar werk, of eigenlijk haar tweede baan, want van dat schamele salaris van Hypotheekmannetje™ kon zij niet meer rondkomen. Dus kluste ze wat bij in de avonduren.

Voordat Bartjan had kunnen vragen wat zij er dan zoal bij deed, was haar mobiele telefoon in haar handtasje afgegaan. Met een verontschuldigend gebaar nam zij op en humde een paar keer. Daarna stond zij op en verontschuldigde zich bij hem met een vluchtige kus op zijn wang. Ze moesten hoog nodig eens bijpraten. En wat zag hij er goed uit, had ze goedkeurend gezegd. Daarna was Ans weggetikt in de richting van de lobby. In zijn hand had Bartjan haar visitekaartje gevoeld.

In Your Dreams, Ans Meulmeester, personal coach, las Bartjan. Hij had het kaartje opgeborgen in zijn portefeuille. Natuurlijk zou hij van alles van haar willen weten, maar nog meer dan dat zou hij haar willen neuken. Nu kon het.

De volgende dag was Bartjan naar die voormalige garage aan de andere kant van het spoor gegaan. Peet had hem kort voorgesteld aan de jongens en omgekeerd. Daarna was de gezamenlijke training begonnen. In het begin had Bartjan de kat uit de boom gekeken maar na verloop van tijd, toen hij zijn mannen beter leerde kennen, had hij zijn reserves laten varen en voluit meegedaan.

Het was al weer vier maanden geleden dat hij de directe verantwoordelijkheid had gekregen over de lijfwacht, dacht Bartjan, terwijl hij het Centraal Station uitliep op weg naar hun honk. Aan de overkant in de onderdoorgang bij het Ministerie van VROM zag hij een bekende hoekige gestalte tegen de pui leunen.

Met: 'Goedemorgen, Drie,' begroette Bartjan Wesley, de ex-marinier, met zijn oproepcode. Alleen in het trainingslokaal mochten de leden elkaar bij de voornaam noemen.

'Mogguh, Eén. We zijn er weer klaar voor.'

'Goed zo, Drie. Zin in een bakkie?'

'Lekkahr.'

Bij de take-away bestelde Bartjan twee koffie. Een met alles erop en eraan voor Wesley en een café crème voor hem.

42. Libau

Dinsdag 30 januari 1945

Godzijdank hebben we gisteren het Koerland achter ons kunnen laten. Voor Vissers en mij was het een vreemde gewaarwording om de haven van Libau uit te varen. Waren wij immers niet in januari 1942 juist in deze haven geland om als kersverse Legionairs de eindzege aan het Oostfront binnen te halen? Voor de anderen was dit de zoveelste stad die men achter zich liet en waarvan men de naam niet zou onthouden.

Iedereen is zeeziek en wil zo spoedig mogelijk van boord. Ik niet, wat mij betreft blijven we geruime tijd uit de buurt van de Russen. Ik geniet van de rust en herschrijf mijn dagboek, waarbij ik steun heb aan mijn dagrapporten, maar nog meer aan de geheugens van Groenink en Vissers. Wat die allemaal niet onthouden!

De teksten, die ik de afgelopen maanden gehaast heb opgekrabbeld, missen kop en staart en schieten van links naar rechts. Sommige pagina's zijn zelfs voor de schrijver niet meer te ontcijferen. Het lijkt wel Russisch!

Maar ik zet door, het verhaal moet goed verteld worden, opdat mijn kinderen beseffen wat hun vader heeft uitgespookt in de oorlogsjaren. Maar nog belangrijker, waarom hun vader heeft gestreden tegen het bolsjewisme.

Begin september 1944 hebben we de Tannenbergstellung verlaten om te hergroeperen in het westen. Van de PK'ers hoorden we dat de Russen waren doorgebroken bij Pleskau en doorgedrongen in de richting van Riga in Letland. Daar, in het Koerland, zouden de bolsjewisten tegengehouden moeten worden. De latrinegeruchten spraken evenwel van een dreigende Einkesselung, met alle paniek vandien.

Chef Hoffmann was tijdens Befehlsausgabe Godzijdank 'klip und klar' geweest over het belang van deze achterwaartse beweging. Als we niet als een haas naar het zuidwesten zouden terugtrekken, dan zou de vijand ons afsluiten van de Heimat en dooddrukken tegen de Oostzee. De stafkaart aan de muur van de kommandobunker sprak boekdelen. Maximale weerstand in de strijd tegen de vijand was niet alleen een militaire noodzaak geworden, maar tevens een persoonlijk belang. Als we eingekesselt zouden worden, dan kwamen we nooit meer thuis. Derhalve moesten we tot de laatste man vechten.

Op de valreep van ons vertrek deelde de chef bevorderingen en decoraties uit. Ik kreeg het EK der tweede klasse opgespeld en was zo trots als een aap met zeven lullen. Vissers werd eindelijk Sturmmann. Ik hield mijn hart vast tijdens de plechtigheid maar ons orakel wist zich te gedragen. Jut sprong een gat in de lucht toen hij hoorde dat hij voortaan met Oberschütze aangesproken zou worden. Een welverdiende erkenning van zijn inzet en moed.

Onze groep werd 'zomaar' aangevuld met drie Volksduitsers, zodat we officieel op 70% gevechtssterkte zaten. Veel verwachtte ik niet van deze mannen, veel te zachtaardig en nauwelijks fronterva-ring. Jut kreeg de opdracht zijn landgenoten zo goed en kwaad als het ging wegwijs te maken. Hij wist hun namen, ik nam de moeite niet meer. Bovendien was hij niet voor niets soldaat der eerste klasse geworden. Rang verplicht.

Wij maakten thans deel uit van 8. Kompie van II Bataillon van Regiment 49 'De Ruyter". III. Bataillon was opgeheven, 11. Kompie einfach leeggebloed.

Na een korte stop in Pernau in Estland zakte II/49 rap 'nach unten', richting Igumi in Letland, ten zuiden van het Burtnikumeer. Jut raakte een van zijn Roemenen kwijt. Een scherpschutter schoot een deuk in Groeninks Stahlhelm, maar meer dan een houten kop hield hij er niet aan over. Soldatenglück!

Daarna ging het verder, zuidwaarts naar Piculi. Op 24 september kwam het tot zware gevechten. In de Nahkampf wist 8. Kompie 7 T-34's te knacken, waarvan er 3 voor rekening van het duo Groenink/Jut kwamen. Ik heb ervoor gezorgd dat de chef op de hoogte was van deze heldendaden. Ook Groenink verdiende het bevorderd te worden.

II/49 wist juist op tijd aan de Einkesselung te ontsnappen. Terwijl wij op een veerboot naar de 'veilige'overkant van de rivier de Düna werden gebracht, zagen wij dat Riga in brand stond. Doodzonde van de wonderschone stad.

Vervolgens ging het langzaam westwaarts, waarbij wij verbeten afweergevechten moesten voeren. De tweede Roemeen sneuvelde.

Omstreeks 15 oktober betrokken wij de stellingen tussen Skuodas en Vainode, aan de grens met Litouwen. Het werd weer het oude vertrouwde liedje. Ingraven, uitdiepen, prikacties afslaan van Russische stoottroepen, artillerieovervallen doorstaan, alert zijn op sluipschutters, dagelijkse routine van ontluizen en ga zo maar door. Nachrichten had wederom de telefoonlijnen niet voor elkaar, maar daar konden ze voor de verandering weinig aan doen. Werk van partizanen, meestentijds geen Letten, maar etnische Russen. We knalden er 4 af, als afschrikwekkend voorbeeld voor anderen, maar dat hielp weinig.

Van 27 tot en met 29 oktober beleefden we een van onze zwaarste dagen in het Koerland. De Russen openden de aanval op onze stellingen met hevig trommelvuur, gevolgd door golven frontale infanterieaanvallen. Delen van Stab, Nachtrichten en Tross moesten ingezet worden om onze posities te houden. Weer 4 Panzer geknackt. Erhebliche Verluste, aan beide zijden. De derde Roemeen sneuvelde bij de Nahkampf, we zijn weer met ons vieren. Tijdens de rooftochten in het pikkendonker konden we onze proviand weer aanvullen. Immer noch slaat Stalin tankbemanning hoger aan dan voetvolk. Ook in zijn arbeidersparadijs wordt klaarblijkelijk onderscheid gemaakt tussen luxe paarden en werkpaarden. In de rokende schroothopen vonden we voor 4 dagen voedsel! En twee Russische machinepistolen (Hou Zee), die ik toewees aan Groenink en Vissers. Jut 'warrr sehrrr frrroh' met het pistool van een dode Russische officier, vooral het koord eraan vond hij interessant.

De veldpost ligt definitief op haar gat. Sinds Narwa heb ik geen brieven of pakketten meer ontvangen van het thuisfront. Van de PK'ers hoorde ik dat Den Haag het afgelopen jaar een aantal malen was gebombardeerd. Het zou om vergeldingsaanvallen gaan voor V2-raketten die vanuit het Haagsche Bos zouden zijn afgeschoten op Engelse steden. Dat nieuws baarde (en baart) mij grote zorgen want mijn familie en Antoinette wonen in Bezuidenhout, op een steenworp van dat bos. Hebben zij de aanslagen overleefd? Staat hun huis er nog? Ik vrees het ergste.

Ook zou, volgens onze welingelichte bronnen, de NSB op 5 september in elkaar zijn gestort nadat bekend werd dat de geallieerde troepen die dag Breda zouden bevrijden. Vrouwen, kinderen, maar ook mannen (!) van de beweging zouden massaal op de vlucht zijn geslagen. Duizenden NSB'ers zouden per trein naar Duitsland zijn getransporteerd.

Ik kan dit haast niet geloven. Worden wij verraden door onze eigen mensen? Strijden wij hier voor ons leven terwijl ze achter ons bij het minste of geringste gerucht op de vlucht slaan? Wat is er gebeurd met die lui de afgelopen 3 jaar? Heeft al dat kantoorwerk voor slappe knieën gezorgd? Het enige wat ik kan hopen is dat mijn familie niet schuldig is aan deze eerloze 'Feigheit vor dem Feind' en op hun plaats is gebleven in Den Haag. Wat als zij ook in de trein zijn gestapt of geduwd? Waar zouden zij dan thans zijn?

De onzekerheid over hun lot knaagt aan mij. Een geruststellend woordje van hen zou fijn zijn.

Op 21 december 1944 begon het feest opnieuw. Trommelvuur enzovoorts. Libau en Frauenburg waren het doelwit van de Russen. Wij hebben die keer gezwijnd want het zwaartepunt van de aanval lag elders. 8. Kompie kon zich beperken tot storingsvuur, prikacties en Spahtrupp. Geen verliezen. Laag munitiepeil.

Tot 23 januari heeft 8. Kompie weinig te doen gehad. Kou geleden, weinig te eten gehad en veel ongedierte gedood. Jut voerde de ranglijst 'kleine partizanen' aan en ik moest zelfs Vissers voor mij dulden. Wat een blamage!

In deze periode heb ik mij wederom toegelegd op het schieten, want de groep marcheert ook wel zonder mijn bezielende leiding. 12 Russen heb ik afgeschoten. Ik merkte dat mijn 'roem' aan de overkant niet onopgemerkt voorbij gegaan was. Hun sluipschutters zouden mij de dood injagen, voorspelde de met ons meegereisde De Waal door de luidspreker. Er zou een hoge beloning op mijn hoofd staan. Ze deden hun best maar. Vervolgens heb ik nog 3 van de rotzakken een kopschot gegeven. De Waal kon de pot op. Hou Zee voor Oscharf. Metzenbauer!

Op 24 januari was het gedaan met het luie leventje. De Russen vielen weer aan. 8. Kompie werd uit de stelling gehaald om bij Kaleti een doorbraak te voorkomen. De gevechten waren onwaarschijnlijk fel en smerig. We hadden alle vier her en der snij- en schaafwonden en blauwe plekken, terwijl ons tenue onder het bloed enzovoorts zat. Het was een Godswonder dat we nog leefden. We spraken het niet uit naar elkaar, want dat bracht ongeluk, maar in ieders ogen zag ik het. Wanneer zou ons Soldatenglück verbruikt zijn?

Twee dagen later kregen we het parool om te verzamelen en naar de haven van Libau te marcheren. De Brigade zou, volgens onze chef, het Koerland verlaten om ingezet voor Heimatverteidigung aan de Weichsel.

Zojuist hebben we een bord warm eten (het eerste sinds lange tijd) en een portie Schnaps gekregen. De kombinatie van beide zorgde ervoor dat de jongens sofort in slaap vielen. Vier snurkende en stinkende Schweinen. Het witte verband steekt scherp af tegen het kolenboerzwart van hun gezichten en handen. Geen gezicht, maar zo vertrouwd.

Ik ga ook maar eens maffen.

2011

43. Plein

Vanochtend vroeg had hij afscheid genomen van Ans. Ze sliep nog half toen hij zich aankleedde en haar op het voorhoofd kuste. Ondanks zijn tegenwerpingen was ze toch opgestaan en had ze een eenvoudig, maar voedzaam ontbijt voor hem gemaakt.

Op de A44 had Bartjan de cruisecontrol op de maximum-snelheid gezet (geen boete en lekker zuinig). Uit de luidspre-kers klonk 'Sexual Healing' van Marvin Gaye. De beelden, geluiden en geuren van de nacht waren teruggekomen.

Ze hadden *for sentimental reasons* afgesproken bij het grand café annex steakhouse in hun winkelcentrum. Ans was Ans geweest: goedlachs, vriendelijk, ondeugend, maar vooral een lekker wijf. Ze hadden gedronken, geroddeld over Hypo-theekmannetje™ en veel gelachen.

Toen Bartjan had geïnformeerd naar haar tweede baan, had zij geantwoord dat hij wel alles moest eten (met haar vork wees ze lachend naar zijn T-bonesteak) maar niet alles mocht weten. Discretie was zeer belangrijk voor *In Your Dreams*, moest hij weten.

Tegen tienen was Bartjan achter haar aan gereden naar haar huis in Nieuw-Vennep. Na een fles wijn had Ans gezegd dat ze even naar boven moest, om iets gemakkelijkers aan te trekken. Na tien minuten had zij hem geroepen. Of hij zin had om naar boven te komen? Dat had hij.

Even dacht Bartjan dat hij droomde toen hij haar zo in de deuropening zag staan. Het was alsof alle dromen in een klap werkelijkheid waren geworden. In haar strakke lederen catsuit was Ans hem voorgegaan naar haar werkkamer, zoals zij dat noemde.

Met een prettige spanning in zijn spijkerbroek was hij naar Den Haag gereden. Uit veiligheidsredenen had hij zijn auto een eindje uit de buurt geparkeerd, aan het Lange Voorhout.

Het was druk op Plein, die donderdag na Bevrijdingsdag. Bartjan liep door de menigte op Plein met een stapel folders van de beweging in zijn hand. Onder zijn blauwe wollen muts meldden zijn mannen zich één voor één in zijn oortje.

Over tien minuten zou de leider haar kiezers toespreken vanaf het verhoogde podium, dat op haar uitdrukkelijke verzoek niet uitzag op de Tweede Kamer, maar op het plein en de terrassen aan de overzijde. Ze was er voor de Haagse bevolking en niet voor de oude politiek. En de hoop van andere partijen en belangengroeperingen om hun boodschap het Kamergebouw in te toeteren en te trommelen zodat ze gehoord zouden worden was ijdel, maar bovenal zielig. Die goedbetaalde volksvertegenwoordigers met riante wachtgeldregeling hadden de gave noch de wil om te luisteren naar de behoeften van het volk. En daarom, had zij haar toehoorders in het land voorgehouden, daarom moesten we hen, lieve mensen, geen aandacht geven en zeker niet serieus nemen.

Bartjan had ze al zien aankomen, voordat nummer twee het hem meldde. Rechtsvoor, uit de Korte Houtstraat, kwamen ze aangemarcheerd, de linkse radicalen die overal in het land de bijeenkomsten van TO€N probeerden te verstoren. Op hun spandoeken las hij de bekende teksten. *TO€N was fascisme heel gewoon. Mosterd is Mussert na de maaltijd. NSB Nee! Weg met deze wolfsangel in schaapskleren!* En natuurlijk het hakenkruis in de kleuren van de Hollandse vlag, op een oranje achtergrond.

Zo flauw en zo ernaast. Bartjan stoorde zich er niet meer aan (hij stond boven dat linkse tuig), maar sommige van zijn mannen, en vooral Wesley, waren bloedlink geworden van dat getreiter en gezuig zo vlak voor hun neus. Met moeite had hij de ex-marinier bij de vorige bijeenkomst in Eindhoven in bedwang kunnen houden.

'Eén, Drie hier. Wouten op drie uur.'

Bartjan keek naar links en zag een peloton Mobiele Eenheid uit de Lange Houtstraat oprukken en zich voor de betogers posteren. Ook Lange Poten werd door de politie afgegrendeld.

'Hier Eén, voor allemaal. Tussen podium en linie ME blijven. Let op dreiging voor, links en achter.'

Achter hem begon de huisband te spelen. Over enkele ogenblikken zou de leider opkomen Plein stond vol en naast het podium deed Ferry Mingelen nog gauw een stand-up voor de camera.

Opeens hoorde Bartjan een harde knal, uit de richting van de cordon. Door de rook kon hij niet zien wat er gebeurd was, maar het had veel weg van zwaar vuurwerk. Hij zag de mensenmassa wat naar links uitwijken (maar niet veel want men was hier wel wat gewend) en hoorde de politie door de megafoon de laatste waarschuwing aan de ordeverstoorders geven.

Het antwoord was gejoel (politie nazi, politie Gestapo, politie NSB) en vervolgens nog een knal.

'Zes, hier Eén. Wat zie jij vanaf jouw positie?' Gerald stond in de coulissen van het podium en had daardoor een beter uitzicht over het plein.

'Eén, hier Zes. Kit drijft ze de Korte Houtstraat in. Verder geen bijzonderheden.'

Bartjan knikte naar Peet en die sprak op zijn beurt iets in zijn mobiele telefoon.

De voorzitter van de Haagse kieskring kwam op en kondigde Eveline Bruinsma-Mosterd, de leider van Trots Op ons €igen Nederland, aan. Na een daverend applaus hoorde Bartjan haar vertrouwde stemgeluid achter zich. Licht hees en een beetje deftig.

'Eén, hier Vier. Rugzakken uit Korte Vijverberg. Checken?'

'Vier, hier Eén, alleen observeren, ik kom eraan.'

Rugzakken waren verdachte personen met een rugzak of een tas waarin wapens of stenen konden worden verborgen. En verdacht waren afwijkende haardracht, bleke huid (wat volgens Gerald kwam door al dat konijnenvoer dat die geitenbreiers aten) en alternatieve kleding.

Achter de ingang naar de parkeergarage trof hij Tonnie van de Kwikfit. En wat Bartjan al vermoedde, werd bewaarheid toen deze hem via het oortje naar die foute gasten leidde.

Bartjan zag ze alle vier langzaam maar naar de achterkant van het podium bewegen. Het leed geen twijfel dat dit radicalen waren. Het opstootje aan de overkant was slechts een afleidingsmanoeuvre, besefte hij, voor de feitelijke aanval van links.

'Hier Eén, aan allemaal. Vier rugzakken gesignaleerd bij toegang Korte Vijverberg. Twee voor ondersteuning naar Zes. Zes licht P in. Drie en Vijf naar achterzijde podium. Snel! '

Terwijl hij in zijn oor vier maal 'Begrepen, Eén' hoorde zeggen, spoedde hij zich door de menigte, op de voet gevolg door Tonnie.

De radicalen hadden inmiddels hun doel bereikt. Bartjan zag ze één voor één door het steigerwerk van het podium glippen.

Nog vijftien meter te gaan.

Bartjan versnelde zijn pas.

Tien meter.

Hij kon ze nu beter zien. Twee radicalen waren op de grond iets aan het uitpakken, terwijl de andere twee met de rug naar hen toe de omgeving in de gaten hielden. Toch geen bom?

Vijf meter.

'Hier Eén. Iedereen in positie?' hijgde hij in zijn microfoon. Driemaal ja.

Zonder zich te bedenken, nam Bartjan een aanloop en dook door de buizen heen op de radicaal die het dichtst bij hem was. Achter hem hoorde hij Tonnie nog een waarschuwing schreeuwen, maar het was al te laat. Iets hards beukte hard op zijn hoofd en het werd zwart voor zijn ogen.

Voor hem zweefde de sleutel. Het hakenkruis straalde warmte en vriendelijkheid uit. Daarachter doemde Ans op in streng leer. Of hij zijn lesje nu wel geleerd had? Zou hij voortaan gehoorzaam zijn? Pats zei de zweep en zijn meesteres verdween uit beeld.

Uit een helderwit licht kwam Eva op hem aflopen, met haar handen naar hem uitgespreid en tranen in haar ogen. Papa kon er echt niets aan doen dat zij onder die stoute bus was terecht gekomen. Echt niet. Het was maar een ongelukje, lieve papa. Echt waar. Kusje?

Toen de mond van zijn dochter dichterbij kwam, zag hij de deuk in haar winterjasje en de plas bloed om haar voeten.

Bartjan gilde als een bezetene, maar niemand hoorde hem.

44. Arnswalde

Zondag 18 februari 1945

Op 5 februari zijn we binnengelopen in de haven van Swinemünde-Stettin. Bij het verlaten van het schip zagen wij terreinen die afgeladen waren met vrachtwagens en ander rijdend materieel.

Ik herinner mij dat ik er behoorlijk gepikeerd over was. Daar stonden enorme overschotten niets te doen en roest te vangen, terwijl wij al meer dan 3 jaar kampten met tekorten aan zo ongeveer alles! Wat hadden we dat spul goed kunnen gebruiken bij onze terugtocht uit Narva! Met slechts twee vrachtwagens zouden wij al uit de brand zijn geweest!

Hscharf. Loidl heeft mij laten uitrazen toen ik verhaal bij hem kwam halen. Na afloop van mijn scheldkanonnade heeft hij mij een vaderlijke schouderklop gegeven. Zijn advies was om 'jetzt ruhig weiter zu spielen'.

De scheldpartij heeft mij enorm opgelucht.

In vrachtwagens (!) zijn we daarna in zuidoostelijke richting gedirigeerd, om de Russische opmars tot staan te brengen bij Arnswalde en Reetz. De koppen van de mensen langs de weg deden mij denken aan de arme sloebers in Arys.

Twee dagen hebben we samen met Noorse, Vlaamse en Waalse vrijwilligers gevochten om Arnswalde. Eergisteren wisten we deze plaats met veel moeite te heroveren op de Russen om het gisteren al weer prijs te moeten geven. De overmacht is einfach überwältigend! 8. Kompie heeft daarbij zware verliezen geleden (30% gevechtssterkte!), echter we vechten dapper door. Iedere dode bolsjewist is er één! Hou Zee!

Gruppe De Jongh heeft zich wederom van haar beste kant laten zien en 3 T-34's vernietigd. Natuurlijk breng ik dit succes onder de aandacht van chef Petersen, maar ik betwijfel of in deze situatie bevorderingen nog aan de orde zijn. Ik betreur dat voor de jongens, maar het is niet anders. Heimatverteidigung gaat thans voor alles.

Vandaag is het rustig in onze sector bij Reetz. Ik weet 6 treffers te plaatsen. Blijkbaar heeft De Waal de reis naar het Westen niet meegemaakt, want ik ontvang van de luidspreker geen dreigementen meer. Dat maakt het niet minder gevaarlijk, want tot tweemaal toe hoor ik een kogel rakelings langs mijn hoofd suizen en inslaan in de rugdekking achter mij.

Ik ben voor de verandering weer eens aan de poeperij. Volgens Doffegnies is het chronisch geworden en moet ik ermee leren leven. Hij schrijft mij pillen en koolstof voor en drukt mij op het hart veel te drinken.

Vrijdag 23 maart 1945
Vandaag liggen we op de kop af een maand in onze posities aan de westoever van de Oder. Reetz bleek onhoudbaar.

Thans verdedigen we de Heimat op haar eigen grondgebied tegen het Rode Gevaar. Is het de lotsverbondenheid met onze Duitse broeders die maakt dat deze aarde vertrouwder aanvoelt dan de Russische? Hoe het ook zij, wij doen onze uiterste best om de Russen aan de andere kant van de rivier te houden. Duitsland moet behouden blijven voor zijn burgers en soldaten.

De door onze Kommandeur aangekondigde vervanging van I/49 is vanmiddag gearriveerd. Ik geloofde mijn ogen niet toen we deze 'jongens' van het 1. Bataillon aan het werk zagen in de stelling naast ons. Het merendeel van de soldaten was de leeftijd van veertig ruim gepasseerd. Geen goed voorteken!

'Nur Greise' was het sobere kommentaar van Groenink terwijl Vissers slechts zijn schouders ophaalde. Jut had niet eens de moeite genomen om een kijkje bij onze nieuwe buren te nemen. De jongens hadden teveel meegemaakt om zich nog druk te kunnen maken over 'Ersatz'. Zij vertrouwden alleen op zichzelf en hun naaste kamera- den. Geef ze eens ongelijk.

Voor het overige is er niet veel opzienbarends te melden. Het o zo bekende liedje van de stellingenoorlog wil ik niet meer fluiten. Zonde van mijn stompje potlood.

Zaterdag 28 april 1945
Wat een bende!

Alles wat kan rijden of lopen, vlucht voor de Russen in westelijke richting. Van enige organisatie lijkt geen sprake meer. Legereenhe- den proberen zich in blinde paniek en met alle macht door de vluch- telingenstroom heen te werken. Tot mijn spijt zaten daar ook SS- troepen bij.

Blijkbaar is het thans iedereen voor zich en God voor ons allen. Onze eer heette toch trouw?

Kommandeur Petersen bleek 'ein netter Kerl' te zijn. II/49 zou tegen elke prijs operationeel moeten blijven. Ons enige doel was het beschermen van de vluchtende mensenmenigte tegen de Russische spitsen. Dat waren wij aan onze stand verplicht. Achter zijn parool van de 'vechtende achterhoede' schaarden wij ons van ganser harte. Een luid Hou Zee viel hem ten deel.

Onze eer blijft Godzijdank behouden.

Verklarende woordenlijst

Zug Peloton
Einigeln Ingraven
Sturmmann Korporaal
PK Propaganda Kompanie, propagandacompagnie
Metzgerei Letterlijk slagerij, bedoeld wordt verband-
plaats
Ostuf. Obersturmbannführer, eerste luitenant
Widernaturliche Anzucht Homoseksuele geaardheid
Kleine Partizanen Luizen
Wolfsangel Runesymbool van N.S.B.
Sturmabzeichen Gevechtsinsigne, verleend aan infanterie
voor drie stormaanvallen in de voorste linie, met het
wapen in de hand, op drie verschillende gevechtsdagen
LMG Licht machinegeweer
Kriegsgericht Krijgsraad
Agram Zagreb
T-34 Russische tank
Panzerfaust Antitankwapen, vanaf de schouder te bedie-
nen
PAK Panzer Abwehr Kanone, antitankgeschut
Uscharf. Unterscharführer, sergeant
Wiking 5.SS-Division Wiking, bestaande uit Standarten
(Regimenten) Westland, Germania en Nordland. West-
land bestond voor een groot deel uit Nederlanders
Panzerwerfer Raketwerper op een halfrupsbandvoertuig
Untersturmführer Tweede luitenant
Panzerkampf-abzeichen Gevechtsinsigne, verleend onder
nagenoeg dezelfde voorwaarden als Sturmabzeichen,

315

maar dan voor tankgevechten, of in het geval van Hendrik de Jongh, tegen tanks

Stuka Sturzkampfflugzeug, duikbommenwerper

Spahtrupp Verkenningspatrouille

Nahkampf Man-tegen-mangevecht

Obersturmführer Eerste luitenant

Oberschütze Soldaat 1^e klas